데스마치에서 시작되는
이세계 광상곡
8

아이아리제
보르에난 숲을 수호하는
하이 엘프.
사토
이세계를 헤매고 있는
서른 줄 프로그래머.
리자
주황 비늘 종족의 소녀.

나나
무표정한 호문클루스.
루루
쿠보크 왕국 출신.
아리사의 언니.
미아
말수가 적고 음악을 좋아하는
엘프.
포치
강아지 귀 종족의 소녀.
타마
고양이 귀 종족의 소녀.
아리사
쿠보크 왕국의 옛 왕녀.
전생에 일본인.

"예쁘지?"
아이아리제 씨가
사랑스런 자식을
보듯 미소 지었다.

데스마치에서
시작되는
이세계 광상곡
8

★★★

아이나나 히로

Death Marching to the
Parallel World Rhapsody

Presented by Hiro Ainana

C O N T E N T S

Death Marching to the Parallel World Rhapsody

보르에난의 비밀

"사토입니다. 일을 한고비 끝낸 다음에는 긴장이 풀리기 마련인데, 꼭 그럴 때 문제가 생겼다고 보고가 들어오는 법입니다. 물론 아무 소식 없으면 커다란 문제가 잠복하고 있을 것 같아서 또 무섭지만요……."

"사토."

엘프 인파 너머에서 엘프인 미아가 나를 불렀다.

여기는 시가 왕국 남동쪽에 펼쳐진 보르에난 숲—.

우리는 용사 하야토 일행과 많은 지기를 얻은 공도를 떠나, 중간에 들른 도시 푸타에서 어떤 소동에 말려들었다. 그 와중에 백호 공주 일행을 구했다.

그 사건으로 친구가 된 흑룡 헤일롱의 협력을 얻어서 험준한 산맥을 넘어 미아의 고향인 보르에난 숲에 도착했다.

숲 속 광장까지 오자 미아의 부모님을 비롯한 수많은 엘프들과 날개요정들이 차례차례 모여 맞이해 주었다.

—그러면서 요즘 있었던 일을 회상하고 있었는데, 미아가 중학생쯤 되어 보이는 엘프 소년과 소녀의 손을 잡고 달려왔다.

그녀의 옅은 청록색 트윈테일이 조금 뾰족한 귀 근처에서 춤추었다.

"부모님."

미아보다 한두 살 더 많아 보이는데 실제 연령은 훨씬 연상이었다.

부모님이라 그런지 미아랑 꼭 닮은 생김새였다. 엘프는 다들 녹색계열 머리칼인가 보군.

아마도 엘프의 민족의상이 아닌가 싶은데, 녹색 나뭇잎을 이미지한 튜닉을 입고 녹색 삼각모를 쓴데다 신발은 다갈색 가죽제였다.

마치 그림책에서 튀어나온 요정 같았다.

"미사날리아의 아버지, 우라무후야와 라레이레아의 아이, 라미사우야. 시가 왕국의 사토, 귀공에게 감사한다."

"미사날리아의 어머니, 토라자유야와 세리날리아의 아이, 리리나트아."

—토라자유야?

미아의 엄마는 「요람(크레이들)」을 만든 토라자유야 씨의 딸이었구나.

나중에 그의 수기를 돌려줘야겠는걸.

"시가 왕국의 사토, 당신에게 최대한의 감사를 바칩니다."

두 사람은 인사말에 이어서 이마와 가슴에 순서대로 손바닥을 대고 눈웃음을 지었다.

아마 엘프식 감사 표시겠지.

"미사날리아 씨를 두 분 곁으로 돌려보낼 수 있어서—."

"우웅, 미아."

부모님에게 대답하는 도중에 미아가 기분이 틀어져 정정했다.

아무래도 남처럼 딱딱하게 부르는 것이 마음에 안 들었나 보다.

미아는 나한테 「미아」라고 고쳐 부르게 한 뒤 부모님에게 동료들을 소개했다.

"리자, 창의 명수."

미아가 창의 명수라고 말하자 주황 비늘족의 리자가 붉은 머리칼 너머로 볼을 붉혔다.

그녀의 오렌지색 비늘로 뒤덮인 꼬리가 약간 뽐내듯 움직이고 있었다.

"타마, 귀여워."

"니헤헤~."

하얀 머리칼에 고양이 귀와 고양이 꼬리가 달린 타마가 웃으며 핑크색 망토로 얼굴을 가렸다.

마이 페이스인 타마도 칭찬을 받으면 쑥스러운 모양이군.

"포치, 기운차."

밤색 머리칼을 보브컷으로 다듬은 강아지 귀 강아지 꼬리의 포치가 척 포즈를 취하며 뽐내는 표정을 지었다.

주목 받는 것이 기뻐서 그런지 꼬리가 붕붕 흔들렸다.

"나나, 커다래."

미아가 자기 빈약한 가슴을 토닥토닥 만지면서 말했다.

금색 머리칼을 포니테일로 묶은 나나가 무표정한 얼굴 그대로 자신의 풍만한 언덕을 양손으로 들어 올리며 움직였다.

"오오옷."

미아네 아빠가 그걸 보고 감탄의 한숨을 흘리자 미아네 엄마가 뒤통수를 때렸다. 그는 거유를 좋아하나 보군. 나랑 취향이 잘 맞을 것 같아.

또한 나나는 인간족의 어른으로 보이지만, 사실은 0살인 호문클루스라서 방금 전 한 행동에 유혹의 의도는 없었다.

"아리사, 굉장해."

"굉장해?

불길하다는 보라색 머리칼을 금발 가발로 숨긴 아리사가 중얼거리며, 커다란 눈동자에 당혹감을 드러냈다.

일본인 전생자라서 갖가지 문화 해저드를 일으키는 점을 가리키는 건지, 미아랑 같이 마법 연구를 하는 걸 가리키는 건지 판단이 어려운가 보군.

"루루, 요리 잘해."

검은 머리칼에 검은 눈, 일본인 얼굴의 루루가 얌전히 눈인사를 했다.

검고 윤기 있는 롱 스트레이트 머리칼이 흔들리며, 경성(傾城)이란 표현조차 겸손한 미모가 매혹의 효과를 발휘했다.

중학생쯤 된 그녀는 연애할 대상으로 삼기에는 너무 어리지만, 무심코 눈길을 떼지 못할 정도로 아름다웠다.

어째선지 이쪽 세계의 인간족 사이에서는 못생겼다는 평가를 받지만 엘프들은 딱히 미추를 느끼지 못하는 기색이었다. 잘 됐네, 잘 됐어—.

"사토, 예뻐."

미아의 말에 고개를 갸웃거렸다.

루루에 대한 평가라면 모를까, 이쪽 세계에서 아리사 말고 내 용모를 칭찬한 사람은 없었다.

딱히 못생긴 건 아니지만 29세에서 15세로 젊어진 육체는 주위에 파묻혀 눈에 띄지 않는 용모라고 봐야 할 텐데……?

"예뻐?"

미아의 부모님이나 주변 엘프들도 고개를 갸웃거린다. 내 자기평가와 의견이 일치하는 모양인데—.

『예뻐~.』

『응, 예쁘다.』

『그치~.』

미아의 어깨나 머리에 앉아 있는 은색 눈동자의 날개요정은 미아랑 같은 의견이었다.

고개를 갸웃거리던 미아네 엄마가 눈동자색을 녹색에서 은색으로 바꾼 뒤에 나를 보았다.

"정말이네, 정말이야! 분명히 예뻐. 너무너무 예뻐! 정령의 양과 종류가 이렇게나 많다니! 그리고 보기 어렵지만 예쁜 **무지개색** 정령광이야. 처음 보는 색이야!"

미아네 엄마의 말투는 미아가 취하거나 흥분했을 때랑 판박이로군.

"정령에게 사랑 받고 있군."

"원천이나 지맥이 아닌 장소에 이렇게 많은 정령이 모이다니."

"희한하다. 마치 아제 님 곁에 있는 것 같아."

그런 식으로 나를 예쁘다고 평가하는 사람들은 모두 「정령시」

스킬을 가졌다.

그들 말로는 내 주위에 정령이란 것이 모여 있는데, 정령이 좋아하는 정령광(精靈光)이라는 오러 같은 것이 나와서 그게 예쁘게 보인다는 모양이다.

나중에 미아한테 들었는데, 내가 어딜 가든 귀신 같이 찾아낸 것은 내 주위에 모여 있는 정령들을 표식으로 삼았기 때문이었다.

그러고 보니 처음 만났을 때도 「정령술사」가 아니냐고 그랬었지?

우리는 미아의 부모님에게 안내를 받아 처음 엘프들과 만난 광장에서 그들이 살고 있는 장소로 「요정의 고리(페어리 링)」를 사용해 전이로 이동했다.

엘프의 마을에서는 일반적인 이동수단인지 드라이어드에게 키스할 필요가 없었다.

맵을 살펴보니 광대한 오유고크 공작령의 네다섯 배 면적을 자랑하는 광대한 숲이다. 하지만 숲의 가장자리에서 중앙 부근까지 전이로 한 순간에 이동했다.

전이한 곳은 숲 속의 살짝 높은 언덕이었다. 그곳에는 마치 산맥 같은 세계수의 뿌리와 주위에 돋아난 산수(山樹)의 숲이 보였다.

—굉장해. 너무나 굉장하다.

나는 압도적인 존재감으로 우뚝 선 세계수를 올려다보았다.

세계수에 달라붙은 구름이 가지에 쌓인 눈 같았다.

구름 높이의 2배쯤 되는 곳까지는 보통 수목처럼 가지와 잎이 뻗어 있었지만, 그 위로는 굵은 가지만 하늘 너머로 똑바로 뻗어 있었다.

산수의 높이도 거의 산만한데, 세계수 옆에 있으니 관목의 묘목처럼 보였다.

정말이지……. 내 눈이 의심스러울 정도로 이상한 스케일 감각이야.

"사토."

세계수에 넋이 나간 내 손을 미아가 잡고서 언덕 너머로 갔다.

"수상(樹上) 마을."

그녀의 하얀 손이 가리키는 곳에는 샘을 둘러싼 광장이 있고, 그것을 중심으로 돋아난 거목에 엘프들의 집이 있는 것 같았다.

줄기 중간에 돋아난 버섯의 갓 같은 지붕의 집들은 다른 집들과 구름다리 같은 것으로 이어져 있었다. 버섯의 갓 같은 지붕의 집은 AR표시에 수상 가옥이라고 표시됐다.

엘프답게 판타지스런 주거 형태였다. 참으로 근사하군.

""""미아!""""

""""어서 와!""""

목소리가 들리는 쪽을 돌아보니 수상 가옥 창문이나 구름다리 위에 엘프들이 주렁주렁 매달리듯 서서, 미아에게 손을 흔들거나 귀환을 환영하는 노래를 부르거나 음악을 연주하고 있었다.

맵을 확인해 보니 여기 말고 세계수의 뿌리가 펼쳐진 반지하 같은 장소에도 엘프의 거주 구역이 있었다.

어떻게 나눠 쓰는지 모르겠으니 머무르는 동안에 가르쳐달라고 해봐야겠군.

『계단.』

미아네 아빠가 언덕 끝에 있는 돌 단상에서 엘프어로 말하자, 지탱하는 것도 없는 공중에 반짝반짝 빛나는 판이 계단을 만들었다.

"반짝반짝~?"

"빛이 모여서 계단이 된 거예요!"

타마와 포치가 그 광경을 보고 완전히 흥분을 하더니 계단을 달려 올라가고 싶은 기색으로 이쪽을 돌아보았다.

허가해주고 싶지만 난간이 없는 계단이라 나랑 손을 잡고 함께 올라가기로 했다.

계단에 발을 올리자 띠링, 띠리링 소리가 연주됐다.

아무래도 계단이 악기가 되는 것 같다. 교토 여행으로 갔던 휘파람새 마루 복도가 떠올랐다.

"헤~ 재미있는 계단이네."

"그러네, 미아의 고향답다고 할까?"

아리사의 감상을 루루가 즐겁게 수긍했다.

이윽고 계단이 수상 가옥이 있는 나무에 닿자, 그곳에서부터는 줄기를 나선형으로 타고 오르는 넝쿨과 나무 계단으로 이어졌다.

"주, 주인님, 조심하세요! 계단이 움직입니다."

리자가 에스컬레이터처럼 움직이는 계단을 보고 동요하면서 나한테 경고했다.

"나무 에스컬레이터, 느낌 꽤 좋네."

아리사는 여유로운 표정이었지만 다른 애들은 주저주저하면서 에스컬레이터에 올랐다.

나는 우리 애들을 받쳐주면서 수상 가옥이 있는 나무들을 둘러보았다.

줄기에서 전체 규모에 걸맞은 크기의 가지가 난 것 말고도 몇 미터쯤 되는 짧은 가지가 돋아나 있었다. 그 짧은 가지에는 갖가지 종류의 과실이 무질서하게 매달려 있었다.

"마스터, 전방에서 『요람』과 같은 종류의 과실을 발견했다고 보고합니다."

나나가 서양배와 포도가 매달린 가지를 가리켰다.

분명히 미아를 구출한 「토라자유야의 요람」 속에서도 이런 식으로 가지 하나에 여러 종류의 과실이 돋아나 있었다.

"맛있어 보여~?"

"좋은 냄새인 거예요."

"긍정. 골라라."

타마랑 포치가 말하자, 미아네 아빠가 고개를 끄덕이며 두 사람에게 먹고 싶은 과실을 고르라고 했다.

짧은 지시였지만 두 사람에게는 문제없이 통했다.

과일을 손에 든 타마와 포치가 이쪽을 돌아보았다. 고개를 끄덕여주자 기쁜 표정으로 먹기 시작했다.

"딜리셔스~?"

"아삭아삭한 거예요."

타마는 포도를, 포치는 서양배를 골랐다.

"귤."

미아가 가지 하나에 매달린 귤을 아리사와 루루에게 건넸다.

"맛있다."

"이게 코타츠 안에서 먹는다는 환상의 과실— 귤이군요."

루루는 어째 거창하게 놀라는군. 아리사는 귤껍질을 차근차근 까더니, 입을 커다랗게 벌려 통째로 넣고는 만족한 표정으로 우물우물 씹었다.

"이 포도는 알이 참 튼실하네요."

"동의. 맛있다고 보고합니다."

리자와 나나도 미아네 엄마가 건네준 거봉 같은 포도를 먹고 있었다.

다들 배고픈가?

수상 가옥 베란다에 도착했을 때, 에스컬레이터에 익숙지 못한 애들이 내리지 못하는 일이 발생해서 내가 안고서 내려줬다.

"주인님께 수고를 끼쳐 죄송합니다."

"신경 안 써도 돼, 리자."

황송해하는 리자에게 웃어주고는 미아의 손에 이끌려 집 안으로 들어갔다.

돌 단상에서 올려다봤을 때 인상과 달리 안쪽이 제법 넓었다.

실내인데도 잔디 같은 풀이 바닥을 뒤덮었고, 벽이나 천정에 있는 넝쿨에 꽃이 피었다. 상쾌한 향기를 뿜는 감귤계 과실까지 매달려 있었다.

이 잔디는 고급 융단처럼 푹신푹신하군.

『미아!』

『어서 와, 미아!』

아까 광장에 마중 나오지 않은 엘프들이 차례차례 나타나서 미아와의 재회를 기뻐했다.

엘프들 가운데 파묻혀버린 미아를 마음속으로 응원하면서 우리는 미아의 부모님과 함께 방 중앙으로 갔다.

『테이블.』

거실 중앙으로 온 미아네 아빠가 말하자, 잔디 사이로 그루터기 같은 테이블이 쑥쑥 솟아 나타났다.

이어서 미아네 아빠가 『의자』라고 말하자 잔디 틈에서 넝쿨이 솟아올라 의자가 되었다.

미아네 아빠가 손가락을 튕기자 날개요정이 사람 수만큼 고블렛 잔을 가져와 테이블에 놓았다.

이제 와서 깨달았는데, 날개요정은 잠자리 날개와 나비 날개 두 종류가 있었다.

미아네 아빠가 한 번 더 손가락을 튕기자, 이번에는 위에서 내려온 벌레잡이풀 같은 식물이 테이블 위에 놓인 잔에 달콤한 향기가 나는 투명한 액체를 따랐다.

맛있어 보이지만 벌레잡이풀의 수액이다.

—마셔도 괜찮은 건가?

"맛있어~?"

“맛있는 거예요.”

조금 물러선 나와 달리 타마랑 포치는 망설임 없이 마시고는 찬사를 보냈다. 그렇군, 맛있구나.

우리가 눈앞에서 펼쳐지는 판타지 광경에 눈길을 빼앗긴 동안 위험인물 감시가 소홀해졌다.

나는 작게 항의하는 목소리를 듣고 그걸 깨달았다.

『놔줘.』

『야아, 이거 놔~.』

『구해죠. 라야, 구해죠.』

돌아보자 나나한테 붙잡힌 날개요정이 울먹이는 표정으로 미아네 아빠한테 도움을 청하고 있었다.

나나의 양손에 한 명씩 붙잡혔고, 마지막 한 명은 괘씸하게도 나나의 가슴에 묻혀 있었다.

—나랑 바꾸자.

미아네 아빠도 나나의 가슴골에 끼어 버둥거리는 날개요정을 보기만 하고 도와주지 않았다.

어쩐지 미아네 아빠랑 시선이 마주쳐서 고개를 끄덕였다.

—아야.

아리사한테 뒤통수를 얻어맞았다. 날개요정은 루루가 구출해 줬다.

“정말이지. 가슴만 보면 정신을 못 차려.”

“오해다.”

“응. 오해.”

아리사와 루루의 탓하는 시선에서 눈길을 피하며, 아직도 친구들에게 붙들려 있는 미아를 보았다.

역시 엘프들은 다들 날씬한가 보다. 통통한 엘프는 없었다. 부분적으로도 전체적으로도.

『정말이지, 못해먹겠네.』

『곤란하게 됐어.』

『여기, 있으니까 편안해.』

나나에게서 도망친 날개요정들이 어째선지 내 머리 위나 어깨 위에 모여들었다. 못해먹겠다는 녀석은 내 머리칼을 잡아당기고 있었다.

생각보다 아파서 그 요정은 손으로 감싸서 테이블에 내려놨다.

투덜대는 날개요정들에게 포치가 과자를 쪼개서 먹여주고 있었다.

『우와! 이거 맛있어.』

『진짜다.』

『더 죠, 더 죠오.』

과자 가루가 후두둑 떨어졌다. 나중에 생활 마법으로 청소해야겠군.

날개요정들의 찬사가 들렸는지 다른 날개요정들도 속속 모여들었다.

『과자, 나도 죠?』

『나한테는, 안 줘?』

"아우아우, 기다리는 거예요. 이, 이제 없는 거예요."

날개요정들이 엘프어로 말하고 있어서 말이 통하지 않을 텐데도 대화는 성립하고 있었다.

당황하는 포치를 보는 것도 즐겁지만 이번에는 도와줘야겠다.

나는 격납(개러지 백) 가방을 경유해서 과자를 한 바구니 가득 꺼내 테이블에 놓았다.

"자, 먹어—."

날개요정들이 내가 꺼낸 과자를 향해서 잔뜩 들떠 돌격했다.

—우왓.

기세가 지나쳤는지 바구니에 들어가 과자의 산에 파묻혀 다리만 드러내는 요정이나, 과자를 끌어안은 채 테이블 반대쪽으로 떨어지는 요정도 생겼다.

미아와 함께 돌아온 엘프들도 과자에 흥미를 보이기에 두 바구니 더 꺼내 테이블 위에 놓고 대접해주었다.

"맛있어."

"허어."

"좋은데."

대부분 이렇게 미아처럼 단어로 찬사를 보냈지만 개중에는 미아네 엄마처럼 장문으로 말하는 엘프도 있었다. 유감이지만 단어회화 패턴이 우세해 보였다.

"어머, 맛있다. 굉장히 맛있어. 있잖아. 이건 사토 씨가 만든 거야? 정말로?"

"정말 맛있네. 얼마든지 먹을 수 있겠어."

"우후후, 그렇네. 이건 벌꿀이 아니라 눈설탕의 단맛일까?"

이렇게 대부분의 엘프는 우호적이었지만 모두가 그런 건 아니었다.

엘프 소년하나가 이쪽으로 다가오더니 탁자를 탕, 치며 나를 노려보았다.

"사랑하는 사이?"

—누구랑 누가?

소년의 발언에 당혹하는 사이에 미아가 내 목덜미를 끌어안더니 소년에게 자랑했다.

"당연!"

미아가 그렇게 말했지만 전혀 사실이 아닙니다.

아무래도 소년은 미아를 좋아하는 것 같았다.

아까부터 소년이라고 했지만 미아네 아빠랑 별 차이 없는 외견이다. 나이도 미아보다 상당히 연상인 200세였다.

"어디가 좋아?"

"예뻐, 상냥해, 강해, 즐거워—."

소년이 묻자 미아가 리드미컬하게 대답했다.

"—사토는 나쁜 마법사한테 붙잡힌 나를 구해줬어. 구해줬어! 그건 굉장한 일인 거야, 자랑스러운 거야! 붉은 투구나 유야도 못한 일이야. 정말이야?"

미아가 장문으로 설명하자 나나가 자랑스레 덧붙였다.

"동의. 마스터는 무너지는 『요람』에서 저를 데리고 탈출해줬다고 보충합니다."

미아가 말하는 붉은 투구는 「요람」 사건에서 미아를 구해준

쥐 수인족 전사였고, 유야— 유사라트야 씨는 세류 시에서 「해결사」를 경영하는 엘프 점장이었다.

나나가 말한 것은 「요람」 사건에서 「불사의 왕(노라이프 킹)」 젠을 쓰러뜨린 뒤에, 소금이 되어 무너지는 거대한 나무에서 도망쳤을 때 일이다.

"안 져!"

미아의 박력에 밀린 소년이 그 말을 남기고 물러갔다.

"미안해, 사토 씨. 용서해줘. 고야는 미아의 오빠 같은 아이야. 남매처럼 자랐어."

엘프는 용모가 다들 비슷비슷해서 고야 군의 얼굴을 떠올리기가 어려웠다.

외견보다는 오히려 야채 같은 이름[#1] 덕분에 잊지 않을 것 같군.

"고야는 착한 아이야, 정말이야? 하지만 미아를 너무 챙겨. 조금 과보호 같아. 그래도 조금뿐이야."

방금 전 고야 군은 미아의 「혼약자」 발언을 진담으로 받고서 견제하러 왔나 보군.

머무르는 동안 오해를 풀어야겠어.

"이 슈크림 껍질 같은 빵, 맛있어."

"영국 요리점에서 먹은 요크셔푸딩 같은 느낌인데?"

물 흐르듯 연회가 시작됐다. 우리도 사양 않고 엘프들의 맛있는 요리를 먹으며 혀를 내둘렀다.

큼직한 그루터기 테이블 위에 갓 구운 요크셔푸딩 비슷한 요

#1 고야 여주의 일본어 발음이 고야.

리가 산처럼 쌓였고, 그 주위에 로스트비프나 미트 파이, 소시지, 작은 생선 마리네, 통구이한 대형 생선 등이 놓였다.

육류뿐 아니라 베리 파이나 체리 파이, 샐러드나 커팅 후르츠가 가득 담긴 커다란 그릇, 젤리로 만들어진 타워 같은 것도 커다란 테이블 위를 꾸미고 있었다.

이게 다 미아의 귀환을 축복하는 엘프들이 가져온 것들이었다.

키가 작아 어린애처럼 보이는 집 요정 브라우니들이 엘프들 사이를 다니면서 바쁘게 나눠주고 있었다.

—응? 뭐지? 어쩐지 위화감이 드는데…….

"쫄깃쫄깃~."

"로스트비프는 가운데 끼우는 게 맛있는 거예요."

"주인님, 이 데리야키 치킨 끼운 것을 시험해 보십시오."

아인 소녀들이 요크셔푸딩 같은 요리에 고기를 끼워서 권하기에 순서대로 맛을 보았다.

"마스터, 이 파이가 맛있다고 보고합니다."

나나의 가슴 사이에 파이 가루가 쌓여 있기에 타마, 포치용으로 함께 맞춘 냅킨을 가슴에 감아주었다.

가슴골의 라인이 가려져서 일부 거유 매니아 엘프들이 낙담했다.

"어서 와, 미아! 네가 좋아하는 참외를 가져왔어."

"여전히 빼빼 말랐네."

"오리나 사슴을 잡아 왔으니까 잘 먹어야지."

입구에서 얼굴을 내민 레벨 높은 엘프들이 한 손에 활을 들고서 사냥감을 보여줬다.

—그렇군! 고기다.

고기를 먹지 않아야 할 엘프들이 갖가지 기교와 정성을 들인 고기 요리를 만들어서 즐겁게 먹고 있었다.

아인 소녀들처럼 고기 지상주의는 아닌 것 같지만, 채식만 하는 사람은 없었다.

시선을 돌렸더니—.

"어머나, 미아도 참! 편식하면 어른이 못 된다니까? 못 되는 거야! 자, 피하지 말고 고기도 먹으렴. 먹을 수 있지?"

"우웅, 필요 없어."

"먹어라."

부모님 사이에 끼인 미아가 양 옆에서 고기 먹으라는 압박을 받고 있었다.

아무래도 엘프가 고기를 못 먹는다는 건 내 착각이었나 보군.

돌이켜보면 처음 미아에게 고기를 권했을 때 「엘프」, 「고기」라고 말한 다음 입 앞에 손가락으로 가위표를 하기에 「엘프는 고기를 못 먹는다」라고 착각을 했었는데, 그건 아무래도 「엘프인 미아는 고기가 싫다」였나 보다.

그 다음에도 아리사가 「엘프는 고기를 안 먹는구나」라는 말을 했었는데 미아는 긍정을 안 했었다.

—과연, 그냥 싫어하는 거였구나.

알려지나 생활 습관의 금기가 아니라면 미아도 고기를 좋아하도록 해볼까.

두부 햄버그를 맛있게 먹으니까 거기서부터 시작을 해보자.

“기다려.”

“좋아요.”

미아네 아빠의 「기다려」 요구에 응하자 옆에서 보고 있던 미아가 아빠를 게슴츠레 올려다보았다.

“우웅, 스무 번째.”

연회 도중에 엘프들이 가져온 장기로 대전을 했는데 어째선지 연전연승을 해버렸다.

높은 지력수치 덕분에 수십 수 앞까지 선명하게 이미지 할 수 있다는 것과, 장기 게임 앱을 만들었을 때 정석을 배운 경험이 살아 있는 덕분이군.

더욱이 장기 게임 앱을 만들 때 플래너인 메타보 씨한테 지옥의 특훈을 받은 성과가 남아 있었다. 젊었을 때 장려회에도 출석했다는 메타보 씨는 무진장 강했다.

치트가 좀 지나친 것 같아서 「기다려」 요청을 무조건으로 받고 있었다.

“사토 씨, 요정 포도주(브라우니 와인) 어때?”

“고맙습니다, 마실게요.”

미아네 엄마가 내민 와인 잔을 받아서 눈과 코로 루비색 예쁜 액체를 즐긴 다음 입에 머금었다.

라이트 바디의 가벼운 와인이지만 지금까지 마셔본 적이 없을 정도로 맛있다. 매끄럽고 혀 위에서 녹는 느낌의 신비로운 맛이었다.

알코올 도수가 높은 술처럼 코를 찌르는 느낌이 아니라, 부드러운 방향(芳香)이 코를 간질였다.

용천주하고는 풍미가 달랐지만 참 맛있다.

엘프들이 준비해준 치즈나 파이도 좋았지만, 이 맛에는 공도에서 얻은 렛세우 백작령산 치즈가 맞을 것 같은걸.

"어머나, 근사한 치즈네."

"포도주에 잘 맞아."

내 안목이 옳았다. 엘프들이 절찬해 주었다.

"여기다—. 으음."

오랜 생각을 거듭하고 있던 미아네 아빠가 수를 두기에 나도 재빨리 다음 수를 두었다.

"주인님! 이런 요리가 있었어요!"

"마스터, 이 말랑말랑한 하얀 것이 맛있다고 보고합니다."

두부산적 같은 요리를 가져온 루루와 마시멜로우 같은 과자를 가져온 나나가 흥분한 기색으로 내 입에 요리를 넣어주고 다음 요리를 찾으러 갔다.

연회를 제대로 즐기고 있는걸.

먹여주는 것도 좋지만 조금 더 살살해 주라.

"햄버그를 먹은 적이 있다는 게 정말인가요?"

엘프들 너머, 고기 요리 구역에서 갖은 요리와 싸우고 있던 아인 소녀들이 있는 쪽에서 그런 외침이 끓어올랐다.

"오브코~스?"

"물론인 거예요! 포치는 햄버그라면 얼마든지 먹을 수 있는 거예요!"

바짝 다가오는 엘프 소녀들에게 타마와 포치가 각각 다른 포즈를 취하며 대답했다.

리자는 고기 요리를 씹느라 바빠서 끄덕끄덕 고개를 끄덕이기만 하고 말은 하지 않았다. 뼈에 붙은 새 다리 고기가 마음에 들었나 보군.

하지만 맛있다고 뼈째로 으득으득 씹는 건 위험할 것 같은걸.

"사토 님! 햄버그 만드는 법을 아신다는 게 정말인가요?!"

"네, 정말입니다."

내 대답을 들은 선두의 소녀가 손뼉을 치며 기뻐한 다음 끌어안길 기세로 다가왔다.

"부디 가르쳐 주세요."

내가 허락하자 기쁜 나머지 내 목을 끌어안고 뺨을 비빌 정도였다.

"혹시 오므라이스나 피자도 아시나요?"

"아, 네. 다음에 만들어 볼게요."

두 번째 소녀의 질문에도 예스라고 대답했다.

그것을 본 세 번째 소녀가 기대를 담아 물었다.

"혹시, 카, 카레 라이스도, 될까요?"

"죄송합니다, 그건—."

"여, 역시 무리겠죠. 일본 요리를 가르쳐준 용사 다이사쿠도 카레를 재현하는 건 격이 다를 정도로 어렵다고 했으니까요……."

풀이 죽은 세 번째 소녀의 어깨를 톡 두드리고 방금 전에 하려던 말을 이어서 말했다.

"—필요한 허브나 향신료가 제 수중에 없지만 레시피 자체는 알고 있어요."

퍼뜩 고개를 든 엘프 소녀에게 협력을 요청했다.

"괜찮다면 향신료 모으기에 협력해주실 수 있을까요?"

"네, 기꺼이!"

힘차게 대답하며 고개를 끄덕인 소녀에게 웃음으로 대답했다.

—협력자를 획득했군.

이 향신료로 만드는 카레 레시피는 검은 거리 무라아스 어둠의 옥션에서 얻은 수첩에 실려 있었다.

수첩에는 그 밖에도 유용한 지식이 적혀있었지만, 그런 것보다 카레와 초콜릿 레시피를 제일 먼저 재현하고 싶단 말이지. 그리고 라면도 말이야.

엘프 요리사들과 레시피 교환을 하자고 약속을 한 다음 루루도 함께 요리 담화로 꽃을 피웠다.

1시간 정도 지나 미아네 아빠와의 대국이 끝났고, 여행의 피로를 이유로 들어 다음 대전은 거절했다.

그 후에는 베란다로 나가서 완전히 어두워진 엘프 마을의 야경을 둘러보았다.

여기 말고 다른 수상 가옥에서도 연회가 열리고 있는지 떠들썩한 음악과 웃음소리가 들렸다.

아래쪽 광장에서 화톳불을 피우고 연회를 여는 사람도 많았다.

"사토."

"미아, 왜 그래? 주빈이 자리를 비워도 돼?"

"응."

미아의 손을 잡고서 그녀가 이끄는 대로 수상 가옥을 빠져나와 아래쪽 광장의 연회 사이를 지나쳤다.

"어디까지 가는데?"

"이 앞."

엘프들의 자연 속에 녹아 든 집을 바라보면서 미아 뒤를 따라갔다.

이끼가 낀 나무 계단을 내려간 곳에 색색깔 버섯이 둥글게 고리를 만든 광장이 있었다.

숲의 입구에서 이 거주 구역으로 전이했을 때 쓴 「요정의 고리」가 몇 개나 설치돼 있었다.

"이쪽."

미아가 손짓하는 「요정의 고리」로 들어갔다.

"전이."

미아가 신호하자 2중 버섯 고리가 교대로 점멸했다.

어디로 전이하는 건지는 모르겠지만 미아가 하는 일이니 나쁠 리가 없지.

빛의 점멸 속도가 올라갈수록 땅에서 뿜어져 나오는 빛이 강해졌다. 교대점멸이 끝나자 전이가 발동했다.

다음 순간 우리는 숲 속에서 마을이 내려다보이는 탁 트인 언덕 위에 있었다.

여기는 자연과 조화를 이룬 수상 가옥 마을과 근본적으로 풍취가 달랐다. 언덕에서 방사형을 이루며 같은 간격으로 뻗은 길은 정연했고, 주택들이 규칙적으로 서 있었다.

계획적으로 건설된 근대 일본의 뉴타운을 방불케 했다.

아까 전까지 있던 수상 가옥이 엘프들의 마을이라면, 여기는 어디지?

나는 당혹감을 느끼면서 두리번거렸다.

위를 올려다보니 나뭇가지 같은 것이 지탱하는 투명한 덮개가 있었다. 마을 전체를 둘러싸는 사이즈였다.

아니, 가지가 아니군. 저건 세계수의 뿌리였다.

소매를 끌기에 시선을 되돌리자, 미아가 장난에 성공한 어린애 같은 눈으로 보고 있었다.

"진짜 마을."

미아가 조용히 말했다.

—진짜?

그럼 지상의 마을은 가짜란 말인가?

의문을 품으면서 맵을 열어 현재 위치를 확인했다.

아무래도 여기는 전에 맵으로 확인한 또 하나의 거주 구역인가보다.

"평소에는 여기에 사는 거야?"

"응."

미아에게 물어봤지만 그 대답밖에 없었다.

미아의 손에 이끌려서 조금 떨어진 장소에 있는 노면전차 홈 같은 장소로 갔다.

그곳에는 술리 마법인 「이동하는 판(플로팅 보드)」 같은 판이 떠 있었다.

판은 투명했지만, 색이 있는걸 보니 술리 마법하고는 조금 다른 것 같군.

우리가 홈에 도착하고서 약간 뒤에 판을 탄 청년이 도착했다.

보기에는 소년이지만 안 어울리게 수염이 났군.

그를 보고 있자니 수염이 나기 시작했을 때 억지로 길러보려 했던 옛날 트라우마가 되살아났다.

—안 어울려도 괜찮잖아.

"어서 와라, 미아. 벌써 데리고 왔니? 야아, 나는 츠톨레이야. 츠야라고 불러줘. 나도 100년쯤 전까지 인간족의 나라에서 유학을 했지."

그 청년이 나에게 스스럼없이 말을 걸었다.

그의 말에 따르면 방금 전까지 우리가 있던 마을은 손님용으로 연출된, 「그야말로」 엘프다운 마을로 건조된 것이었다.

손님용 연출이라고 해도 악의가 있는 사기는 아니고, 어디까지나 손님을 환영하고 대접하는 것이었다.

400년쯤 전에 싸움에 지쳐 이 땅에서 여생을 보낸 사가 제국의 용사 다이사쿠가 주도해서 만들었다고 한다.

—아하.

반지하의 근미래 도시 같은 여기보다는 수상 가옥이 있는 지상의 마을이 일본인이 이미지하는 엘프 거주지답단 말이지.

청년의 이야기가 길어지자 부루퉁해진 미아가 손을 끌기에,

청년과 다시 만나기로 약속하고 실례하기로 했다.

"타."

홈 같은 장소에 떠 있는 판에 미아가 익숙하게 올라탔다. 판은 조금 가라앉은 다음 본래 높이로 복원됐다.

미아가 재촉하여 옆에 있던 같은 판에 탔다. 미아가 번지수 같은 번호를 말하자 판이 움직이기 시작했다.

내가 탄 판은 아무 말도 안 했는데 미아가 탄 판 뒤를 따라가기 시작했다.

판을 선도하는 것처럼 가로등이 들어왔다. 형광등 같은 밝은 가로등이었다.

늘어선 집들은 다들 같은 크기였다. 100평쯤 되는 부지에 하얀 수지 같은 소재를 외벽으로 썼고, 슬레이트 같은 지붕을 가졌다.

이 집들은 판타지라기보다 근대 건축에 가까운 인상을 받았다.

왜 그런지는 금세 알 수 있었다.

—창문이다.

시가 왕국의 집 창문은 비교적 작은 것이 많고, 다들 나무판으로 만든 환기나 채광을 위한 구멍이었다.

그러나 이 집에는 투명도가 높고 큰 유리창이나 유리문을 쓰고 있었다.

오유고크 공작령의 저택에는 오크 유리를 쓴 창도 있었지만 이 정도로 듬뿍 쓰지는 않았고, 여닫지 못하는 붙박이였다.

이 유리문은 레일이 있는 창틀에 끼워놓은 거니까 현대 일본의 집에 흔히 쓰이는 슬라이드식으로 열고 닫을 수 있다.

집을 구분하는 건 금속제 담장이 아니라 관목 수풀이나 화단이 많았다. 굳이 따지자면 화단이 우세해 보였다.

—그건 그렇고 아무도 없는걸.

다들 수상 마을에 가서 연회에 참가하고 있나?

우리를 태운 판은 시속 20킬로미터쯤 되는 속도로 도로 위를 미끄러지듯 날아갔다.

도로는 아스팔트는 아니고 하드코트의 테니스장 바닥 같은, 다갈색의 세밀한 비즈 같은 작은 돌을 굳힌 느낌의 소재였다.

미아에게 뭘로 만든 건지 물어봤지만 「몰라」라고 대답했다.

아까 만난 츠야 군은 지식이 많아 보였으니 다시 만나면 물어볼까?

그리고 판이 어느 집 앞에 완만하게 멈췄다. 판은 조용히 내려가더니 그대로 땅에 빨려 들어가듯 사라졌다.

"사토."

미아가 입구의 문을 만지자 압축 공기 빠지는 소리가 나며 문이 자동으로 열렸다.

그녀의 손에 이끌려 안으로 들어가자 뒤에서 문이 자동으로 닫혔다. 상당히 SF스럽군. 기왕이면 에어록처럼 2중문이었다면 재미있을 텐데.

복도의 천장은 투명한 돔이라서 도시의 덮개 너머로 달이 보였다.

하지만 유리를 2장 투과한 탓인지 빛이 누그러졌다.

미아의 손에 이끌려 복도를 걸었다.

아무리 그래도 복도까지 마법으로 움직이지는 않는군.

"여기."

여기가 미아 방인가 보군.

미아가 집을 비운 동안에도 부모님이 꼼꼼하게 청소를 했는지 먼지 한 톨 없었다.

침대가 하나에 책상 하나. 침대 옆에 있는 선반에는 간략화된 펭귄 등의 봉제인형이 있었다.

전체적으로 핑크 계열의 옅은 색조를 띤 방이었다. 관엽 식물 같은 것은 없었다.

어쩐지 여중생 방 같은걸.

"귀여운 방이네."

"응, 좋아해."

일단 미아의 방을 칭찬하자 미아가 수줍게 웃었다.

—자기 방을 보여주고 싶었나?

"기다려."

미아가 말하더니 붙박이장 같은 옷방으로 들어갔다.

"보면 안 돼."

옷방 문을 닫기 전에 얼굴만 내밀고서 말하더니 안으로 사라졌다.

—안 그래도 엿볼 생각은 없어.

아무 말 없이 와버렸으니 「원거리 통화(텔레폰)」 마법으로 아리사에게 연락했다.

『네헤에, 여기느은~ 아리사입니다이~.』

"—취했니?"

『안 치했거든뇨?』

"적당히 안 하면 숙취 해소 약 안 준다."

『네이입. 잘 알게앴습다.』

명백히 취기가 느껴지는 아리사의 말을 듣고 살며시 「원거리 통화」 마법을 해제했다.

이번에는 리자에게 「원거리 통화」를 발동했지만 대답이 없었다. 자나 보네.

마지막으로 미아네 엄마에게 연결해서 집에 와 있다는 소식을 전했다.

"사토."

옷방에서 얼굴을 내민 미아가 결심한 표정으로 방에서 나왔다.

긴 소매의 하얀 블라우스에 가는 플리츠 미니스커트를 입은 귀여운 복장이었다.

특징적인 것은—.

"니 삭스."

미아가 말한 것처럼 가녀린 다리에 딱 달라붙은 니 삭스.

이쪽 세계에서는 처음 봤다. 참고로 하얀 색과 옅은 하늘색의 줄무늬였다.

"잘 어울린다."

내가 칭찬하자 미아가 수줍게 웃으며 빙글 한 바퀴 돌아 스커트를 퍼뜨렸다.

미아는 줄무늬를 좋아하는지 로우라이즈 속옷도 똑같은 줄무늬였다.

"미아, 잠깐 괜찮아?"

"응."

미아가 고개를 끄덕이기에, 미아의 다리에 딱 달라붙은 니 삭스를 손가락으로 당겨 탄력을 조사했다. 탄력이 그렇게 강하지도 않은데 다리에 딱 달라붙는 신기한 섬유였다.

보르에난 숲에 머무는 동안 방직 공방에서 배워야겠다. 우리 애들 의상도 폭넓어질 거야.

"사토 엉큼해."

항의하는 소리에 고개를 들자 미아가 볼을 붉히고 입을 삐죽거렸다.

—아차. 여자애한테는 조금 실례였군.

"미안 미안. 신기한 섬유라서 신경 쓰였어."

"우웅, 섬세함 부족."

여자애는 어려도 어려운 말을 쓰네. —아니지, 미아가 나보다 몇 배는 연상이구나.

나는 미아를 달래고 밤중까지 미아의 패션쇼를 감상하게 됐다.

수상 마을의 엘프들이 입고 있던 엘프 민족의상이나 원피스 같은 옷, 7부 길이의 스패츠에 짧은 스커트를 조합한 의상 등, 생각보다 바리에이션이 풍부했다.

또한 엘프의 민족의상이라고 생각했던 의상도 엘프의 테마파크인 수상 마을을 설계한 용사 다이사쿠의 디자인이었다.

그대로 지쳐서 잠들어버린 미아를 침대에 눕히고 나도 그 옆에서 잠들어버렸다.

미아 방에 있는 푹신푹신한 침대의 매력에 저항할 수 없었다.

나는 꿈도 꾸지 않고 깊은 잠에 빠졌다.

“새치기 금지 다아아아이브.”

소리와 충격이 침대 위의 나를 덮쳤다.

“꾸엑.”

옆에서 자고 있던 미아가 소녀답지 않은 비명을 토했다.

“아리사, 아침부터 다이브는 관두라고 안 했었니?”

나는 아리사에게 항의하면서 맵을 확인했다.

보아하니, 우리 애들 **모두** 미아의 부모님이 지하 도시로 데리고 왔구나.

“괜찮아. 이건 평소처럼 노는 게 아니라 주벌(誅伐)이니까!”

아리사가 내 얼굴을 두 손 사이에 끼우고 얼굴을 접근시켰다.

주벌 같은 낯선 단어를 쓰는 걸 보니 뭔가 출처가 있는 거겠지.

숙취가 없는 걸 보니 엘프들에게 숙취 해소 약을 받았구나.

어째선지 아리사는 금발 가발을 안 쓰고 보라색 머리칼을 드러내고 있었다.

“우웅, 무거워.”

“새치기한 벌이야. 로리타 프레스를 조금 더 맛보도록 해.”

미아가 항의했지만 아리사는 아직도 화가 나 있었다.

“주인님, 바깥에 굉장해~?”

"판 위를 미끄러져서, 문이 맘대로 열리는 거예요!"

흥분한 기색의 타마와 포치를 양 옆구리에 안은 리자가 들어왔다.

"아리사, 주인님께 무례합니다."

"아아, 리자 씨. 아직 벌 주는 도중인데—."

타마와 포치를 내려놓은 리자가 아리사를 침대 위에서 치워 주었다.

"마스터, 지하 도시가 굉장하다고 전합니다."

"지하에 이런 도시가 있다니 엘프들은 굉장하네요."

나나와 루루도 평소보다 목소리 톤이 높았다.

다들 지하의 풍경을 보고 놀라움을 감추지 못하는군.

"분명히 굉장했어. 우주세기의 콜로니나 통합 정부의 이민선 같은 느낌이잖아."

무슨 예를 든 건지는 잘 모르겠지만 아마 SF풍이라고 말하는 거겠지. 미아와 같이 자는 걸 보고 이성을 잃은 모양이지만 아리사도 엘프의 지하 도시에는 놀랐나 보다.

"안녕, 사토 씨."

"미아!"

동료들 뒤에서 그녀들을 지하 도시로 안내해준 미아의 부모님이 나타났다.

나도 인사를 했지만 미아네 아빠는 나랑 한 침대에서 잠든 미아에게 눈살을 찌푸렸다.

미아네 엄마나 미아의 반응은—.

"어머나, 사이가 좋구나. 정말 사이 좋아."
"응, 서로 사랑해."
화가 치솟은 미아네 아빠와 달리 오해를 일으키는 느긋한 대화를 나눴다.
"이종족, 차세대 무리."
"진정하세요, 아버님."
"아니야!"
"그러면, 라야 씨—."
나는 화가 치솟은 미아네 아빠를 달랬다.
어쩐지 연인의 부모님에게 결혼 허가를 받으러 온 남자 같은걸.
"—옆에 누워서 잔 것뿐입니다. 평소에는 다른 애들도 같이 자요."
"하렘?"
나는 다른 아이들도 함께 자니까 다른 생각이 없다는 뜻을 호소했지만, 미아네 아빠는 뭔가 삐딱하게 받아들였다.
화가 머리끝까지 솟은 그의 오해를 풀려고 노력해봤지만 결국 내 말은 그에게 전해지지 않았다. 미아네 엄마가 가세해줄 때까지 풀 수가 없었다.
아니, 오해가 풀렸다기보다는 미아네 엄마의 머신건 토크가 쏟아져서 어영부영 넘어간 느낌인데…….
미아네 엄마는 듬뿍 말을 한 다음에 본론으로 들어갔다.
—용건이 있었다면 그것부터 말을 해주세요.
"사토 씨, 미아랑 어떻게 사귀는지 나중에 들려줘? 기대할

게. 그리고 지금은 장로회 분들이랑 만나러 가줘. 그쪽에서 불렀어."

물론 나는 거부하지 않았다. 소문으로만 들은 하이 엘프를 만날 수 있을지도 모르니까.

엘프들을 본 바로는 다이너마이트 바디를 기대하기 어렵겠지만, 보통은 만날 수 없을 테니 조금 기대된다.

세계수

"사토입니다. 막 입사했던 신입 때는 높은 사람이랑 면담하는데 겁을 먹기도 했었지만, 억지를 부리는 고객들을 상대하면서 점점 아무렇지도 않아졌습니다. 역시 환경이 사람을 성장시키는 거죠."

"이쪽."

미아네 아빠의 재촉에 따라서 풋라이트가 비추는 움직이는 보도에 올라탔다.

여기는 보르에난 숲의 중앙. 우리는 세계수의 아래쪽 부분에 있는 장로의회 의사당으로 가고 있었다.

세계수까지는 수상 도시에서 지하 도시로 올 때처럼 「요정의 고리」로 전이를 했다.

미아네 아빠가 너무 과묵해서 알기 어렵지만, 아마 전이로만 진입할 수 있는 구역 같았다.

이 구역에 들어왔을 때 「모든 맵 탐사」를 했는데, 세계수의 일정부분 위의 계층과 최하층은 맵에 나타나지 않았다. 다른 맵인가 보군.

어쩌면 「모든 맵 탐사」에 저항하는 시스템이 있을지도 모르겠다.

알아낸 범위 안에서 파악해보니 이 세계수 구역은 지하 몇 킬로미터에 가까운 깊이를 가졌다.

지각의 두께는 기억이 안 나지만, 꽤 깊지 않을까?

어디까지나 건조물인 구역의 넓이가 그렇다는 거고 세계수의 뿌리는 더욱 깊숙하게 뻗었다. 옆으로는 보르에난 숲 전체보다 넓게 뻗은 모양이다.

어제 갔던 미아의 집이 있던 장소는 세계수 구역에서 10킬로미터쯤 떨어진 곳이었다.

꽤 가깝게 느껴졌지만 세계수가 이상할 정도로 커다란 탓에 착각이 드는 거다.

"다음, 간다."

단어로 선도하는 미아네 아빠를 따라서 용도 불명인 은색 고리를 통과했다.

주위의 크림색 통로도 재질이 불명이었다. AR 표시를 보면 「텔피트 3형 수지 소재 복도」라고 나왔다. 텔피트가 뭐지?

겉으로 보기에는 근대풍인데 숲 속 같은 청량한 향과 나뭇잎이 스치는 부드러운 음색이 들렸다.

전방에서 압축 공기 빠지는 소리가 나면서 자동문이 열렸다.

좌우로 열린 문 안쪽에 또 슬라이드 문이 있고, 그건 위아래로 열렸다.

그 너머는 10미터쯤 되는 직선 통로였으며 막다른 길에는 아까와 같은 구조의 문이 있었다. 잠수함의 격벽 같은 느낌이었다.

격벽 너머는 길쭉한 복도였고 그 아래로 엄청 넓은 격납고가 보였다.

“저건—.”

“배 외각(外殼).”

내 말을 들은 미아네 아빠가 가르쳐줬다.

그의 말에 따르면 광대한 격납고에는 용사 하야토의 차원잠행선 쥘 베른과 꼭 닮은 은색의 선체가 뱃머리를 천정으로 향한 채 무수하게 떠 있었다.

격납고 안쪽에는 쌍둥이 동체의 선체나 목제 선체, 범선도 함께 부유해 있었다.

“저건 모두 비공정인가요?”

“아냐, 외각만.”

“하지만 떠있는 것 같은데요—.”

디멘젼 파일
“차원 말뚝.”

분명히 「차원 말뚝」이란 건 공간 마법이었다. 물체를 공중에 고정하는 마법이었지.

아마도 격납고에 무수히 떠 있는 선체는 「차원 말뚝」으로 고정시켰다는 거겠지.

……엘프들의 단어 대화는 추측하는 힘을 시험하는군.

그건 그렇고 배가 모두 반짝거리는 게 예쁜걸.

녹슬거나 열화되지 않는 원리를 AR표시가 가르쳐 주었다.

“고정화?”

“응. 술리, 보호.”

미아네 아빠의 말로 추측해보면, 술리 마법으로 만든 의사 물질로 선체를 코팅해서 산화 등으로부터 보호하는 건가 보다.

공도의 귀족 저택에서 읽은 상급 술리 마법 서적에 그런 내용이 있었다.

무기 같은 것에는 쓸 수 없지만 어느 정도 마력 공급이 가능한 장소에서는 「고정화」를 유지할 수 있으니, 영주의 보물 창고(아이템 박스) 같은 곳에도 쓰인다.

내가 배를 보고 있자니 기술자처럼 보이는 엘프들이 선체 사이에서 뭔가를 찾는 모습이 보였다.

"—토야가 만든 허공선이 정말로 있는 거야?"

"이상하네. 분명히 있을 텐데."

맵 검색을 해봤는데 그녀들이 찾는 「허공선」이란 건 이 구역에는 없었다.

"지아, 여기에 없으면 수면조에서 잠든 유아를 깨우는 수밖에 없어."

"안돼. 수면조에 있는 사람을 깨우는 건 절대 안돼."

아래쪽 두 사람은 뭔가 의견 대립을 시작했다.

수면조라는 건 뭐지?

"사토, 간다."

미아네 아빠가 소매를 잡아끌어서 본래 목적을 떠올렸다.

복도를 빠져나가 격납고를 나오자 이번에는 빛나는 유리판 같은 부유판을 타고서 경사를 올라갔다.

비슷한 통로가 그 밖에도 몇 개 보였지만 우리들 말고 다른 사람은 없었다.

이 세계수 구역에는 지상의 10배, 수만 명의 엘프가 있을 텐데 아까 본 격납고의 두 사람 말고는 아무도 만나지 못했다.

맵을 보니 이 구역의 엘프는 대부분 모두 「수면」 상태였다. 다들 쉬고 있나 보군. 아까 그 두 사람이 말한 수면조란 장소에서 자고 있겠지.

지상의 엘프들과 달리 1만 살이 넘는 고령의 엘프가 많았다.

비교적 레벨이 높지만 고령인 것치고 레벨 50을 넘는 엘프는 없었다.

잠든 엘프들이 어떤 상태인지 미아네 아빠에게 물어보고 싶지만, 「어째서 알아」라고 할 것 같아서 물어볼 수 없었다.

또한 이 구역에는 엘프들 말고 8명의 하이 엘프도 있었다.

역시 판타지 계열 이야기의 정석대로 하이 엘프는 엘프의 왕족일까?

다른 엘프와 마찬가지로 대다수는 잠들어 있고 레벨은 50부터 70 사이였다.

어쩌면 레벨을 올리지 않는 이유가 있을지도 모르겠군.

세계수 구역을 체크하는 동안 목적지에 도착했다.

방금 전까지 타고 있던 부유판이 지면에 빨려 들어가 사라졌다.

눈앞에는 한 변이 3미터쯤 되는 팔각형 문이 있었다. 여기까지 이어지는 복도는 수지 재질이었는데 여기만 나무 무늬가 보였다.

팔각형의 꼭지점을 잇는 골에 틈이 생기며 벌어지더니, 옛날 카메라에 있던 조리개처럼 회전하면서 열렸다.

마치 고전 SF에 나오는 우주선의 에어록 같은 구조였다.

"사토."

먼저 문 너머로 나아간 미아네 아빠가 불렀다.

아차. 문의 구조에 정신이 팔려서 보고 있었군. 나는 빠르게 그쪽으로 갔다.

문 너머는 천 명이 넘는 사람이 들어갈 수 있는 널찍한 의사당이었다.

천창 같은 곳을 통해 부드러운 빛이 들어와서 저 안쪽 강단까지 이어지는 통로를 밝게 비추고 있었다.

여기서는 안 보이지만 유일하게 깨어있는 하이 엘프가 안쪽 대기실에 있었다.

—어쩌면, 만날 수도 있겠군.

나는 들떠서 두근거리는 것을 느끼며 미아네 아빠에 이어 의사당의 강단으로 갔다.

강단 뒤쪽 한 단 높은 자리에는 장로의회 사람들이 20명 정도 앉아 있었다.

나한테는 강단에 마련된 피고인석 같은 자리를 권하기에 미아네 아빠와 나란히 앉았다.

"시가 왕국의 사토. 귀공의 조력에 감사한다."

"시가 왕국의 사토. 사악한 마술사의 손에서 어린 아이를 구해준 은혜를 우리는 잊지 않는다."

"시가 왕국의 사토. 머나먼 곳에서 어린 아이를 데리고 돌아와 준 일에 우리는 보답하고 싶다."

"시가 왕국의 사토. 정말로—."

그리고 장로들 한 사람씩 미아를 데리고 돌아온 것에 대해 인사를 했는데, 어째선지 반드시 처음에 「시가 왕국의 사토」를 붙였다.

그런 식으로 말하는 게 규칙인가?

내가 엘프어를 할 수 있다는 것이 전달됐는지 다들 엘프어로 이야기를 했다.

이 장로들도 겉보기에는 미아네 아빠랑 거의 똑같이 젊어 보였다.

다만 눈이 달랐다.

뭐랄까, 오래 산 늙은 거북이의 눈동자 같다고 할까? 침착하다기보다 무감동에 가까운 정적이 느껴지는 눈동자였다.

너무 쳐다보면 꾸벅꾸벅 졸아버릴 것처럼 안정된 부동의 눈동자.

과연 수천 년을 살아온 사람들이군. 친해지면 옛날이야기도 이것저것 들어보고 싶었다.

그러나, 이 엘프 장로들보다 흑룡 헤일롱이 훨씬 나이가 많은데도 오히려 확 젊게 느껴졌다. 이것이 종족 차이인지 개체 차이인지 신경 쓰이네.

그리고 모두 인사를 마치는 것을 기다리고 있었나 싶은 타이밍에, 의사당 안쪽의 장막이 올라가면서 방 하나쯤 되는 크기의 하늘을 나는 빛나는 판을 타고 사람들이 나왔다.

그 판에는 고대하며 기다리던 하이 엘프를 중심으로 사방을 지키듯 네 명의 엘프 무녀가 서 있었다.

이 네 무녀들은 공도의 세라처럼 서양풍 무녀 복장이 아니라 「일본풍」 의상을 입고 있었다. 역시 무녀라면 하얀 코소데[#2]에 붉은 하카마[#3]지.

다만 심플한 무녀복이 아니라 제사 때 춤을 추는 무녀처럼 금속세공을 한 관이나 손에 드는 방울다발을 지녔고, 은실이 아니라 미스릴 실로 자수된 치하야[#4]를 입고 있었다.

유감이지만 하이 엘프의 모습은 아직 안 보였다.

사방에 선 무녀들 바로 안쪽 공중에 발이 드리워 있었다.

아마 무슨 마법으로 해놓은 거겠지.

하이 엘프 일행을 태운 빛나는 판이 장로들 사이를 지나가 내 앞에서 정지했다.

""""정숙하라~.""""

무녀들이 가진 방울다발이 목소리에 맞춰 짤랑 울렸다.

아무도 말은 안 하고 있었지만 태클 거는 건 못난 짓이겠지.

""""성수(聖樹)님께서 말씀하십니다.""""

하이 엘프는 성수님이라고 불리는구나.

본명은 아이아리제라고 하니까 성수님이란 것은 직위의 약칭이나 별명이겠지. AR표시를 보니 칭호는 「무구한 처녀」, 직종은 「세계수: 땅의 관리자」였다.

그녀를 감추고 있던 발이 스르륵 열리더니 아이아리제 씨가 모습을 드러냈다.

#2 코소데 일본 전통 의상의 한 종류. 소매 입구가 좁은 상의.
#3 하카마 일본 전통 의상의 한 종류. 아래로 내려갈수록 단이 넓어지는 바지.
#4 치하야 일본 전통 의상의 한 종류. 상의 위에 한 겹 더 걸치는 의상.

—어리다.

발 너머에는 아리사보다도 연하, 미취학 아동으로 보이는 어린 소녀가 있었다.

생김새는 미아와 닮았지만 은발에 붉은 눈동자라서 녹색 머리칼과 파란 눈의 엘프들과는 조금 달랐다. 귀는 다른 엘프들과 마찬가지로 조금 뾰족하기만 했다.

—오오우.

흥미가 생겨 연령을 확인하고서 놀랐다. 억이야, 억!

드라이어드의 나이도 어지간했지만 아이아리제 씨의 나이는 차원이 다르군.

나이로 억이란 단위는 처음 봤다. 자릿수를 세는 동안 현기증이 날 지경이군.

그러나, 겉보기에는 어리단 말이지…….

"시가 왕국의 사토. 미사날리아를 보르에난 숲까지 무사히 데리고 참으로 잘 와 주었어, 느니라."

—응?

"소녀? 는, 대단히 감사하고 있어, 느니라."

이 위화감 있는 말투는 뭐지?

중간까지는 유창하게 말을 했는데, 자기 1인칭이나 어미에서 머뭇거리거나 국어책 읽기 같은 느낌이 된다.

유창했을 때는 어린 모습에 어울리지 않는 차분한 목소리였는데 머뭇거릴 때는 이상하게 애니메이션처럼 변조한 목소리였다.

성우 아닌 사람이 성우 흉내를 내는 느낌이군.

장로들은 그런 하이 엘프의 모습을 보고서도 여전히 부동이었다.

그렇지만 사방의 무녀들은 고개를 숙이고 있어서 표정은 알 수 없었지만, 어깨가 떨리고 있었다.

“무슨 일, 있느냐?”

어린 소녀가 고개를 갸웃거렸다.

—응? 저건 뭐지?

눈앞에 선 어린 소녀와 겹쳐서 정좌하고 앉은 20대 여성의 모습이 보였다.

그렇군, 눈앞의 어린 소녀는 환영이었다. 전에 어둠의 옥션 회장에서 백호 수인의 환영을 간파했을 때도 그랬었지. 아무래도 나는 환술 같은 게 안 듣나 보군.

본체인 그녀는 조금 엷은 금발처럼 보이는 플라티나 블론드에 파란 눈, 얇은 입술과 너무 높지 않은 콧대를 지녔다. 루루 정도는 아니지만 불평할 곳 없이 아름다웠다. 터놓고 말하자면 내 취향이야.

하얀 코소데와 치하야 때문에 체형은 알아보기 힘들었지만 가슴도 C에서 D 정도는 되어 보였다.

앉아 있어서 키는 알 수 없었지만 나랑 비슷한 정도겠지.

—좋아, 완전 좋아!

이세계에 와서 어린 소녀나 미소녀뿐 아니라 이런 미녀와 만나는 일이 부족했었단 말이지.

세라나 제나 씨는 너무 젊어서 연애 대상으로 삼을 수도 없고, 동료들이나 카리나 양은 보호 대상이잖아.

아아, 보르에난 숲을 방문하길 잘했어.

"포상은, 뭐가 좋을까— 좋겠느냐?"

환영의 어린 소녀는 자신만만하고 잘난 표정이었지만 본체인 그녀는 얼굴이 조금 빨갰다.

그녀가 솔선해서 꽁트를 벌이는 건 아닌가 보군.

아마 엘프들의 서프라이즈 이벤트를 돕는 거겠지.

조금 난처한 기색의 기가 약해 보이는 표정에 조금 끌렸다.

"—그러면, 시가 왕국의 사토. 포상으로 입맞춤을 내린다, 겠느니라."

아뿔싸, 앞뒤 이야기를 제대로 안 듣고 있었어.

손을 펼친 어린 소녀가 문어처럼 입술을 내미는 환영이 보였다.

본체인 미녀는 부끄러운지 조금 아래를 보면서 눈을 깔고 있었다.

어린 소녀에게 키스를 하라고 하면 완곡하게 거절하겠지만, 이런 미녀를 상대로는 OK말고 있을 수 없다.

미아도 가볍게 키스를 했으니까 분명히 서양 사람들처럼 인사 대신일 거야.

나는 땅을 미끄러지듯 한 순간에 다가가서 자연스러운 동작으로 본체인 미녀의 볼에 손을 대었다.

입술에 키스를 하고 싶은 유혹에 질뻔했지만 아무리 그래도 엘프들의 대표였다.

그것은 간신히 자중했다.

미아를 구했을 때 내 이마에 키스를 했으니, 나도 그것을 따라 아이아리제 씨의 이마에 가볍게 닿는 키스를 했다.

반응이 없기에 시선을 내렸더니 아이아리제 씨가 데친 문어처럼 새빨개져서 눈이 핑핑 돌고 있었다. 마치 카리나 양 같은 반응이군.

축. 힘이 빠진 아이아리제 씨를 황급히 지탱했다.

아무래도 기절했나 보군.

혹시 좀 위험한 짓 했나?

◆

"시가 왕국의 사토, 우리들의 성수가 저지른 실수를 사과한다."

다른 방에서 장로 한 사람이 심각한 표정으로 사과를 해버렸다.

"아뇨. 이쪽이야말로 실례했습니다. 혹여 여성의 이마에 키스를 하는 건 실례되는 일이었을까요?"

"그렇지는, 않으나, 그것은 신성한 행위. 가볍게 할 일은 아니다."

그랬었구나……. 아이아리제 씨가 놀라버렸나 보군.

실례되는 행위가 아니란 것이 유일한 구원이었다.

"아제 님은 의무실에 눕혀 드렸습니다. 간병은 루아가 하고 있어요."

"상태는 어떠신가요?"

"놀라서 혼란에 빠진 것뿐이니 한잠 자고 나면 괜찮습니다."

방에 돌아온 무녀 엘프들이 키득키득 웃었다.

"엘프 아이들이 이마에 키스를 하는 건 늘 있는 일인데, 저렇게 당황하시다니 아제 님답지 않아서 놀라기는 했어요."

"쿠아."

수다쟁이 무녀 엘프를 장로 엘프가 깊이 있는 목소리로 나무랐다.

"아까 전에 말을 못했다만, 우리들 보르에난 씨족의 엘프는 그대들을 환영한다. 그대들이 쓸 집을 지을 때까지는 손님용 저택을 쓰도록 하라."

—엥? 집을 지어요?

"아뇨, 그렇게까지 하지 않으셔도 됩니다. 머무르는 동안에는 수상 가옥에 살게 해주시면 충분해요."

"하지만, 바깥 집은 진정되질 않잖아요? 집이야 1년이면 완성되니까요."

내 말에 무녀 엘프가 고개를 갸웃거렸다.

엘프의 시간 감각은 내 예상보다 긴가 보군.

우리가 적어도 1년 이상 머무르는 걸 전제로 하는데.

오래 있어도 보름 정도 있을 셈이었지만, 너무 빨리 출발하면 실례가 되지 않을지 조금 걱정이네.

"살 곳은 그걸로 되었다 치고, 미아를 구해준 답례는 무엇이 좋을까? 뭔가 바라는 것이 있나?"

"답례, 한다."

"라야가 개인적으로 답례를 하는 건 상관없다. 내가 말하는 것은 엘프의 마을 전체가 주는 답례다."

"응, 이해."

미아네 아빠의 말을 장로가 정정했다.

답례를 바라고 미아를 고향까지 데리고 온 건 아니지만, 지금 「답례 필요 없어요」 그러면 실례가 될지도 모르겠네. 공도의 귀족들 상대로도 그랬으니까.

그러면 무난한 답례를 부탁해 볼까?

"그러면 보르에난 숲을 관광할 허가를 주실 수 없을까요?"

"음, 허가한다. 다만—."

세계수 구역 등 출입금지 구역이나 사적인 공간 — 엘프의 개인 주택이나 공방 등은 각각 소유자의 허가가 필요하다 — 말고는 프리패스로 들어가도 된다는 허가를 받았다.

미아의 환영회가 진정되면 다 같이 엘프 마을을 관광하고 다녀볼까?.

"그래서 사례는 뭐가 좋을지 정했나?"

어라? 아까 그 관광허가만으로도 충분한데요…….

그때 내 뇌리에 광대한 격납고에서 본 선체 외각과 범선이 떠올랐다.

보르에난의 숲에서 미궁도시까지 해로나 공로로 갈 생각이었으니 마침 잘 됐다.

"아까 격납고에서 봤습니다만—."

부탁이나 해보자 싶어서 배의 외각을 요구해봤더니, 장로가 조금 생각한 다음에 허가해 주었다.

나중에 물어보니 답례품으로 불량재고인 고철을 줘도 되는지 망설였다고 한다.

머무르는 동안 마개조하고 놀아볼까.

◆

"루아, 무울~."

희미하게 빛나는 투명한 침대에 누워 있던 하이 엘프 아이아리제 씨가 잠이 덜 깬 눈으로 일어났다.

"아제 님이 눈을 뜨신 것 같아요."

장로들과 이야기를 마친 뒤 아이아리제 씨가 어떤지 보러 들렀는데, 마침 좋은 타이밍이었다.

무녀 루아 씨가 물주전자에서 따라준 물을 그녀에게 건네고 있었다.

물이 든 컵은 유리 같은 질감이었지만, 들어본 감촉은 플라스틱에 가까운 신비로운 소재였다. AR표시를 보니 아르아 고블렛이라고 나왔다. 아르아가 소재 이름이겠지.

"우우, 분명히 다이사쿠 말이 틀린 거야. 하이 엘프는 은발에 어린 소녀 모습이고, 어미가 『느니라』라고 했는데……."

"아제 님."

루아 씨가 내 존재를 아이아리제 씨에게 전달하려고 했지만, 그녀는 자기가 말하는데 필사적이라 전혀 깨닫지 못했다.

"알고 있어. 고인한테 불평을 하면 안 된다는 거잖아?"

"아제 님!"

아이아리제 씨는 미아처럼 볼을 부풀리고 삐쳐 버렸다.

좀 귀엽다. 까딱하면 반해 버리겠어.

"아이참. 조금은 괜찮잖아. 분명히 이상한 여자라고 생각했을 거야. 미아를 데리고 돌아온 은인인데, 엘프 마을의 인상이 최악이 돼버렸으면 어떡하지?"

"아제 님!!"

분명히 정서불안정으로 소란을 피우는 모습은 이상하다고 생각하지만, 끊이지 않고 바뀌는 풍부한 표정은 생각보다 호감이 가는걸요.

"어제 용건을 끝내고 미아한테 『어서 와』라고 말하러 윗도시에 갔더니 없잖아. 그래, 그 아리사란 애도 『하이 엘프는 은발 어린 소녀가 기본이야. 틀림없어』, 『주인님은 어린 소녀가 키스를 해달라고 하면 반드시 거절할 거야』라고 했는데 전혀 아니잖아."

"아제 님……."

그렇군, 아리사도 한몫 거들었구나.

"정말, 이래서 일본인은 방심할 수 없어. 옛날부터 다른 사람을 장난감 삼아서 놀고……."

역대 일본인들을 몇 명 만나본 모양인데 아리사 같은 녀석만 만난 게 틀림없군.

나 같은 평범한 사람도 있는데 사람 운이 나쁜 엘프인걸.

그건 그렇고 아리사가 일본인이라는 걸 아는 이유는 뭐지?

본인이 말할 것 같지는 않은데, 전생자의 증거인 보라색 머리칼로 깨달았나?

금발 가발을 씌워둘 걸 그랬군.

"아제 님, 부탁이니 제 이야기를 들어주세요."

"에잇. 뭔데, 루아?"

루아 씨가 작게 가리키는 방향에 내가 있었다.

아이아리제 씨가 기름칠을 안 한 양철 인형처럼 끼이이이 고개를 돌렸다.

눈이 마주쳤다.

아우아우, 아이아리제 씨가 당황했다.

차분한 어른 같은 외견과 가드가 무른 섣부른 행동의 갭이 아주 좋아. 이런 걸 바로 갭 모에라고 하는 건가?

그건 그렇고, 일단 도와줘야겠군. 아리사도 잘못했으니까.

"루아 씨에게 들었습니다. 아침부터 열이 나서 누워계셨다고요. 이상한 소리를 하실 정도였다고……."

사기 스킬의 협력으로 지어낸 이야기를 루아 씨에게 패스했다.

"그, 그래요, 아제 님. 아직 열이 내리질 않으셨으니까 오늘은 무리하지 말고 쉬세요."

루아 씨도 내가 지어낸 「이상한 언동은 고열로 몽롱한 탓」이란 이야기에 재빨리 올라탔다.

아이아리제 씨가 진정한 다음에 다시 한 번 만날 약속을 나누고 오늘은 일단 물러났으나, 루아 씨가 무슨 할 말이 있다고 했다.

성가신 일의 예감이 들었지만 일단 들어는 볼까.

미아 귀환 환영 연회가 이어지는 수상 가옥으로 돌아오자 어째선지 미아가 「정좌」라고 했다.

밀고범은 먼저 돌아온 미아네 아빠가 아니었다. 아리사랑 미아 뒤에 무녀 세 사람이 즐겁게 웃으며 과자를 먹고 있었다.

입이 가벼운 수다쟁이 아가씨들에게는 눈물이 나올 정도로 무지 매운 쿠키를 선물해야겠군.

돌 무대에서 수행

"사토입니다. 여교사라는 타입에는 동경을 품게 됩니다. 성실하고 늠름한 선생님이 사생활에서는 못 써먹는 스타일이 좋아요. 유감이지만 연상이 저를 상대해준 적이 없지만 말이죠."

"주인님, 재미있는 과자를 받아 왔어."

"고마워, 아리사."

아리사가 작은 컵케이크가 한 가득 든 바구니를 안고서 내 옆에 앉았다.

평범한 컵케이크처럼 보이지만 안에는 걸쭉한 완숙 과실이 들어 있다고 했다.

"이건 알코올이 들어간 거 아니겠지?"

"에이, 그건 첫날에만 실수한 거야."

같은 실수는 두 번 안 한다며 아리사가 웃었다.

그날 음주를 금지한 애들이 취해버린 건 과자에 향기를 내려고 쓴 술의 알코올이 빠지지 않았기 때문이었다.

여기는 첫날에 방문한 수상 가옥 거실이다. 그날 이후로 여기를 임시 거처로 받았다.

미아 일가는 지하 공동에 있는 집에서 머물 것을 권했지만,

오랜만에 가족들끼리 단란하게 지내는 시간을 방해하기 싫어서 여기 머물고 있었다.

물론 그 이후로 나흘이 지나도록 미아 귀환의 연회가 이어지는 상황이라 별로 의미가 없는 배려였을지도 모르겠다.

지금도 수많은 엘프가 미아를 중심으로 떠들썩하게 담소를 나누고 있었다. 부모님에게 어리광부리는 미아는 어린 외모가 어우러져, 보고 있자니 흐뭇했다.

타마와 포치는 엘프들뿐 아니라 급사나 청소를 하는 브라우니들에게도 인기가 높아서 마스코트처럼 사랑 받고 있었다.

"오리 육포~?"

"이거는 붉은 사슴 육포인 거예요~"

"정답."

"제법인데! 이번에는 아껴뒀던 거야."

지금은 먹이로 길들이기— 아니, 육포 종류 맞히기를 즐기고 있었다.

리자는 두 사람 뒤에서 실수를 하지 않도록 감독하고 있었다. 물론 주변에서 권하는 육포는 남김없이 그녀의 위장으로 직행하고 있었다.

"나나, 더."

"푹신푹신."

"과자 맛있어."

첫날에는 힘 조절을 잘못해서 날개요정에게 미움 받은 나나도 지금은 달콤한 과자를 지원군으로 얻어 날개요정과 우정을 되찾았다.

나나의 어깨나 머리 위에 앉은 날개요정이 와구와구 과자를 먹고 있었다.

푹신푹신하다고 말한 녀석은 괘씸하게도 나나의 풍만한 가슴골에 앉아 있었다. 나랑 바꾸자.

이 날개요정들은 엘프어밖에 말을 못한다. 그래서 동료들은 의사소통을 보조해주는 번역 반지를 장비했다.

이 반지는 미아의 부모님이 준비해줬다. 공도에서 만난 르모크 왕국의 메네아 왕녀가 일본인 소환자들에게 빌려준 것과 비슷한 반지였다.

용의 계곡 전리품에도 없는 희귀한 물건인데, 한 사람당 하나씩 번역 반지를 무상으로 무기한 대여해 주었다.

옛날에 번역 반지를 만드는데 정열을 쏟은 엘프가 있어서 보르에난에서는 그리 희귀한 물건이 아니라고 한다.

가르침을 청하고 싶은 위업이지만, 유감스럽게도 그 엘프는 세계수에서 자고 있었다.

그 자고 있는 엘프에 대해서는 연회에 참가한 주정뱅이 엘프가 간단히 가르쳐 주었다.

"—아아, 수면조란 건 말이지. 사는데 질린 녀석이나 추억이 풍화되는 게 싫은 녀석이 들어가는 거야. 500년쯤은 기억도 선명하지만 그 뒤로는 점점 기억이 바래지거든. 수천 년에서 1만 년 정도 살아온 장로들은 점점 무감동해지나 봐."

과연, 잊고 싶지 않은 추억을 품고 잠드는 거구나.

분명히 생물의 뇌세포에 그렇게까지 큰 용량은 없을 테니까.

"하이 엘프 님도 그런가요?"

아이아리제 씨를 비롯한 하이 엘프들은 1억살을 넘었으니, 보통 엘프하고는 단위가 다르다.

"하이 엘프 님들은 기억고가 있으니까 기억의 풍화하고는 상관없고, 살아가는데 질렸거나 자기혐오로 틀어박힌 것뿐—."

성실해 보이는 얼굴의 엘프가 주정뱅이 엘프를 팔꿈치로 찔러 말을 막았다.

아무래도 엘프들의 터부를 건드렸나 보군.

미묘하게 어색한 분위기를 미아의 밝은 목소리가 해소해주었다.

"사토."

방금 전까지 엄마 팔에 달라붙어 있던 미아가 엘프 소년소녀 세 명을 데리고 왔다.

눈물의 재회 같은 상황은 이틀째부터 굉장히 줄었지만, 지금도 이렇게 처음 오는 엘프를 미아가 한 사람씩 정중하게 소개해줬다.

"소야, 푸야, 에아."

—별로 정중한 것 같진 않은 것 같기도 하고.

"네가 라야를 장기로 이긴 사토군."

"강적."

"라야는 우리들『보르에난 유희 모임, 새벽의 사천왕』중에서도 최약! 네 장기가 우리들에게 과연 통할까!"

입이 다물어지지 않는 흐름이지만 이런 수수께끼 문화는 용사 다이사쿠가 퍼뜨린 거다. 요 며칠 동안 알게 되었다.

"우움, 실례."

라야, 그러니까 미아네 아빠가 입을 삐죽거렸지만 다들 무시해서 조금 쓸쓸해 보였다.

참고로 『새벽』 말고도 『여명』이나 『바람 소리』 등, 유희 4천왕은 수많은 시리즈가 있다는 걸 덧붙인다.

엘프들 상대로 장기로 연전연승한 덕분인지 칭호에 「장기 명인」, 「유희왕」이란 것이 늘었다.

"장기 승부군요. 좋아요."

"그럼 나부터."

"아뇨, 기왕 다들 오셨으니까 3면으로 두죠."

"오만."

"흥, 그런 여유도 처음에나 부릴 수 있는 거야!"

엘프들은 다들 지기 싫어하는 성격인지 미아네 아빠와 마찬가지로 「기다려」를 연발하는 사람이 많아서 동시에 대국하기로 했다.

이세계에 와서 젊어진 이 몸은 지력수치가 상한선에 도달했기 때문인지 다면으로 두는 것도 어렵지 않았다.

덕분에 「병렬 사고」란 스킬을 얻었다.

유감이지만 이름처럼 굉장한 스킬은 아니었다. CPU로 말하자면 멀티 코어가 아니라 멀티 스레드 같은 병렬 처리라서 처리능력 총합은 그대로였다.

간단히 비유하자면 「멀티 태스킹의 달인」이랄까?

수차례 반복되는 「기다려」 때문에 3면이 동시에 멈춘 타이밍에 에이프런을 장비한 루루가 주방에서 돌아왔다.

요리를 좋아하는 엘프 소녀들도 함께였다.

용사 다이사쿠가 말한 일본 요리를 연구한다는 네아 씨가 한 걸음 앞으로 나섰다.

"사토 씨, 어제 약속한 햄버그를 만들어 왔으니 평가를 부탁드려요."

"네, 기꺼이."

네아 씨가 자칭 햄버그 접시를 내 앞에 늘어놓았다. 시식용이라 모두 한 입 사이즈였다.

미트볼 같은 완자, 페이스트로 만든 고기를 구운 것, 면처럼 만든 다음에 그것을 엮어서 종지 사이즈의 덩어리로 만든 뒤 석쇠에 구운 것, 고깃덩어리로 보이는 것, 그리고 마지막으로 겉보기에는 햄버그 그 자체가 담긴 접시가 있었다.

명백하게 햄버그가 아닌 것이 섞여 있는 이유는 용사 다이사쿠가 남긴 말이 「고기를 반죽해서 구운 요리」라는 애매한 내용이라서 그렇다.

그는 나보다 더 요리 지식이 없었나 보군.

"이것 말고는 아무리 봐도 햄버그가 아니지만, 불만 없이 맛있어."

"응, 그렇네."

아리사의 평가에 동의했다.

"특히 이 페이스트로 만든 녀석이랑 엮은 면이 맛있네."

햄버그도 아니고, 지구에서는 본 적이 없는 요리였다. 창작요리 가게 같은 곳에 있을 법한 요리네.

네아식 햄버그가 햄버그 같지 않은 것은 고기만 써서 만들려고 한 탓이었다.

네아 씨는「쇠고기 100퍼센트입니다」라고 했다. 아무래도 용사 다이사쿠가 설명을 제대로 못한 게 문제로군.

고기만 가지고 만들면 퍼석해지기 쉽지만 그건 수백 년의 시행착오로 어떻게 한 모양이다.

수백 년이라…… 과연 엘프다. 시간관념이 인간족이랑은 다르네.

그건 그렇고 달걀도 없이 고기만 가지고 어떻게 면을 만들었는지가 수수께끼다.

루루도 아리사 옆에서 시식한 다음 내가 가르쳐준 햄버그를 만들러 주방으로 갔다.

"그 밖에도 100종류 넘게 있지만, 이 다섯 종류가 가장 다이사쿠 님이 말했던 요리에 가깝다고 생각해요."

"그건 굉장하네요. 머무는 동안 꼭 모든 종류를 제패하고 싶어요."

"네, 미아의 은인인 걸요. 솜씨를 발휘해서 만들어 드릴게요."

뻔뻔한 부탁인데도 네아 씨는 흔쾌히 수락해 줬다.

함께 온 요리 좋아하는 엘프 소녀들도 자신들의 레시피를 전수해준다고 했다. 머무는 동안에 루루랑 둘이서 잔뜩 배워가야겠는걸.

—꼬르르륵.

귀여운 소리가 나기에 돌아봤더니 침이 흐를 법한 표정의 타마와 포치가 이쪽을 보고 있었다.

방금 전까지 육포 비교를 하고 있었다고는 믿기 어려운 표정이군.

"시식해볼래?'

"네잉!"

"네, 인 거에요!"

"미력하게나마 돕겠습니다."

넌지시 떠보자 펄쩍 뛰어오를 기세로 둘이 손을 들며 긍정했다.

두 사람 뒤에 서 있던 리자도 시식하고 싶은가 보다. 새침한 표정이지만 어느 틈엔가 꼬리가 움직이며 바닥을 때리고 있는 걸 보니 말을 걸 타이밍을 기다리고 있었구나.

그리고 타마와 포치부터 순서대로 먹여봤는데—.

"뉴우~? 햄버그 달라~."

"햄버그는, 더 부드럽고 탄력이 있고 먹으면 쭈욱하는 거예요! 이렇게 와앙 먹으면 행복한 거에요."

네아 씨 앞에서 팔을 휘둘러대며 뜨겁게 논하는 포치의 손에서 포크를 빼앗았다. 위험하니까.

리자는 각각 한입씩 먹어보고 고개를 끄덕거렸다. 눈가가 느슨한 걸 보니 만족스런 맛이었구나.

그때 루루가 갓 구운 햄버그를 가지고 왔다.

햄버그는 패밀리 레스토랑에 있을 법한 접시에 담아왔다. 나

무 접시 위에 뜨거운 검은 철판이 올라간 타입이었다.

네아 씨가 감개무량한 모습으로 향기를 즐기더니 눈에 새기려는 듯 햄버그를 자세히 확인했다. 식기 전에 얼른 드세요.

"그러면, 잘 먹겠습니다."

나이프와 포크를 써서 한 입 크기로 잘라 작은 입으로 옮겼다.

타마와 포치가 군침을 흘리면서 그 포크 움직임을 눈으로 쫓았다.

리자의 얼굴을 슬쩍 봤는데 입이 조금 벌어졌지만 침은 안 흘렸다.

시선의 행방에 관해서는 묻지 말도록.

—그건 그렇고…….

부탁이니 울면서 먹지 마세요.

네아 씨에게는 환상의 요리니까 어쩔 수 없나?

물론 그녀의 솜씨라면 한 번 먹으면 금세 재현해 버릴 것 같은걸.

"사토."

부모님 사이에서 이쪽을 보고 있던 미아가 어느샌가 내 옆으로 와 있었다.

"두부 햄버그."

뒤에서 목덜미를 끌어안은 미아가 볼을 부비면서 졸랐다.

생글생글 웃던 아리사의 표정이 굳어지더니 미아의 손을 떼어내려고 분투하기 시작했다.

—그만 해라, 어른스럽지 못하잖니.

나는 마음속으로 아리사를 타이르고 미아를 달래고자 머리를 쓰다듬었다.

"분부 따르겠습니다, 공주님."

미아에게 농담을 해서 목에 두른 손을 떼어낸 나는 네아 씨가 진정하고 맛을 볼 수 있도록 타마와 포치를 옆구리에 안고서 부엌으로 갔다.

루루도 도우러 와서 미아가 요청한 두부 햄버그뿐 아니라 일본풍 햄버그나 찜 햄버그, 토마토 버거 같은 것도 만들어줬다.

물론 결식아동들 것도 잊지 않았다.

완성된 두부 햄버그를 가지고 돌아오자 엘프 손님이 늘어 있었다.

여기서 햄버그를 먹을 수 있다는 입소문이 퍼진 모양이군.

"금방 새로운 햄버그가 올 테니까 조금만 기다려 주세요."

"응, 알았다."

"기대된다, 기대된다."

엘프들에게 가볍게 인사를 하면서 미아에게 두부 햄버그 접시를 내밀었다.

"자, 미아. 기다리던 거야."

"응, 고마워."

미아 앞에 놓인 접시를 보더니, 미아의 부모님과 엘프들 사이에 놀라움이 퍼지면서 술렁거렸다.

그 자리에 있는 모두의 시선을 모으면서, 미아가 두부 햄버그

한 조각을 입에 넣었다.

미아가 오물오물 씹으면서 얼굴에 행복하다고 써 붙인 것 같은 표정을 지으며 눈으로 웃었다.

"""미아가 고기를!"""

엘프들이 입을 모으며 놀랐다.

아니, 그렇게까지 놀랄 일인가?

"장하다."

"미아, 잘했어. 참 잘했어. 오늘은 팥밥[#5]을 지어야겠어. 지어야겠지?"

부모님은 미아를 끌어안고 기뻐했지만, 미아는 식사를 방해받아서 난처한 표정이었다.

아니, 들뜬 부모님을 보고서 조금 뽐내는 표정이었다.

—성공했군.

나는 계획이 성공하여 내심 웃었다.

미아한테 고기 알러지가 없다는 사실은 미아 부모님에게는 미리 확인했다. 그래서 이번 두부 햄버그에는 두부뿐 아니라 지방분을 제거한 고기를 10퍼센트 정도 섞어서 만들었다.

시식해본 느낌으로는 고기 느낌이 안 났고, 미아도 고기가 들어간 걸 눈치 못 챘다.

미아에게 알려주는 건 고기 비율을 조금 더 늘린 다음에 할까.

—훗훗후, 고기 요리의 마수는 언제나 너를 노리고 있단다.

#5 팥밥 일본에서는 경사스런 일이 있을 때 팥밥을 짓는다.

〉「책략」 스킬을 얻었다.

"주인님, 웃음이 무서워."

어쩐지 머릿속에서 악역 기분을 내고 있었더니 아리사가 기가 막힌단 목소리로 지적했다.

방심하고 있으면 「무표정(포커페이스)」 선생님께서 게으름을 피우나 보군.

그때 루루가 접시에 산처럼 쌓은 각종 햄버그를 가지고 왔다.

한가해 보이는 리자에게 부탁해서 예비 접시를 이쪽으로 가져다 달라고 했다.

"기다리셨죠, 다들 맛보세요."

내가 말하면서 엘프들에게 각종 햄버그를 권했다.

"맛있다."

"맛있어요! 너무나 부드러워요. 입 안에서 감칠맛이 퍼지네요!"

엘프들이 입을 모아 햄버그를 절찬했다.

루루와 리자에게 도우미를 부탁해서 햄버그를 더 구웠는데, 「용사가 말했던 햄버그 재현」이란 말의 임팩트가 강했는지 몇 번을 구워도 더 구워달라는 요청이 들어왔다.

네아 씨를 비롯한 아가씨 세 명에게도 햄버그 레시피를 전수하여 다른 수상 가옥에서도 햄버그를 양산하기 시작하지 않았다면 내일이나 되어야 주방에서 해방됐을 거다.

평범한 고기 재고는 꽤 소비했지만, 고래 고기를 빼고서도 마물 고기가 상당히 많으니까 당분간은 괜찮겠지.

햄버그를 먹고 기뻐한 엘프들이 답례라면서 큰 양이나 홍계

(紅鷄) 같은 가축을 선물해주기도 했고.

가축들은 수상 가옥이 있는 커다란 나무뿌리 근처의 광대한 옹이구멍에 만들어진 마구간에서, 말과 주룡들과 함께 「움직이는 인형(리빙 돌)」들이 보살펴줄 예정이었다.

"수고했어, 루루."

"아뇨, 이 정도는 문제없어요."

일을 한 고비 끝낸 나와 루루는 엘프들이 선물로 가져온 향토 요리를 먹으며, 경쟁하듯 햄버그를 먹으면서 혀를 내두르는 사람들을 보고 만족감에 빠졌다.

◆

""""헤이 보이, 손님이라네.""""

엘프 마을 이레째 아침 식사 뒤에, 갑자기 수상 가옥 거실에 걸려 있던 수수께끼 조각들이 동시에 말을 하기 시작했다.

완전히 허를 찔렸는지, 타마가 방금 전까지 가지고 놀던 장기 말 무더기를 노려보는 자세 그대로 꼬리를 부풀린 채 굳어 버렸다.

놀라서 눈이 동그래진 포치도 의자에서 떨어질 뻔했지만 옆에 앉아 있던 리자가 지탱해줘서 별 일 없었다.

아무래도 이 수수께끼 조각은 인터폰 같은 건가 보다.

연회가 열리던 어제까지는 작동하지 않았었다. 아마 누군가 신경을 써서 기동시킨 다음에 돌아갔나 보네.

벽에 걸린 거울이 모니터처럼 방문자의 모습을 비춰주나 했는데, 그런 기능은 없었다.

내가 일어서자 수수께끼 조각의 목소리가 멎었다.

"제가 보고 올게요."

루루가 손님을 맞이하러 허겁지겁 계단 아래로 달려갔다.

"안녕하세요, 사토 씨."

"안녕."

루루가 뜻밖의 사람들을 데리고 돌아왔다.

"어서 오세요. 아이아리제 님, 루아 씨."

나는 무녀 루아 씨와 하이 엘프 아이아리제 씨를 방으로 들였다.

"아제 님, 어서요—."

"우, 우우우. 알았으니까 재촉하지마, 루아."

좀처럼 말을 꺼내지 못하는 아이아리제 씨의 어깨를 루아 씨가 콕콕 찔렀다.

"주인님, 우리는 잠깐 말들 산책 시켜주고 올게."

"그래, 부탁한다."

어째 말을 꺼내기 힘들어 보이는 아이아리제 씨를 본 아리사가 배려해, 방에서 쉬고 있던 동료들과 함께 자리를 비켜 주었다.

"죄송합니다, 괜히 신경을 써주시게 했네요……."

미안한 기색의 루아 씨를 달래고, 두 사람에게 의자를 권했다.

아이아리제 씨는 낯을 좀 가리는지, 나를 올려다 보면서 꼬물꼬물 거리기만 하고 전혀 말을 안 했다.

"아제 님, 어서요. 이상한 부분만 보여서 부끄럽다고 계속 꾸

물거리기만 하지 마세요."

참을성이 바닥난 루아 씨가 아이아리제 씨의 머리를 두 손으로 잡아서 나를 향해 억지로 획 돌렸다.

—잠깐, 루아 씨!

마음은 이해하지만 아이아리제 씨의 목이 다치면 어쩌려고요?

나와 눈이 마주친 아이아리제 씨가 당황한 표정으로 입을 열었다.

"요, 요전에는 미안해!"

아이아리제 씨가 다른 변명도 없이 내게 고개를 숙였다.

요전에 그 금발 어린애 때문이겠지.

"저야말로 아이아리제 님의 말을 잘못 이해하고 입맞춤까지 해버려서 죄송합니다. 불쾌하지는 않으셨나요?"

"그, 그럴 리가—."

아이아리제 씨에게 물었더니 새빨간 얼굴로 단언했다.

나는 느슨해지려는 볼을 「무표정」 스킬의 도움을 빌려 긴장시켰다.

"그러면 양쪽 모두 잘못했다, 혹은 양쪽 모두 잘못이 없다고 하고 끝내죠."

"응, 사토가 그래도 좋다면—."

내 말에 아이아리제 씨가 안도의 한숨을 내쉬었다.

아이아리제 씨와 나 사이에 미묘한 공기가 흘렀지만, 눈동자색을 은색으로 바꾼 루아 씨가 화제를 바꿔 흘려보내 주었다.

"소문으로는 들었지만 사토 씨의 정령광은 정말로 예쁘네요."

“그런가요? 저는 정령광이란 것이 보이지 않아서 잘은 모르겠습니다만—.”

내가 대답하자 루아 씨가 놀란 목소리로 말했다.

“빛이 이렇게 강한데도 정령시가 없는 건가요?”

“다이사쿠도 그랬지만 용사는 이상한 데서 서툴러.”

아이아리제 씨가 자연스레 폭탄발언을 했다. 루아 씨가 거기에 응했다.

“사토 씨는 용사님인가요?”

“그거, 루아한테도 말했었잖아. 사토는 흑룡이랑 싸우고 있던 무지개색 정령광의 용사야.”

그러고 보니 흑룡이랑 싸울 때 세계수 방향에서 아이아리제 씨가 「멀리 보기(클레어보이언스)」 계통 마법으로 엿보고 있었지.

그때는 나나시의 모습으로 변장했었으니까 일단 시치미를 뗄까.

“저기, 무슨 말씀이신지?”

내가 대답하자 아이아리제 씨가 고개를 갸웃거렸다.

“산맥에서 싸웠을 때 말야—. 근데, 어라? 오늘은 용사 칭호가 아니네.”

아이아리제 씨가 가진 무수한 기프트 가운데 「감정(애널라이즈)」이 있었다.

“그러고 보니 그대는 이름이 공란이었고, 오늘은 레벨이랑 스킬도 달라.”

“그건 다른 누군가랑 착각하신 것 아닐까요?”

“아하하, 이렇게 특색 있게 강한 정령광을 가진 사람이 또 있을 리 없잖아.”

나는 아이아리제 씨 물음에 시치미를 뗐지만 그녀는 끄떡도 안 했다.

"우리들 하이 엘프나 천룡들도 그렇게 굉장한 정령광은 못 내."

황홀한 기색으로 나를 바라보는 아이아리제 씨의 표정은 근사했지만 지금 나는 그 모습에 취할 여유가 없었다.

"혹시 사토는 자기가 용사라는 걸 숨기고 싶었어?"

"네. 제가 용사라는 걸 권력자들이 알면 귀찮은 일이 생길 것 같아서요—."

나 혼자라면 어떻게든 따돌릴 수 있지만 동료들은 그렇지 않았다. 무엇보다도 느긋하게 유람 여행을 즐길 수 없게 된단 말이지.

"흐~음."

아이아리제 씨는 이해하기 어려운지 고개를 갸웃거렸다. 루아 씨가 그녀의 귓가에 뭐라고 속삭였다. 보안용의 마법 도구(매직 아이템)라도 가지고 있는지 내「엿듣기」스킬로도 대화 내용을 알 수 없었다.

보통은「비밀로 해줄 테니 뭘 해라」하는 요구를 경계하겠지만, 아무래도 여기 사는 엘프들을 보고 있으면 그런 말을 예상할 수는 없었다.

뭔가 부탁하고 싶으면 교섭 조건이 아니라 평범하게 부탁하는 직구를 던지는 녀석들밖에 없어.

"그럼! 내가! 가르쳐줄게!"

아이아리제 씨가 주먹을 움켜쥐고 일어서더니 선언했다. 뭘 가르쳐준다는 건지 알 수 없어서 그녀의 다음 말을 기다렸다.

하지만 내가 쳐다보자 부끄러운지 새빨개져서 쪼그려 앉아 버렸다.

미묘하게 귀찮은 타입이긴 하네. 왜 이렇게 긴장을 하지?

"그러니까! 미아를 마을까지 바래다준 답례로, 내가 정령광 제어하는 법을 가르쳐 줄게!"

"그건 오히려 이쪽이 부탁하고 싶은 일인데, 괜찮을까요?"

"응, 맡겨만 둬!"

루아 씨 등 뒤로 숨으면서 장담한다.

몸집이 작은 루아 씨한테 숨으니까 중학생 등 뒤에 숨는 기가 약한 선생님 같군.

이렇게 나는 조금 미덥지 못한 아이아리제 선생님에게 가르침을 받게 되었다.

드라이어드의 「전이」로 세계수에서 30킬로미터쯤 떨어진 바위지대로 왔다.

보르에난 숲 안에서는 비교적 자유롭게 전이할 수 있었다.

"사토 씨, 이쪽이요."

무녀 루아 씨가 선도하여 바위지대를 나아가자 폭포가 내려다보이는 장소로 빠져 나왔다.

장애물이 없는 정면에 세계수의 웅대한 모습이 확 들어왔다.

"역시 세계수는 커다랗네요."

"네, 산수도 크지만 세계수는 격이 달라요."

저 크기를 가지고 용케 자기 무게 때문에 쓰러지지 않는군.

그게 궁금해서 질문을 했더니―.

“장로님들 이야기로는 세계수 자신이 유지하는 『차원 말뚝』이란 마법으로 지탱되고 있다고 해요.”

그렇군. 전에 세계수 안의 격납고에서 본 은선(銀船)의 선체 외각을 고정하고 있던 마법과 같은 거구나.

걸어가면서 무녀 루아 씨와 이런 대화를 나눴다.

이윽고 폭포 앞에 거대한 바위를 눕혀놓은 돌 무대가 보였다. 그곳에는 먼저 출발한 아이아리제 씨가 기다리고 있었다.

아니, 있는 건 괜찮은데…….

그 차림새는 뭐죠?

하얀 셔츠에 타이트스커트, 덤으로 삼각 렌즈 안경까지. 머리 모양은 뒤로 경단처럼 묶었지만 옆 머리칼을 좌우로 한 다발씩 남겼다. 저 짧은 지팡이는 지시봉 대신인가?

이른바 스테레오 타입의 여교사 차림이었다.

용사 다이사쿠……. 문화 해저드 좀 작작하자.

그래도 이번에는 눈 보신이 되니까 넘어가지.

“사토 군, 늦었어.”

얼굴이 빨개질 거면 코스프레 같은 건 안 하면 될 텐데요.

게슴츠레 쳐다보고 싶었지만, 이야기가 진행되질 않을 것 같아서 무표정 스킬에게 일을 좀 시켰다.

“늦어서 죄송합니다.”

“아제 님이야말로 놀지 말고 도사 의상으로 갈아입어 주세요.”

“괜찮잖아. 이 의상을 입으면 교육 스킬에 +1 효과가 있다고 다이사쿠가 그랬어."

"그건 그가 농담한 거예요."

아이아리제 씨는 루아 씨한테 혼난 것보다 「교육 스킬 +1」이 거짓말이라고 말한 것에 아연해 졌다.

어째서 그걸 믿은 거지?

아이아리제 씨가 재기할 때까지 바위 무대 위에서 폭포의 절경을 감상했다.

유명한 나이아가라 폭포 정도는 아니지만 폭포 여러 개가 한 곳으로 떨어지는 것이 상당한 장관이었다.

암벽을 따라 떠 있는 바위에서도 물이 흘러 떨어졌다. 내가 가진 「나락의 물주머니(웰 백)」 같은 원리일까? 꽤나 신비로운 광경이었다.

어흠. 헛기침 소리가 들리기에 돌아보자 무녀복으로 갈아입은 아이아리제 씨가 있었다.

천이 스치는 소리에 매혹되어 돌아보지 않는 게 참 힘들었다.

"그러면 수행을 하기 전에 이걸 드세요."

조수 역할의 루아 씨가 약포에 든 파란 가루를 내밀었다.

"이건 뭐죠?"

공도의 보석 공방에서 본 사파이어 가루 같은 느낌이었다. 가끔 반짝반짝 빛을 내고 있으니 무슨 마법약이겠지.

AR표시를 보니 「성수석(聖樹石)의 분말」이었다.

"성수석 — 숲 바깥에서는 『현자의 돌』이라는 속칭이 유명하죠 — 이건 그걸 가루로 만든 거예요."

—현자의 돌?!

"출산하는 임산부한테 먹이기도 하지만, 주된 용도는 마법 효과를 증강하는 거죠."

루아 씨가 분말의 다른 용도를 가르쳐 주었다.

아이아리제 씨가 괜히 대항 의식을 자극 받았는지 다른 사실도 알려주었다.

"세계수에서 한 해에 돌멩이 하나 정도밖에 못 구하는 귀중품이야! 그러니까 흘리면 안 돼?"

과연, 세계수에서 채취하는 거구나—.

어쩐지 결석 같은 인상을 받아 버렸다.

혹시나 싶어서 스토리지를 검색해 봤는데, 유감이지만 성수석이나 현자의 돌은 없었다.

나는 파란 가루를 입에 머금고 루아 씨가 건네준 물로 목 너머에 흘려 넣었다.

아무 맛도 안 나네. 가루의 움직임을 느낄 수 있도록 집중했더니 「마력 감지」 스킬을 얻었다. 이 가루에서 미약하지만 마력이 솟아 나오는 모양이군.

"그러면 일단 준비운동이야. 내가 움직이는 대로 따라 해."

아이아리제 씨의 움직임을 확인하면서 같은 움직임을 모방했다. 꽤 격한 움직임이었다.

이 움직임은 가루를 온몸에 퍼뜨리기 위한 것인가 보다. 위까지 간 가루가 녹아서 혈류를 타더니 성수석의 미립자가 몸 전체로 퍼지는 걸 알 수 있었다.

어쩐지 위 렌트겐에 쓰는 바륨이 떠올랐다.

"다음으로 몸에 마력을 흘려봐."

그 말에 따라 마력을 내 몸에 채웠다. 자기 치유를 할 때랑 비슷한 느낌이었다. 마력을 몸에 흘리자마자 핏속의 미립자에 빨려 들어갔다.

방심하면 수행복인 유리하 섬유에 마력이 흘러갈 것 같아서 주의가 필요했다.

"잘 하네."

"정말이네요. 보통은 마법복으로 유출되거나 마력 순환을 잘 못하는 법인데 자연스럽게 하고 있어요."

칭찬해주는 건 기쁘지만 이대로 계속해도 되나?

조정이 생각보다 어려워서 말할 여유가 없었다.

핏속의 미립자는 일정량까지 마력을 빨아들이더니 이번에는 마력을 방출하기 시작했다. 이 감촉은 성검이 내는 성광에 가깝군.

"좋아, 이제는 몸에서 흘러넘치는 마력을 붙잡아서 억눌러. 그대로 몸의 표면에 얇은 막을 만드는 것처럼 펼치는 거야."

과연, 천재는 가르치는 게 서툴다고 했었지. 그러나 어쩐지 모르게 이해했다.

나는 「불사의 왕」 젠의 「그림자 채찍」을 붙잡았을 때의 요령으로 콱 붙잡았다. 다음으로 그 마력을 얇게 펼쳤다. 용사 하야토와 훈련하며 익힌 「마력 갑옷」 사용 경험이 있어서 생각보다 간단했다.

〉「정령광 제어」 스킬을 얻었다.

〉「마력 제어」 스킬을 얻었다.

“응, 성공이야.”

“네?! 아, 정말이네요. 정령광이 전혀 안 보이게 됐어요.”

눈을 뜨자 은색 정령시 눈동자 모드의 루아 씨가 확인하고 있었다. 유감이지만 본래 안 보이는 정령광을 스스로 확인할 수가 없으니 루아 씨 말을 믿는 수밖에 없었다.

덤으로 언제나 몸에서 아주 조금씩 흘러나오는 마력도 전혀 유출되지 않는 것을 알았다.

이쪽은 「은형」 스킬로도 유출을 막을 수 있으니 「마력 제어」 스킬은 필요 없을지도 모르겠다. 유효화(액티베이트)해야 할 때가 오면 마력 조작이랑 어떤 차이가 있는지도 검증해야겠군.

“보통은 몇 년 걸리는데, 소질이 좋아.”

“저는 100년이나 걸렸어요……. 용사는 정말로 규격이 다르네요.”

루아 씨가 석연찮은 표정으로 불평했다. 내가 위로하는 것도 좀 아닌 것 같아서 그냥 넘어갔다.

두 사람의 조력에 인사를 하려고 자세를 바로잡은 뒤 돌아봤지만 그건 조금 성급했었나 보다.

“다음은 수행 제2탄이야.”

“그렇네요. 귀중한 성수석 가루를 썼으니까 효과가 있는 동안 다음 과정도 해버려요.”

“이번에는 막처럼 만든 마력을 눈 부분에 얇게 뻗어서 아주 약간 흘려봐.”

일부만 조작하는 건 어렵단 말이지, 영차.

응, 콘택트렌즈를 이미지 해서 조작했더니 잘 됐다.

“내 양손 끝을 잘 봐. ■■■■■■■■■ ■■ 물 정령 소환(서먼 워터 엘레멘트).”

아이아리제 씨가 위로 내민 손끝에서 물이 넘쳤다. 잠시 지나자 물이 구체가 되어 양손 조금 위에서 둥실둥실 떠다녔다.

구체에서 안개 같은 물의 입자가 바람을 타고 흐르더니 아이아리제 씨 곁에 작은 무지개를 만들었다.

—요정이나 여신 같아…….

“잘 봐, 사토.”

“—앗, 네.”

아이아리제 씨에게 정신이 팔려 대답이 늦어 버렸다.

아이아리제 씨가 진지한 표정을 짓자 평소와 다른 사람처럼 늠름하군.

나는 그것을 얼버무리듯 헛기침을 한 다음 그녀 말에 따라 눈에 힘을 주고 물의 구체를 보았다.

힘을 준다.

더욱, 힘을 준다.

물 말고 안 보인다— 아니, 엷은 하늘색인 부정형의 작은 빛이 있었다. 눈에 힘을 주면 안 보이고, 반대로 초점을 흐리면 보이는 느낌이었다.

〉「정령시」 스킬을 얻었다.

의외로 간단히 얻었다. 현자의 돌 선생님 덕분인가?

"보였어요."

""어?!""

—어째서 그렇게 놀라죠?

"정말로?"

"네, 희미한 하늘색의 부정형 빛이네요."

"그, 그래요."

"굉장하네. 엘프도 후천적으로 얻을 수 있는 건 100명 중에 한 명 정도인데."

100분의 1이라면 그렇게 희귀하지도 않은 것 같은데.

"좋아, 그러면 제3탄! 정령 마법으로 간다~!"

조금 신이 난 아이아리제 씨가 팔을 치켜들고 선언했다.

생활 마법인 「건조(드라이)」로 옷을 말려주는 것이 신사겠지만, 조금만 더. 아주 조금만 더, 이 광경을 탐닉하고 싶었다.

물에 젖은 무녀복, 좋다—.

"간다, ■ 바람(윈드)."

일단 아이아리제 씨의 모범답안이었다.

유효화한 「정령시」 스킬을 통해서 아이아리제 씨가 뭘 했는지 잘 보였다.

그녀가 단 한 마디 주문을 외자 그녀 주위에 무색의 정령들이 모이더니, 곧장 녹색 바람 속성의 정령으로 변화해서 「바람」이란 현상이 되어 마법을 발동시켰다.

위력은 바람 마법인 「공기 망치(에어 해머)」 정도였지만 영창이 굉장히 짧았다.

"어때? 발현하는 마법은 평범한 바람 마법이랑 변함이 없지만, 영창 시간이 짧고 필요한 마력이 굉장히 적다는 이점이 있어."

"그 대신 정령이 없는 장소에서는 무력하니 주의가 필요하죠."

아이아리제 씨가 깜빡한 디메리트를 루아 씨가 보충해주었다.

정령은 인공물 속이나 마물의 거주 지역에는 얼마 없다고 한다.

발동한 「정령시」 스킬이 보여주는 시야에서 아이아리제 씨는 금색을 중심으로 한 귀금속계열의 강한 빛을 뿜고 있어서 엄청나게 예뻤다.

루아 씨는 한색(寒色) 계열의 빛이 부드럽게 깜빡이는 느낌이네?

두 사람을 보니 정령광은 하나의 색이 아니라 특정한 폭의 색채가 변화하는 것 같았다. 폭포 위를 나는 새도 보았는데 빛이 너무 희미해서 잘 알 수 없었다.

내 몸에서는 옅고 하얀 빛이 미약하게 흘러나왔다.

시험 삼아서 억누르고 있던 정령광을 해방했더니 눈이 머는 게 아닌가 싶은 강렬한 빛이 주위를 물들였다. 폭포 주위에 있던 정령들이 무시무시한 속도로 모여들었다. 정령들 때문에 잘 안 보이긴 했지만, 내가 뿜어낸 빛은 한색부터 난색(暖色)까지 폭넓은 느낌의 원색이고 품격이 떨어지는 극채색이었다.

미아는「예쁘다」라고 평가했지만, 미적인 관점으로 따지면 아이아리제 씨가 뿜어내는 빛이 훨씬 고귀하고 예쁘잖아.

아차, 이래서는 주위가 안 보이네.

나는 급히 정령광을 모아서 밖으로 흘러나가지 않게 했다. 목표를 잃은 정령들이 하늘하늘 흩어지기 시작했다. 루아 씨나 아이아리제 씨가 뿜어내는 정령광에 이끌린 정령만 남고 대부분은 본래의 자연계로 돌아갔다. 모여들 때와 비교하면 느긋한 속도였다.

"벌써 자유자재네요. 적응력이 굉장해요. 그렇죠, 아제 님?"

"그, 그래."

아이아리제 씨는 내 정령광이 눈부셨는지 눈을 깜박거리느라 루아 씨의 말에 건성으로 대답했다.

"죄송합니다, 아이아리제 님. 조금 확인하고 싶은 게 있어서 제어를 풀어봤어요."

"처, 처음이니까 어쩔 수 없지."

어라? 아이아리제 씨의 낯가림이 다시 발동했다. 방금 전까지 나를 보면서 이야기했었는데 또 꼬물꼬물 하면서 거동이 수상한 느낌으로 말을 한다. 어지간히도 눈이 부셨나 보네.

"그, 그보다도! 해봐."

"네, ◆ 바람."

어? 주문이 실패했는데도 조금 산들바람이 불었다. 정령들이 신경을 써준 건가?

"어머? 주문 영창은 서툴러?"

"네, 도통 잘 안 돼요."

"그런 것치고, 지금, 바람이 불지 않았나요?"

"정령이 신경을 써준 걸지도 모르겠네요."

"그럴 리는 없어요."

루아 씨의 말에 생각했던 대답을 했더니 가볍게 부정했다.

"드라이어드 같은 예외를 제외하면 정령들은 자아나 지성이 없어요. 지맥에서 마소(마나)를 받아서 마소를 필요로 하는 생물에게 전달하는 역할을 기계적으로 할 뿐이죠."

과연, 정령은 자연 현상의 일부인 거군…….

그건 괜찮지만 섹시한 운디네 누님을 못 만난다니 아쉽군.

"그래? 가끔 잔뜩 모이면 뭐라고 하던데……."

오, 아이아리제 씨가 반대 의견을 냈네.

"그런 말은 아제 님밖에 안 해요. 다른 하이 엘프 분들도 동의 안 하셨잖아요?"

"우우, 그건 그렇지만. 말하는 느낌이 난단 말야."

루아 씨가 자기 의견을 부정하자 볼을 부풀리면서 시선을 돌렸다. 미아 같은 반응이네.

기분 탓일 가능성이 높지만 그저 착각이라고 단정할 수는 없었다. 게임 개발 디버그를 하다 보면 「기분 탓」이라고 단정했던 버그가 대개 시장에서 발견되거든.

"한 번 시험해봐도 될까요?"

"사토 씨도 참……."

"해봐! 분명히 들린다니까!"

두 사람의 허가를 받아 시험해 봤다.

정령광의 눈부심과 정령들의 맹공격을 견디며 정령난무가 끝나기를 기다렸다. 10분쯤 지나자 내 주위를 정령들이 고치처럼 감쌌다. 자세히 보니 공중에서 정지한 것이 아니라 천천히 일정한 거리에서 맴돌고 있었다.

흠, 딱히 아무것도 안 들린다.

이건 아이아리제 씨의 착각인가?

그대로 정령들에게서 흘러나오는 작은 마소를 받았다.

—이건 무슨 뜻이 있는 신호일까?

그렇게 인식한 순간, 뭔가가 철커덕 들어맞는 감각과 함께 작고 작은 술렁임이 들렸다.

분명히 뭔가 말하는 것 같기는 하다. 그러나 유감이지만 그 이상은 알 수 없었다. 100미터 떨어진 곳의 잡음 속에서 목소리 하나를 가려내려고 하는 느낌이었다. 스킬도 얻지 못했으니 정령의 목소리를 들으려면 무슨 조건이 있는 걸지도 모르겠다.

"무슨 말을 하는 것 같기는 하지만 뭐라고 말하는 건지는 모르겠어요."

"그렇지! 한 번이라도 좋으니까 이야기를 해보고 싶어."

"사토 씨, 농담이 아닌 건가요?"

당혹한 태도의 루아 씨에게 농담이 아니라고 대답했다.

그 뒤로도 몇 번 정도 시도해봤지만 유감스럽게도 정령 마법은 꽝이었다.

예상은 했지만 주문 영창과 마찬가지로 정령 마법도 영창을 잘 못했다.

시범을 보여주려던 아이아리제 씨가 표적 설정을 실수해서 루아 씨와 같이 흠뻑 젖는 일이 한 번 있었는데, 그때「정령 마법」스킬을 얻었으니 딱히 불만은 없었다. 루아 씨에게 혼나서 풀이 죽은 아이아리제 씨가 귀여웠다.

"사토 씨라면 영창만 할 수 있다면 보통 정령 마법뿐 아니라, 의사 정령을 소환해서 사역하는 것도 가능할 텐데 유감이네요."

무녀 루아 씨가 연락용으로 쓴다는 비둘기 의사 정령을 소환해서 보여줬다.

조금 흐릿하고 하얀 인광을 두른 것 말고는 비둘기 그 자체였다.

소환이라고 했지만 실제로는 작은 정령들을 소재로 만든 것이었다.

의사 정령은 고통이나 공포 등을 느끼지 않으니까 전투 훈련에 쓰거나, 사냥할 때 방패나 미끼로 쓸 수 있어서 편리하다고 했다.

체력이 제로가 되면 유해가 소멸하고 본래의 작은 정령으로 돌아가 흩어진다고 했다.

"아제 님이나 사토 씨 옆에 있으면 정령광이 짙으니까 소환이 편해요."

무녀 루아 씨가 말했다.

"그러고 보니 이 정령광은 어떤 원리로 강약이 바뀌는 건가요?"

"글쎄?"

"아제 님, 잠깐만요."

볼에 손가락을 대고 고개를 갸웃거리는 아이아리제 씨에게 루아 씨가 태클을 걸었다. 설명은 루아 씨가 해주었다.

"지맥 같은 경우는 흐름이 짙은 곳에서 강한 빛이 흘러나와요. 원천 부근은 특히 빛이 격렬하죠."

거기서 일단 말을 한 번 끊고 조금 머뭇거리며 말을 이었다.

"하지만 사람의 경우는 마력 총량이 달라서 그런 것도 아니고, 사실은 모르는 부분이 많아요."

수명이 긴 엘프도 모르는 게 있구나.

지금까지 여행하면서 얻은 정보에 따르면 원천은 마력의 발생원이고, 정령은 마력을 띤 마소를 매개로 삼는다.

정령광이란 것은 마력과 마소가 짙은 장소에 나타나는 거겠군.

전류 주위에 나타나는 전자파 같은 걸로 생각해도 그리 틀리지는 않은 것 같았다.

어디, 정령광에 대해서는 그렇다 치고—.

"원천이란 건 어떤 걸까요?"

"지맥의 분출 구멍일까?"

"그렇네요. 이 대륙에서는 용의 계곡이 파격적인 규모지만, 그것 말고도 100군데 넘게 있어요."

음. 「최강의 신」인 용신의 영역이라 그런지 「용의 계곡」은 특별한 모양이네.

내 정령광이 규격을 벗어난 이유는 그 원천이라고 생각하는 게 옳을 것 같은데.

그리고 이상하게 빠른 마력 회복이나 다른 사람과 비교가 안 될 정도로 마력 효율이 높은 것도「용의 계곡」원천을 지배하고 있는 것과 관계가 있을지도 모른다.

물론 레벨이나 능력치도 다른 사람보다 훨씬 높으니까 죄다 원천 탓이라고 하는 건 관둬야겠다.

"그랬었지. 분명히—."

루아 씨의 설명을 듣고 생각났는지 아이아리제 씨가 손뼉을 마주쳤다.

"저 폭포 아래 바닥도 정령이 모이는— 원천 중 하나야."

아이아리제 씨의 말을 듣고서 무심코 시선을 아래로 내렸다. 분명히 정령시를 유효화하면 폭포 아래 바닥에서 흘러나오는 빛이 보인다.

물이 탁한 것도 아닌데 그리 강한 빛은 아니었다.

"여기도 100군데 중 하나인가요?"

"아니요. 100군데라는 건 위에 도시를 세울 수 있을 정도로 규모가 커다란 걸 말하는 거예요."

내 질문에 루아 씨가 고개를 옆으로 저었다.

"여기는 원천이라고 부를 수 있는 기준을 아슬아슬하게 채운 거예요. 이 폭포 같은 작은 원천의 수는 솔직히 파악이 안돼요."

의외로 작은 원천은 넘치는 모양이군.

조금 신경 쓰여서 뒤쪽 세계수를 보았다.

수목 본체가 눈부시게 빛나고 있었다. 게다가 눈에 힘을 주면 줄기 주변에서 동심원 모양의 빛 고리가 파문처럼 퍼지고 있었다.

"예쁘지?"

세계수를 올려다보던 나에게 아이아리제 씨가 상냥한 미소를 지었다.

"네, 아주 예뻐요. 저 세계수도 원천인가요?"

"아니, 달라—."

"아제 님."

"—저건 지맥이 아니라, 허공에서— 아, 말하면 안 되는 거였나?"

"사토 씨라면 상관없겠지만 바깥 세계에는 퍼뜨리지 말아주세요."

루아 씨 말에 고개를 끄덕였다. 그것을 확인한 아이아리제 씨가 이어서 이야기해줬다.

"허공에는 에텔의 흐름이 있다는 거 알아?"

"죄송합니다. 학식이 부족해서……."

애당초 허공이 뭔지를 몰라요.

하늘 너머로 뻗은 세계수를 보면 우주 공간이라는 대답이 나올 것 같은데, 여기는 판타지하게 정령계 같은 대답을 기대하고 싶군.

"어머, 모른다면 배우면 되지. 에텔이라는 건 말야—."

아이아리제 씨가 뽐내면서 다른 사람처럼 유창한 어조로 에텔을 설명했다.

지수화풍 4대원소에 이어 제5의 원소라든가, 복잡한 이야기를 다 쳐내면 요컨대 태양에서 불어오는 대량의 마소를 우주 공간에서 매개로 삼는 물질이었다.

"—그래서, 세계수는 그 에텔에 결정 가지(에메랄드 브랜치)라는 실 같은 가는 가지를 뻗어서 에텔의 흐름에서 마소를 빨아올리는 거야. 그리고 이번에는 회수한 마소를 땅속 깊은 곳으로 보내서 지맥을 흐르는 마소에 섞어서 활성화시키는 거야."

양손을 펼치고 세계수를 올려다보는 아이아리제 씨가 사랑스런 자식을 보는 것처럼 웃었다.

이런 표정을 보면 아이아리제 씨가 나보다 훨씬 연상이라는 걸 실감할 수 있었다.

"저 세계수의 빛은 마소가 하늘에서 땅으로 흐를 때 흘러나오는 걸 정령들이 받아들이는 모습이야."

—그랬구나.

세계수는 세계를 활성화시키는 거대한 마법 장치 같은 존재인가 보다.

"그걸 욕심 많은 자가 알면, 보르에난을 비롯한 세계수가 있는 숲을 노리는 나라가 생길 것 같아서 비밀로 하고 있어요."

이른바 대출력 발전소 같은 거니까.

독점하면 윤택한 마력으로 세계정복도 할 수 있겠지.

"결코 입밖에 내지 않겠다고 약속할게요. 입으로 하는 약속은 불안하실 테니까 『강제(기아스)』나 『계약(컨트랙트)』을 거셔도 상관없어요."

"그 정도까지는 안 해도 괜찮아요."

생각보다 중요한 비밀이라고 생각해서 말했는데 루아 씨가 너무 거창하다며 쓴웃음을 지었다.

꽤 진심이었는데……. 아무래도 엘프들은 사람이 너무 좋아서 위기감이 희박하다.

노파심에 그 생각을 루아 씨에게 말했더니 이렇게 대답했다.

“만약 정말로 세계수를 사유화해서 세계를 파멸시키려고 하면 신들이 천벌을 내리니까, 최악의 사태는 없을 거예요.”

그러고 보니 신이 실재하는 세상이었지.

하지만 뭐, 아무한테도 말 안 하게 주의해야겠군.

—나는 마음에 새겨두었다.

요정 유희

"사토입니다. 사회인이 된 뒤로 달력에 있는 대로 휴가를 내는 날이 줄었습니다. 그만큼 개발이 종료된 뒤에 있는 리프레쉬 휴가 때는 전력으로 바캉스를 즐기게 된 것 같아요."

"헤라클레스, 획득이다아아아!"

아침 안개가 남아 있는 녹음이 풍부한 숲에 아리사의 기운찬 목소리가 울려 퍼졌다.

오늘은 엘프들과 함께 사냥을 갈 예정이었다. 만나기로 한 장소에 우리가 일찍 도착해버려서 약속한 엘프들은 아직 오지 않았다.

아리사랑 루루는 평소 사냥을 할 때는 같이 안 가지만, 오늘은 사냥터 바로 옆에 경치가 예쁜 곳이 있다고 들어서 함께 데리고 왔다.

술리 마법인 「이력의 손(매직 핸드)」이나 「물리 방어 부여(인챈트 피지컬 프로텍션)」가 있으니까 일반적인 사태라면 무슨 일이 있든 지킬 수 있을 거야.

특히 후자는 숲 속을 얇은 옷으로 걸어도 풀에 다리를 베이거나 수액으로 손이 부르트지 않을 수 있어서 대단히 편리하다.

이론상 전설의 비키니 아머조차 가능하지만, 동료들이 어떻게 볼지 몰라서 입 밖에 내지는 못했다.

그래서 오늘 동료들은 모두 정글 탐험대 패션을 입고 있었다.

그건 그렇다 치고 아리사는 뭘 하고 있는 거지?

나무 위에서 공간 마법인 「단거리 전이(숏레인지 리프)」로 지상에 돌아온 아리사가 30센티미터는 가볍게 넘는 딱정벌레를 나한테 내밀었다. 거미는 질색하면서 딱정벌레는 괜찮은가 보지?

보기에는 분명히 헤라클레스 큰 딱정벌레랑 아주 비슷했다. AR표시를 보니 「보르에난 파란 뿔 딱정벌레」란 종류의 딱정벌레였다.

나랑 같이 파드득나물을 따고 있던 루루와 나나도 아리사를 올려다봤지만, 벌레를 들고 있는 걸 보더니 흥미를 잃고 나물 채취를 계속했다.

"어때? 굉장하지!"

남자 초등학생 같은 행동을 내가 나무라는 것보다도 빠르게 타마와 포치가 아리사에게 찬사를 보냈다.

"커다래~?"

"굉장한 거예요! 포치도 질 수 없는 거예요."

묘하게 의욕이 생긴 타마와 포치가 근처 나무를 술술 올라갔다.

타마라면 나무 위에서 낮잠 자는 것도 자주 보곤 했지만 포치가 나무를 오르는 건 처음 봤다.

"잡았다~?"

아리사가 붙잡은 딱정벌레에 필적하는 사이즈의 사슴벌레를 잡아온 타마가 공중에서 빙글 1회전하며 지상에 내려왔다.

"냥이 공중회전이네. 그러면 캣 선생님을 불러야 하나?"

아리사가 진지한 표정으로 망언을 중얼거렸다. 아마 수수께끼의 옛날 애니메이션 소재겠지.

"우뉴뉴, 타마는 재빠른 거예요."

나무 위에서 분통해하던 포치가 뭔가 발견했는지, 옆에 있는 가지로 뛰어서 옮겨가더니 나무의 옹이구멍에 머리를 집어넣었다.

꼬리가 격렬하게 움직이는 걸 보니 먹잇감을 찾은 게 틀림없다.

"자, 단념하는 거예요!"

포치가 퐁 소리가 날 법한 기세로 구멍에서 빠져 나오더니 그 기세 그대로 뒤로 떨어졌다.

"우와아아— 인 거예요?"

비명을 지르는 도중에 「이력의 손」을 뻗어 포치를 붙잡고 내 양손 안으로 유도했다.

"위험하니까 주의해야지."

"죄송합니다인 거예요."

풀이 죽은 포치가 귀를 축 늘어뜨렸다.

아리사가 신경을 써서 포치에게 물었다.

"포치는 뭘 잡아왔어?"

"이거인 거예요!"

"으엑, 뭐, 뭘 잡아온 거야."

아리사가 약간 기겁하며 뒤로 물러났다.

그때 리자가 데려온 엘프들이 왔다. 미아도 함께였다.

"진미."

"선물."

"이 시기에 잡았다니 희한하네. 인간족은 별로 안 먹는다고 하는데, 찐 다음에 끓이면 돼. 안의 걸쭉한 알맹이를 스푼으로 떠먹으면 맛있어."

포치가 잡아온 **사냥감**을 보고 엘프들이 긍정적인 의견을 보였다.

설마 강아지 사이즈의 **애벌레**를 보고 그런 말이 나올 줄은 몰랐네.

이런 것까지 괜찮다니……. 멋으로 오래 사는 종족은 아니군.

그러면 만나기로 한 엘프들도 왔으니 사냥하러 가볼까?

"냐~냐옹~!"

"우와오오오오오옹, 인 거예요!"

타마와 포치의 외침이 숲의 나무들 사이를 지나갔다.

타마와 포치는 키가 큰 수목에서 늘어진 넝쿨을 사용해 커다란 나무의 가지에서 가지로 타잔처럼 옮겨 다녔다.

"마스터, 다음은 제 차례라고 고합니다."

무표정하지만 날카로운 표정으로 돌아본 나나가 넝쿨을 붙잡고 이쪽을 보았다.

초보자는 알 수 없겠지만 나나는 오늘 타마와 포치만큼 흥분해 있었다.

"저, 저기, 역시, 나도 주인님이 옮겨 주면—."

혼자서 넝쿨을 붙잡을 수 없는 아리사는「신체 강화」이술로 강화한 나나의 지게에 고정된 채 이동하게 됐다.

아리사가 말하는 도중에 더 기다리지 못한 나나가 출발했다.

"—으히야아아아아아아아아."

나나가 등에 진 아리사의 비명이 숲 속 나무들 사이에 메아리쳤다.

"주, 주인님—."

절규하는 아리사를 보고 루루가 얼굴이 새파래져서 떨고 있었다.

"괜찮아. 마법으로 들어 올릴 수도 있고, 이런 식으로 안고서 날아갈 거니까."

안심시키려고 「이력의 손」으로 들어 올리고, 이어서 루루를 안은 채 함께 「천구」로 떠올랐다.

"후아아, 그렇게, 갑자기……."

품에 안긴 루루의 얼굴이 새빨개졌다.

요즘에는 나와 스킨십에 익숙해진 느낌이지만, 예상치 못한 상황에는 아직도 약한가 보군.

이런 부분은 여동생인 아리사와 닮았다.

"우웅, 사토."

"미아는 돌아갈 때 옮겨줄게. 리자, 미아를 부탁한다."

"네, 주인님."

나는 미아와 리자에게 손을 흔들고 먼저 출발한 엘프와 동료들 쪽으로 날아갔다.

"꺄아아아—."

뛴 직후에는 유원지의 급류타기처럼 피가 빠지는 느낌을 맛보고, 조금 늦게 진자처럼 가속방향이 변화하는 것과 머리칼이나 옷이 펄럭거리는 풍압을 즐겼다. 꽤 상쾌한데?

물론 루루는 그걸 즐길 여유가 있을 리 없었다. 비명을 죽이며 필사적으로 내 몸에 매달렸다.

그런 모습을 보니 초등학생처럼 손이 살짝 미끄러진 시늉을 해서 겁을 주고픈 유치한 마음이 솟아올랐지만, 그런 어린애 같은 짓으로 루루의 신뢰를 배신하는 것도 바보 같으니까 자중했다.

나무에서 나무로 뛰면서 얼마 지나지 않아 숲이 끝나는 곳에 도착했다.

"아아, 대지는 정말 좋은 거야."

먼저 도착한 아리사가 땅에 주저앉아 혼잣말을 중얼거렸다.

반면에 이동을 즐긴 타마, 포치, 나나 세 사람은 반짝반짝 빛이 날 정도로 웃고 있었다. 그녀들이 너무 흥분해서 실수하지 않도록 주의를 줄까.

"루루, 괜찮니?"

땅에 도착해서도 떨어지려고 하지 않는 루루에게 물었다.

밀착한 탓인지 루루의 격렬한 심장 고동이 전해졌다.

어지간히 무서웠나 보군.

"네, 네. 아직도 가슴이 콩닥거리지만, 괘, 괜찮아요. 조, 조금만 더, 이대로……."

내 어깨에 얼굴을 묻고 있어서 표정이 어떤지는 안 보였지만,

붙잡고 있는 루루의 손가락이 떨리고 있으니 잠시 가만 두자.

"어라아~? 어라어라, 어라~?"

루루를 아래쪽에서 엿본 아리사가 싱글벙글 웃으면서 루루의 허리를 툭툭 두드렸다.

"루루 언니? 심장이 벌렁벌렁이 아니라 가슴이 콩닥콩닥인 거야—."

아리사가 「엿듣기」 스킬로 간신히 들릴만한 소리로 루루에게 속삭였다.

"아, 아리사, 그 이상은 안돼애애!"

얼굴이 새빨개진 루루가 같은 극의 자석처럼 나한테서 떨어지더니 아리따운 손으로 아리사의 입을 막으려고 달려들었다. 자매 사이가 좋으니 다행이야. 조바심 내는 루루도 귀엽네.

"—구에에에에."

아리사의 목을 조르고 있는 것 같기도 하지만 아리사는 무영창 단거리 전이도 있으니까 조금 더 자매의 스킨십을 방치해도 되겠지.

"사토."

나를 부르는 소리에 돌아보니 리자에게 업힌 미아가 손을 흔들었다.

마지막에 출발한 리자도 도착했구나. 미아는 이런 식으로 이동하는데 익숙한지 어쩐지 여유로운 표정이었다.

숲을 빠져나가자 바로 옆에 맑은 호수가 있는 고원이 나왔다.

호수 근처에는 꽃이 흐드러지게 피었고, 꽃과 아름다움을 겨루듯 날개를 펼친 다종다양한 나비가 날고 있었다.

고원에는 들소 무리 몇몇이 풀을 먹고 있었다. 참으로 평화로운 분위기였다.

"엄~청~ 이~뻐~?"

타마가 진짜 고양이처럼 몸을 낮춘 자세에서 엉덩이를 흔들흔들한 뒤 돌격해 나비와 노닐었다.

나비를 향해서 손을 뻗지만, 나비 날개가 다치지 않도록 살살하고 있으니까 혼내지 말고 지켜봐야겠다.

평소에는 타마와 둘이서 세트로 행동하는 포치가 몸이 근질근질한 기색이면서도 가만히 대기하고 있었다.

"포치는 안 가니?"

"꽃 근처에 가면 사냥감 냄새를 못 쫓으니까 안 되는 거예요."

과연, 그러고 보니 오늘의 주목적은 사냥이었지.

"안전."

"잠시 휴식."

엘프들이 한마디씩 했다.

여전히 단어로만 말하는 엘프들 말은 이해가 어려웠다.

"구야, 기아, 오늘은 오래 함께 산 마을 사람들만 있는 게 아니니까 말을 조금 더 해야지."

"맡길게."

"신뢰."

장문 엘프 소년이 두 사람을 나무랐지만, 단문 엘프들은 말을 고치는 게 귀찮은지 그에게 다 떠넘기고 이야기를 끝냈다.

참고로 장문 엘프의 이름은 히시로토야, 통칭 히야였다.

"어쩔 수가 없네……."

장문 엘프도 두 사람의 태도에 어깨를 으쓱거리기만 했다.

"여기는 안전지대야. 독을 가진 생물이 없고 호수에도 위험한 생물이 없으니까."

만약을 위해서 맵 검색을 해봤지만 그가 말한 것처럼 뱀이나 독충 같은 것도 없고, 육식 짐승이나 성질이 사나운 동물도 없었다.

하지만 딱 하나 확인해야 할 것이 있었다.

나는 호수 중앙에 서 있는 잎이 떨어진 수목을 가리키며 장문 엘프에게 말했다.

"저기 있는 『늙은 나무거인(엘더 트렌트)』은 신경 쓰지 않아도 될까요?"

"응, 괜찮아. 하지만 용케 트렌트라는 걸 알았네? 보통은 나무로 착각하는데 말이야. 기본적으로 저들은 그냥 그곳에 있는 것뿐이니까 신경 쓰지 않아도 돼."

수목의 줄기 중앙에 몇 갠가 옹이가 있어서 노인의 얼굴처럼 보이는 것 같기도 했다.

트렌트의 존재를 깨닫지 못했던 동료들이 「거짓말!」이나 「정말이네?」 하면서 소란을 피웠다.

"호숫가에서 불을 피워도 그들한테 혼나지 않을까요?"

"괜찮아. 호수에 기름을 흘려서 불을 붙인다면야 화를 내겠지만, 그들은 호숫가의 불까지 신경 쓸 정도로 호기심이 왕성하지 않으니까.”

기본적으로 보통의 나무와 생태가 다를 바 없군.

한번쯤 대화를 나눠보고 싶기도 하지만 거인들 이상으로 대화하는데 시간이 걸릴 것 같았다.

염려가 정리됐으니 땅에서 활과 화살통을 주워 들고 엘프들에게 고개를 끄덕였다.

“그러면, 갈까요—.”

“기다려.”

“물 광석.”

단문 엘프 두 사람이 막으면서 호수로 갔다.

“■ 물 부르기(콜 워터).”

단문 엘프 기아 양이 정령 마법의 짧은 영창을 하자, 수면이 흔들리더니 물빛으로 빛나는 덩어리가 떠올랐다. AR표시를 보니 「물 광석」이었다.

정령시로 보니 물의 정령들이 「물 광석」에 달라붙어서 호숫가로 유도하고 있었다.

“필요.”

“해체.”

기아 양이 호숫가까지 온 「물 광석」을 주웠다. 마력을 흘리자 「물 광석」에서 물이 나오는 걸 보여줬다. 사냥감을 해체할 때 쓰는 모양이군.

“그러면 다녀올게.”

“커다란 사냥감을 잡아와! 1등한 사람에게 화관이랑 아리사의 키스를 상으로 줄게!"

꽃밭 옆에 준비한 캠프 세트 위에서 아리사가 이상한 포즈로 격려했다.

입 밖에 내지는 않았지만 해적 페어의 그 포즈는 가슴이 크지 않으면 알기 어렵다고 말해주고 싶구나. 지난 세기의 소재는 너무 낡기도 했어.

"이 근처는 조금 쌀쌀하니까 따끈한 수프라도 준비할게요."

"마스터 전용 꽃목걸이 제작을 맡겨달라고 고합니다."

—개점 기념도 아니고 꽃목걸이를 만들어서 어쩌려고?

태클은 그렇다 치고 꽃밭을 좋아하는 나나는 루루랑 아리사와 함께 여기 남기로 한 모양이다.

나는 아인 소녀들과 미아를 데리고 엘프들 뒤를 쫓아 캠프를 출발했다.

"주인님, 뿔이 훌륭한 들소 무리입니다."

"소 잔뜩~?"

"저건 다 먹을 수 없는 거예요."

형형하게 빛나는 눈의 아인 소녀들이 고원에 무리를 지은 보르에난 큰 뿔 소를 보고 있었다. 아메리칸 버팔로 같은 형체를 한 들소들이 왕성한 식욕으로 풀을 먹고 있었다.

여기서 100미터쯤 떨어져 있으니 단궁으로는 사정거리가 아슬아슬하군.

들소들이 작전 회의하는 소리로 눈치를 못 채도록 엘프 한 사람이 바람 마법으로 소리 차단 결계를 쳤다.

"줄인다."

"10."

단문 엘프들이 무슨 말을 하는 건지 이해를 못해서 장문 엘프에게 시선을 돌려 해설을 청했다.

"이 근처는 보르에난 숲에서도 특히 육식 짐승이 적은 장소야. 방치하면 천적이 없는 들소들이 너무 늘어나서 식물의 새싹을 다 먹어 버려. 그러니까 일정 수 이하가 되도록 줄이는 게 오늘 사냥의 목적이지. 겁을 줘서 도망치는 들소 중에서 뒤쳐진 10마리를 줄일 거야."

과연, 이 장문을 단어 2개로 생략했군.

꽤 심오한데?

"미아!"

분담을 정하고서 사냥을 시작하려는 타이밍에 어쩐지 낯익은 엘프 소년이 달려왔다.

분명히 미아의 소꿉친구인 고야 군이었다. 이름으로 연상해서 미안하지만, 오랜만에 고야 참푸루[#6]를 먹고 싶군. 회사 근처에 맛있는 가게가 있었지.

"고야?"

미아가 묻자 고야 군이 활을 보여주며 고개를 끄덕인 다음, 나를 찌릿 노려보며 한 마디를 외쳤다.

"승부!"

#6 고야 참푸루 여주를 넣어 만든 참푸루. 참푸루는 오키나와 요리로, 갖가지 야채를 뒤섞어 볶은 요리다.

조금 더 장문 엘프를 본받아주라.

"그러니까, 활로 수렵을 경쟁하는 승부를 하고 싶은 거야?"

"그래."

그렇게 갑갑한 놈이란 눈으로 나를 보지 말아줄래?

보통은 한 마디로 전부 이해하지는 못한다니까.

"승패는 어떻게 정할 거지?"

"크기."

그러니까, 무리의 보스가 가장 크지만 그러면 이번 사냥의 취지에서 벗어나게 된단 말이지.

뒤쳐진 10마리 중에서 가장 커다란 걸 노려서 쏘면 되겠지.

"오케이, 알았어."

"그러면 가자. 구야는 모두의 활에 『인도의 바람(호밍 스트림)』을, 기아는 『소음(라우드 노이즈)』 마법으로 들소 겁주기를 부탁해."

"응."

"알았다."

"인도 불필요."

"고야랑 사토 군한테는 명중 보정 마법을 안 걸어도 된다는 거지?"

"응, 긍정."

고야 군의 말에 장문 엘프가 난처한 표정으로 이쪽을 보기에 「괜찮아요」란 의미를 담아 시선을 교환했다.

고야 군의 화살이 빗나가도 나와 미아, 그리고 장문 엘프 셋이서 맞추면 되니까.

130살밖에 안 되는 미아조차 우수한 사수니까 천 살이 넘는 장문 엘프는 손쉽게 맞추겠지.

나는 작전 개요를 알기 쉽게 아인 소녀들에게 전달하고, 커다란 소리가 나는 마법에 놀라지 말라고 주의를 주었다.

그녀들은 들소에게 돌격할 예정이라서 탐험대 패션에서 고래 가죽 갑옷으로 갈아입었다.

"간다. ■■……."

단문 엘프 구야 씨가 주문을 외기 시작하고, 그보다 조금 늦게 기아 양도 영창을 시작했다.

나와 미아가 단궁에 화살을 메겼다.

고야 군을 비롯하여 다른 엘프들은 장궁을 쓴다. 엘프들의 활은 미아 것도 포함해서 맵시 있는 양각과 장식끈으로 꾸며서 우아했다.

AR표시를 보니 모두 명중과 사정거리에 플러스 보정이 있는 엘프제 요정궁이란 거였다.

내가 든 것은 거인의 마을에서 얻은 마궁이 아니라 자작한 수렵용 단궁이었다. 특별한 보정 효과는 없지만 100미터쯤 되는 근거리 사냥이라면 그런 건 필요 없겠지.

"……■ 인도의 바람."

구야 씨의 주문이 완성되자, 미아와 장문 엘프 주위에서 들소를 향해 바람의 흐름이 생겼다.

"—지금."

"……■■■ ■ 소음."

장문 엘프가 신호한 직후에 키아 양이 마법으로 만든 폭음이 고원에 울려 퍼졌다.

놀란 소들이 몸을 움츠리더니 보스를 선두로 도주하기 시작했다.

"포치, 타마, 갑니다."

"탈리호(Tally-ho)~?"#7

"포치 갑니다, 인 거예요."

아인 소녀들이 포식자에게 도망치는 토끼보다도 빠른 속도로 수풀에서 뛰쳐나갔다.

그녀들의 역할은 몰이꾼이 아니라 완전히 처리 못한 들소의 숨통을 끊어주는 것이었다.

슈타타타타타. 포치가 선두에 달렸다. 중간에 발을 헛디뎌 넘어지며 한 바퀴 굴렀지만 그대로 멈추지 않고 재주 좋게 달리는 자세로 돌아왔다.

꽤 굉장한 복구 능력이야.

"빨라."

"민첩."

영창하던 엘프가 화살통에서 화살을 뽑으며 아인 소녀들을 칭찬했다.

내가 아인 소녀들을 곁눈질로 지켜보는 가운데 주위 엘프들이 화살을 쏘기 시작했다.

그건 좋은데 고야 군은 약간 힘이 지나쳤다. 화살은 명중하겠

#7 Tally-ho 여우 사냥 때 사냥개들에게 여우가 목격되었음을 알리며 재촉하는 소리.

지만 저래서는 상처만 내고 완전히 처리하는 건 무리다.

나는 엘프들이 아무도 안 노린 들소의 동선을 예측해서 화살을 쏘았다. 이 거리에서는 바람의 흐름을 신경 써야 하지만, 공기의 밀도나 온도 차이까지 고려하지 않아도 되니까 편하지.

연속해서 다섯 발의 화살을 날리고, 다른 사람들이 쏜 화살을 보며 놓친 들소가 없는지 확인했다.

"우음."

"좋은 솜씨."

주문을 영창했던 두 사람이 활에 화살을 메겼지만 금세 손길을 멈추었다.

두 사람도 화살의 궤도를 읽은 거구나.

AR표시로 보니 소 몇 마리가 살아 있었지만, 달려간 아인 소녀들이 단검이나 소검으로 들소의 목을 베어 마무리를 지었다. 잔혹하게 보이기도 하지만, 그대로 죽을 때까지 방치하면 오히려 들소가 고통을 받고 고기 맛도 떨어진다.

"—포치!"

"우와아아아, 인 거예요."

미아가 쓰러뜨린 들소가 일어나서 포치를 뿔로 받아 공중으로 날려버렸다.

체중이 가벼운 포치가 공처럼 하늘로 날아가 버렸다.

나는 무심코 수풀에서 달려나갔지만 도중에 포치가 다치지 않은 걸 AR표시로 확인했다. 마족과 전투하는 걸 상정하고 만든 고래 가죽 갑옷을 들소 뿔이 돌파할 리가 없었다.

나는 안심하면서도 몰래 「이력의 손」을 뻗어 포치를 낙하 충격에서 지켜줬다.

"날뛰는 소~?"

수소의 목에 올라탄 타마가 뿔을 붙잡고 로데오를 했다.

타마가 다치면 위험하니 근처까지 다가간 나도 타마 뒤에 올라탔다.

"주인님~?"

"지탱해줄 테니까 목을 노려."

로데오 머신하고는 차원이 다른 움직임에 혀를 깨물 것 같았다.

"아이아이 서(Aye Aye Sir)~."

나는 수소의 뿔을 붙잡아 뒤로 당기고, 「이력의 손」으로 타마의 몸을 지탱해 주었다.

타마가 빙글, 수소 목을 미끄러지며 목에 단검을 그어 수소의 숨통을 끊었다.

"나무아미~?"

수소가 넘어지는 데 깔리지 않도록, 명복을 비는 타마를 안고 수소 등에서 뛰어내렸다.

지금의 나는 괜찮겠지만 1톤을 넘는 수소에 깔리면 보통 사람은 골절로 끝나지 않을 거야.

"다친 곳은 없나요?"

"괜찮은 거예요."

걱정해서 달려온 리자는 포치가 다쳤는지 확인했다.

그때 엘프들도 다가왔다.

"다리 빨라."

"마법?"

축지를 쓰는 건 자중했지만, 포치가 걱정되어 생각보다 진심으로 달리는 모습을 보여 버렸다. 엘프들이 놀라 버렸네.

날카로운 눈길로 사냥감을 확인하던 장문 엘프가 웃는 표정으로 돌아와 이쪽을 돌아보았다.

"사토 군 굉장한데. 엘프도 이런 솜씨를 가진 사람은 얼마 없어."

찬사를 보내는 장문 엘프에게 내 팔을 끌어안은 미아가 V사인을 보이며 보충했다.

"마법 없어."

"그렇네. 마법 보정 없이 이 정도로 재빠르고 정확하게 노릴 수 있는 사람은 없어."

장문 엘프가 나를 거창하게 평가하자 만족했는지 미아가 내 팔에 머리를 비비며 기뻐했다.

〉칭호 「궁성」을 얻었다.

이런, 새로운 활 계열 칭호를 얻어 버렸네.

"다음……."

중얼거리는 소리에 돌아보니 고야 군이 눈꼬리에 눈물을 매단 채 떨고 있었다.

중학생쯤으로 보이는 용모인데 그런 식으로 분통해하면 어쩐지 나쁜 짓을 한 것 같은 기분이 들잖아.

"다음, 안 져!"

고야 군이 외치더니 결과도 확인하지 않고 달려가 버렸다.

"풋풋해."

"응원."

단문 엘프들이 고야 군의 등을 보며 말했다.

화살로 처리한 수는 내가 여섯 마리, 장문 엘프가 세 마리, 미아가 한 마리였다. 고야 군이 처리한 들소가 없어서 확인할 것도 없었나 보다.

다섯 대 밖에 안 쏜 내가 여섯 마리를 처리한 것은 관통한 화살 하나가 옆을 나란히 달리던 들소를 처리했기 때문이었다.

그리고 가장 커다란 소를 처리한 것은 미아였다.

남자는 나이가 얼마가 되든 좋아하는 여자애한테 멋진 모습을 보여주고 싶은 법이니, 고야 군은 나한테 진 것보다도 미아한테 진 게 분해서 울었을지도 모르겠는걸.

"그러면 피 뽑자. 들소를 들어 올려줘."

"알았다."

"긍정."

단문 엘프 한 사람이 「흙 쌓기(어스 리프트)」 마법으로 들소의 몸을 기울여 피 뽑기를 보조했다.

또 한 사람의 단문 엘프는 「식물 조작(플랜트 컨트롤)」 마법으로 잡초를 조종하여 들소의 몸을 들어 올렸다.

마법으로 해버리는 게 참 엘프답군.

피를 뽑은 다음에 들소를 해체할 때는 아인 소녀들이 온갖 방면에서 대활약을 했다.

엘프들은 손질한 고기과 일부 내장 말고는 묻어두고 갈 셈이었는데, 「그걸 버리다니 말도 안 돼」라는 아인 소녀들의 강한 요청으로 먹을 수 있는 부위를 모두 가져가기로 했다.

고기 운반은 대용량 타입의 엘프제 「마법의(매직 백) 가방」에 넣어서 옮긴다.

장문 엘프가 지인이 만들 수 있다고 하면서, 머무르는 동안 동료들의 「마법의 가방」을 만들어 달라고 부탁해준다고 했다.

◆

"귀여워~."

"엄청 엄청 큐트한 거예요."

캠프로 돌아왔더니 꽃의 요정들이 맞이해 주었다.

화관을 머리에 쓰고 세 갈래로 엮은 머리칼에 꽃을 꽂아서 장식한 아리사, 루루, 나나였다.

"에헤헤~, 꽤 잘했지?"

"마스터, 평가와 칭찬을 희망합니다."

"그래, 너무너무 귀여워. 꽃의 요정인줄 알았어."

순순히 칭찬하라고 포즈를 취하는 아리사와 나나에게 찬사를 보냈다.

"루루도, 좀 더 잘 보여줄래?"

"네, 네……."

"루루의 예쁜 흑발에 잘 어울리네."

부끄러운 기색으로 고개 숙인 루루의 볼을 쓰다듬으며 얼굴을 위쪽으로 올려줬다.

기껏 귀엽게 꾸몄으니까 좀 더 남들한테 보여줘야지.

"타마도 꽃의 요정~?"

"포치도 요정인 거예요."

아리사가 꽃으로 꾸며준 두 사람이 기뻐하며 웃었다.

오늘 동료들의 복장은 탐험대 패션보다도 요정풍 코스프레로 할 걸 그랬네.

"여기가 포인트~?"

타마가 웃으며 자기 귓가를 가리켰다.

머리카락이 짧아서 세갈래 엮기가 안 되는 타마는 귓가에 커다란 꽃을 장식했다.

"아리사, 저는 꽃 따위 어울리지 않을 거라고 생각합니다……."

"칭찬해줘."

"다들 귀엽다—."

리자와 미아의 태도는 대조적이었지만 차별 없이 칭찬했다.

어울리지 않는다고 겸손해하는 리자도 꽃의 공주님처럼 귀여웠다.

—그렇지만, 나까지 꽃으로 장식하는 건 봐주라.

그러나 즐거워하는 아리사와 루루 앞에서 그런 내심을 드러낼 수 없었다.

"어울려~."

"엄청 뷰리포애프터~인 거예요."

장난감이 된 내 주위에서 타마와 포치가 뿅뿅 뛰었다.

포치 말이 이것저것 섞인 것에 태클을 거는 건 못난 짓이겠지.

그대로 1시간 정도 인형 역할을 하기로 했다.

"기상천외."

"신기해."

인형 역할을 끝내고 점심 준비를 시작했는데, 단문 엘프들이 내가 만든 가마를 보며 말했다.

—그렇게 이상한가?

"아마도 『이력의 틀(매직 몰드)』에서 파생된 마법으로 만들었겠지만, 이쪽 보통 가마는 그렇다 치고 이 밀폐형 가마는 재미있다."

장문 엘프가 소 힘줄 고기를 졸이는 가마를 보며 말했다.

"와아, 임의로 화력을 조정할 수 있는 열원도 달려 있네?"

이 공중에 떠오른 투명한 가마는 「이력의 틀」 마법으로 만든 거라서 완전 밀폐가 가능하니까 압력솥처럼 쓸 수 있었다.

가마는 소 힘줄 고기를 조리하는 것 말고도 또 하나 있었다. 그쪽은 밥을 짓고 있었다.

"보통은 이런 식으로 쓰면 금세 틀이 무너질 텐데."

기가 막힌 어조로 말하는 장문 엘프 앞에서 미아가 콧김을 뿜으며 자랑했다.

"특제."

만화였다면 미아 머리 위에 「에헴」하는 글자가 표시될 것 같군.
“주, 주인님, 나무가!”
호수에 야채를 씻으러 간 루루가 큰 소리로 나를 불렀다.
“트렌트가 움직이다니 희한하네.”
장문 엘프 말처럼, 루루가 놀란 것은 어느샌가 호숫가로 다가온 트렌트 때문이었다.
『야호~.』
트렌트가 마른 나무 같은 팔을 뻗자 손바닥 위에 녹색 어린 소녀— 드라이어드가 나타났다.
“미아, 포메이션 D야.”
“응, 경계.”
스스럼없이 손을 흔드는 드라이어드를 보더니 아리사와 미아가 내 앞에서 힘차게 양팔을 벌려 가드했다.
포메이션은 대체 언제 정했니?
『어라라, 어린 아이한테 미움 받아 버렸네?』
막아서는 미아의 태도를 보더니 드라이어드가 살짝 슬픈 표정을 지었다.
“드라이어드. 무슨 일이지?”
『트렌트들이 인간한테 용건이 있다고 해서 통역하러 왔어. 엘프라면 모를까 인간은 트렌트랑 대화할 정도로 오래 살지 못하잖아.』
장문 엘프가 물어보자 드라이어드가 대답했다.
듣자하니 내가 마법을 쓸 때 나온 마력 여파에 트렌트들이 반응했다고 한다.

평소에는 이제 막 익힌 마력 제어로 마력이 새지 않도록 막고 있지만 마법을 쓸 때는 주의가 부족했나보다. 정진해야겠군.

"그래서, 나한테 무슨 용건인데?"

『트렌트들이 싹트는 계절이 왔으니까 호수에 마력을 주입해 줬으면 한데.』

"우우웅."

"중노동."

드라이어드가 대답하자 단문 엘프 두 사람이 기겁하며 찌푸린 표정을 지었다.

"드라이어드, 지금은 아제 님이 바쁘다는 걸 너도 알잖아? 마력이 윤택한 엘프들도 아제 님을 돕느라 여력이 없어. 하다못해 1년 정도 연기할 수 없을지 트렌트에게 말을 해봐."

「싹트는 계절」이 무슨 은어인지는 모르겠지만 1년이라니 느긋하기도 하셔라.

『그래서 성수가 아니라 인간한테 부탁하는 거야~.』

마력 제공하는 건 상관없지만 너랑 키스하는 건 사양하련다.

"좋아. 어떡하면 되는데? 가능하면 키스 말고 다른 방법이 좋은데."

내 말을 들은 아리사와 미아가 만족스레 고개를 끄덕이고, 다른 엘프들은 모두 얼굴이 창백해졌다.

"무모."

"자살 지망?"

"사, 사토 군. 드라이어드는 적당히를 몰라. 아제 님이나 무녀님들이 없는 상황에서 마력 양도 같은 걸 하면 말라 죽을 때까지 빨아들일 거야."

『에~이, 인간이라면 괜찮아.』

—얼씨구?

드라이어드 녀석, 장문 엘프가 한 말을 부정 안 했어.

지금까지 경위를 생각해 봤을 때 분명히 보통 사람이라면 한계 이상으로 빨아 들였을 가능성이 높았다.

『그럼 호수에 직접 하는 건 효율이 안 좋으니까, 잠깐만 기다려—.』

드라이어드가 트렌트를 돌아보면서 잠시 침묵했다.

분명히 식물 네트워크 같은 걸로 대화를 하는 거겠지.

무슨 합의를 봤는지 트렌트가 가지를 술렁술렁 움직이더니, 작은 가지를 2개 정도 호수에 떨어뜨렸다.

첨벙 소리가 났다. 꽤 커다랗게 물보라가 일어난 걸 보니 작은 가지처럼 보인 것도 집의 대들보로 쓸 만큼 굵은 가지였나 보다.

『그 가지를 매개로 호수에 마력을 흘리면 돼.』

"알았어."

저절로 호숫가까지 다가온 굵은 가지를 들어 올렸다.

가지를 움직인 것이 드라이어드인지 트렌트인지는 모르겠지만 미아에게 물 마법을 써달라고 할 수고를 덜었네.

"간다."

『컴오~온.』

한 마디 하고서 마력을 주입했다.

매개로 삼은 트렌트의 가지가 갈라지지 않도록 흘리는 마력량을 주의 깊게 조절했다.

『예스! 예에에에에스으!』

“시끄러워!”

드라이어드가 이상한 장단을 넣자 화가 치민 아리사가 발치에 있던 나무 열매를 주워 드라이어드에게 던졌다.

실내파인 아리사가 던진 나무 열매는 엉뚱한 방향으로 날아갔다.

어느 정도 익숙하지 않으면 똑바로 날아가질 않으니까.

『기특하게 응원한 건데.』

그래도 드라이어드의 괜한 소리를 멈추는 효과가 있었으니 결과는 좋았어.

그건 그렇고 생각보다 어렵네. 아무리 마력을 쏟아도 호수 표면에서 마력이 빠져나가는 감촉이었다.

그게 아까우니 마력을 분할 조작해서 호수 표면에 마력을 감싸는 막을 만들어봤다. 이러면 준비는 완벽해.

내 마력을 반쯤 썼을 때 호수 전체가 희미하게 빛나기 시작했다.

『오케이, 이제 됐어.』

“……굉장하네. 아제 님도 마력을 포화시키는데 열흘 정도는 걸리는데…….”

조금 지나친 모양이지만, 아이아리제 씨나 엘프 상층부는 내가 규격에서 벗어난 걸 알고 있으니까 엘프들에게 조금쯤 실력이 들켜도 새삼스런 일이겠지.

보르에난 숲 바깥하고 교류가 많은 것 같지도 않으니까.

"저기 봐~?"

"호수의 나무가 봄이 된 거예요!"

고목 같았던 트렌트들의 가지에서 새싹이 움트고, 순식간에 꽃을 피우더니 황금색 열매가 매달렸다.

그렇군. 이게 「싹트는 계절」이란 거겠구나.

『인간, 이거 트렌트들이 답례로 주는 거래.』

드라이어드가 솔방울 같은 무늬의 나무 공을 주었다.

"수령주(樹靈珠)."

"편리."

"이건 『숲 마법』의 촉매로 쓸 수 있는 귀중한 거야. 『숲 마법』의 소양이 없어도 마력을 담아서 염원하기만 해도 식물의 육성을 촉진하거나, 목재를 비틀거나 늘릴 수 있어."

어허, 그거 목공할 때 굉장히 편리하겠네.

"고마워, 트렌트!"

기뻐서 무심코 인사가 입 밖에 나왔다.

그걸 본 드라이어드가 얼굴 전체가 입이 됐나 착각할 정도로 크게 벌리고 웃어댔다.

『아하하하하하, 답례에 답례라니, 인간은 재미있어.』

충분히 웃고서 만족한 다음, 드라이어드가 트렌트의 손바닥

안으로 사라졌다.

트렌트도 술렁술렁 잎들을 흔들면서 호수 중앙으로 물러났다.

〉「원예」 스킬을 얻었다.

〉칭호 「정원사」를 얻었다.

〉칭호 「나무거인의 친구」를 얻었다.

〉칭호 「늙은 나무거인의 친구」를 얻었다.

〉칭호 「싹트기의 인도자」를 얻었다.

로그를 확인했더니 그럴 듯한 칭호에 더해서 미묘하게 이상한 스킬과 칭호가 생겼다.

그건 그렇고—.

"이 가지는 어쩌면 좋을까요?"

"받아 두면 되지. 마법의 지팡이를 만드는데 적절한 소재야. 호수가 포화될 정도의 마력을 흘렸으니까 가지 내부에 마력 경로가 생겼을 거야."

다음에 지팡이 제작의 명인을 소개해준다고 장문 엘프가 약속했다.

루루가 흑룡에게 받은 흑금색 가시도 있으니까 마침 좋은 기회겠네.

—이제 다 됐으려나?

사소한 해프닝이 일어나는 동안 가마에서 조리가 끝나가고 있었다.

나는 가마 아래쪽에 커다란 냄비를 두고 마법을 해제했다. 냄비로 떨어진 힘줄 고기는 양파와 함께 끓이며 간을 조정했다.

"주인님, 밑 준비가 끝났어요."

"이쪽도 준비 끝났습니다."

루루와 리자가 준비해준 야채랑 내장을 사용해 재빨리 사이드 메뉴를 만들었다.

타마와 포치가 숲 속에서 새알을 찾아왔으니, 미아한테는 버섯과 그린피스가 듬뿍 들어간 오므라이스를 준비하기로 했다.

"미아, 하트 마크 그리기는 맡겨 달라고 고합니다."

"토끼."

"요청을 수락."

완성된 오므라이스에 나나가 케첩으로 그림을 그려주고 있었다.

"으~음. 냄새 좋다. 이거, 역시, 그거지?"

"그건 나중에 기대해."

냄비에서 새어 나오는 간장 냄새를 맡고서 아리사가 기다릴 수 없었는지 바싹 다가왔다.

그녀 옆에 선 아인 소녀들은 황홀한 눈빛이었다.

완성된 그릇을 엘프들이 마법으로 준비해준 테이블에 늘어놓았다.

그리고 평소처럼 아리사의 「잘 먹겠습니다」를 신호로 식사를 시작했다.

"크하아, 너무 맛있어! **쇠고기 덮밥** 정말 오랜만이야!"

눈꼬리에 눈물을 매단 아리사가 고기와 밥을 입 안 가득 넣었다.

평소에는 버릇없다고 나무라는 루루도 상냥한 눈동자로 지켜보고— 있질 않네. 리자에게 뒤지지 않는 진검 승부 같은 표정으로 한 입씩 정성 들여 씹고 있었다.

더욱이 뭔가 깨닫는 점이 있을 때마다 메모를 하고 있었다.

연구를 참 열심히 하네.

"맛써~, 베리 맛써~."

"맛있어가 꽉꽉~ 있는 거예요!"

특대 사이즈로 담아준 쇠고기 덮밥을 한 입 먹은 타마와 포치가 주먹을 흔들며 기쁨의 환성을 질렀다.

포치는 꼬리까지 붕붕 흔들고 있었다.

"맛있습니다."

리자가 감동에 떨면서 조용히 한 마디 감상을 흘렸다.

"햄버그와 우열을 가리기 힘든 맛이라고 마스터에게 보고합니다."

"안 져."

쇠고기 덮밥을 칭찬하는 나나에게, 미아가 오므라이스도 지지 않을 정도로 맛있다며 대항했다.

"우와~ 뭐야? 굉장히 좋은 냄새! 있지, 뭐 먹고 있어?"

"쇠고기 덮밥."

전이로 나타난 아이아리제 씨가 단문 엘프 한 사람에게 물었다.

아이아리제 씨 뒤에 무녀 루아 씨도 보였다.

"잔뜩 있으니까 같이 드시죠."

"고마워, 사토!"

무슨 용건인지 모르지만 식사는 다 같이 먹는 게 즐거우니까 먹고 싶은 기색의 아이아리제 씨에게도 쇠고기 덮밥을 건넸다.

대량으로 만들었으니 두세 사람 더 늘어도 여유가 있었다.

"우왓, 맛있어어~."

"아제 님도 참……. 그런데 히야. 드라이어드가 『트렌트들의 싹트는 계절이 왔다』고 하기에 서둘러서 왔는데……."

무녀 루아 씨의 질문에 장문 엘프 히야 씨가 「황금의 열매」가 달린 트렌트를 말없이 가리켰다.

아무래도 말을 잘 하는 그도 쇠고기 덮밥 먹는 걸 우선한 모양이다.

"……거짓말. 어째서 황금 열매가? 싹트기가 벌써 끝났어!"

무녀 루아 씨가 놀라자 단문 엘프 한 명이 나를 가리켰다.

"사토."

다들 너무 쇠고기 덮밥을 우선하는걸.

"사토 씨가 뭔가 한 건가요?"

"드라이어드에게 부탁을 받아서 마력을 제공한 것뿐입니다. 요전에 돌 무대에서 배운 정령광이나 마력 누출을 막는 방식이 도움이 됐어요."

"마력을 제공했을 뿐이라뇨……."

아연한 기색으로 중얼거리는 무녀 루아 씨에게도 쇠고기 덮밥을 제공했다.

"과연, 사토야."

아이아리제 씨가 먹으면서 말하다가 밥을 흘리고는 미아한테 혼났다.

옆에 있던 단문 엘프 한 사람이 손수건으로 닦아주고 있었다.

쇠고기 덮밥을 먹으려던 무녀 루아 씨가 그걸 보고 움직임을 멈췄다.

"—앗! 먹고 있을 때가 아니에요, 아제 님! 트렌트 문제가 정리됐으면 얼른 돌아가야죠!"

"아아, 아직 도중인데—."

아이아리제 씨는 무녀 루아 씨에게 붙들려서 전이용「요정의 고리」로 끌려가 사라졌다.

아무리 데스마치를 치르고 있어도 식사 정도는 하면 좋을 텐데…….

잠시 두 사람이 사라진「요정의 고리」를 바라본 뒤 어깨를 으쓱거리고 생각을 전환했다.

그럼 나도 먹어야겠군.

일단 고기부터지—. 좋아, 조리 시간이 짧았던 것치고 이에 닿기만 해도 잘릴 정도로 고기가 부드러운걸.

맛도 한 입 씹을 때마다 고기의 감칠맛과 달콤한 양념 맛이 뒤섞여서 참 맛있다.

이건 쇠고기 덮밥 체인점으로 전국 전개를 기획하고 싶을 정도로 맛있군.

그 생각을 하면서 이번에는 표면이 조금 갈색으로 변한 양파와 같이 먹었다.

미약하게 남은 아삭함과 양파의 달콤한 풍미가 아슬아슬한 밸런스로 양립하고 있었다.

방금 전에 최고라고 생각한 고기의 맛을 양파의 달콤함이 한 스테이지 위로 끌어올려주었다.

그리고 마지막으로 밥과 함께 입 속에—.

맛있다.

—반사적으로 그것 말고 다른 말이 안 나올 정도의 완성도였다.

고기, 양파, 쌀, 그리고 무대 뒤의 주역인 양념.

이것들이 혼연일체가 되어 연주하는 쇠고기 덮밥 심포니가 지금 여기에 출현해서—.

"생강절임이 빨갛지 않아!"

다른 차원으로 비상하려던 내 뇌세포를 아리사의 외침이 현실로 끌어내렸다.

아차, 위험했다. 오랜만에 쇠고기 덮밥을 먹었더니 그만 지나치게 흥분해 버렸군.

"붉은 차조기나 빨간 식용 색소를 구하면 빨갛게 해줄게."

붉은 차조기를 쓰면 약간 적자색이 되던가?

"있어."

"네아."

"네아 씨가 붉은 차조기나 식용 색소를 가지고 있는 건가요?"

"그래."

단문 엘프들의 말도 얼추 알아듣게 되었다.

요리사인 네아 씨와는 조만간 카레용 향신료 조달에 대해 의논해야 하니까 그때 물어볼까?

나는 정보를 준 엘프들에게 감사를 표하고 아리사의 요청에 따라 생강절임을 얇게 썰어 주었다.

쇠고기 덮밥 체인점에서 흔히 볼 수 있는 커팅이었다.

나도 하나 집어 먹고 입안을 리프레쉬한 다음 남은 쇠고기 덮밥에 전념하기로 했다.

역시 쇠고기 덮밥에는 생강절임이 있어야지!

◆

"우짜스까~."

아리사가 이상한 억양의 짝퉁 칸사이 사투리로 외쳤다.

사냥을 끝내고 엘프 마을로 돌아온 우리는 땀을 씻으려고 지하 도시에 있는 공중목욕탕으로 왔다.

공중목욕탕 입구에서 「남」, 「여」라고 쓰인 발을 보더니 아리사가 큰 소리로 외쳤다.

"기껏 쇼타랑 혼욕할 기회가—. 그렇지! 이럴 때는 가족탕을 예약하면 돼!"

아리사가 명안이 떠올랐다는 듯 돌아봤지만 단문 엘프 두 사람이 고개를 옆으로 붕붕 저어 부정했다.

"가족탕?"

"없어."

그러고 보니 대하의 노천탕 이후로 혼욕을 안 했군.

무노 남작령이나 공도에서는 한 사람 사이즈의 욕조가 있어서 교대로 들어갔었다.

"그러면 우리들 남성은 남탕으로 가요."

나는 남자 엘프인 히야 씨와 구야 씨 두 사람에게 말을 걸고 남탕으로 들어갔다.

이제 와서 깨달았는데, 엘프 남성의 이름은 「야」로 끝나고, 여성은 「아」로 끝나는군.

아리사의 비통한 외침을 흘려들으며 동료들은 여탕에 가도록 재촉했다. 아이들은 따라오려고 했지만 오늘은 다른 남성도 같이 있으니까 마음을 굳게 먹고서 금지했다.

엘프들은 입욕할 때 욕의를 입는 습관이 없는 모양이라 「로마에서는 로마법을 따르라」는 정신으로 타월 한 장만 가지고 욕탕에 들어갔다.

시간이 이른 탓인지 욕탕에는 우리들 셋밖에 없었다.

"이 그릇 같은 모양의 과실은 비누 대신인가요?"

미묘하게 젖가슴 형태로 보이는데 내 마음이 오염된 탓일 거야.

"다이사쿠가 품종개량을 시작한 비누 열매야. 『젖가슴』 비누란 이름이었지?"

히야 씨가 「젖가슴」만 일본어로 발음했다.

아무래도 오염된 건 용사 다이사쿠였나 보다.

이상한 걸 만들었어…….

미묘하게 질색하면서 엘프 두 사람의 권유로 서로 등을 밀어줬다. 겉보기에 소년인 엘프들과 이러고 있으니 어린 사촌 동생들이랑 목욕탕 갔을 때가 떠오르는군.

젖가슴 비누는 쓸 생각이 안 들어서 평범한 비누를 받았다. 이건 우유 같은 냄새가 나서 좋았다.

산뜻하게 씻은 몸을 욕탕에 담그고 물기를 짜낸 타월을 머리에 올렸다.

역시 넓은 욕탕은 좋구나~.

"다이사쿠가 가져온 문화는 잔뜩 있지만 역시 공중목욕탕이 제일이야."

"생명의 세탁."

엘프 두 사람도 동감인가 보군.

"목욕탕이다아아아."

"아리사, 욕탕에서 달리면 안됩니다."

온몸을 뻗어 목욕을 만끽하고 있는데 여탕 쪽에서 아리사와 리자 목소리가 들렸다.

이어서 다른 동료들과 엘프 기아 양의 목소리도 들렸다.

떠들썩한 여탕의 소리를 듣자 나긋한 기분이 가속됐다.

목욕하고 마실 후르츠 밀크라도 만들어볼까?

"역시 인간족의 몸은 엘프랑은 다르군."

새롭게 들어온 음질이 높은 엘프가 물로 몸을 씻은 다음 내 팔을 스스럼없이 살살 주물렀다.

버릇없는 행동에 약간 기분이 상해서 항의하는 시선으로 그 엘프를 보았다.

—어라?

어깨 높이에서 잘라낸 머리칼이 온수에 젖어서 소바쥬처럼 파도치고 있었다.

거기서 시선을 내리자 부풀기 시작한 건방진 젖가슴이 열심히 존재를 주장하고 있었다. 세상의 유녀 취향들이 열광할 광경이 아낌없이 대기에 드러나 있었다.

하다못해 하반신에 타월을 감는 배려 정도는 해주세요.

내 취향의 대상 연령에서 벗어났기 때문에 욕정하지는 않았지만 미묘하게 어색하군.

내 심정에 반응해준 건 아니겠지만, 이제 와서 수증기가 피어올라 소녀를 가려주었다.

미묘하게 돌리고 있던 시선을 그녀에게 되돌리고 의문을 해소하기로 했다.

"여기는 남탕이 아닌가요?"

"—남탕? 엘프 마을에는 그런 구분 없다만?"

AR표시를 보니 이 엘프 소녀의 이름은 포르토메아. 서양인형처럼 귀여운 얼굴이지만 말투는 조금 난폭했다.

이종족이라지만 남자 앞에서 나신을 드러내고서 부끄러워하지 않는 부분은 미아랑 닮았군.

"그러면 입구의 『남』, 『여』라고 **한자**로 쓰인 천은 뭘 위해서……?"

"그건 다이사쿠가 설계한 거니까 몰라. 『양식미』라고 하던데?"

양식미였냐…….

"일본인은 혼욕이 기본이라고 들었는데, 아닌가?"

"시대에 따라서는 그랬을지도 모르지만 제가 있던 나라에서는 남녀가 다른 욕탕에 들어가는 게 주류였어요."

"후~음. 목욕은 다 함께 즐기는 편이 좋은데 이상하군."

포르토메아 양이 이해 불능이라며 어깨를 으쓱거렸다.

"포아 님, 술을 가져왔습니다."

어린 소녀처럼 보이는 브라우니가 와인이 든 텀블러와 잔이 올라간 접시를 가져왔다. 어째선지 온천 여관의 직원 같은 패션이었다.

"소년도 마실 거냐?"

"네, 사양 않을게요."

물에 들어온 포아 양이 와인을 맛있게 마셨다.

전에도 마셔본 요정 포도주란 건데, 달콤하고 식감이 가벼운 붉은 와인이었다.

포아 양의 난입을 무시하고 있던 장문 엘프 히야 씨가 붉은 와인에 손을 뻗으며 말을 걸었다.

"안녕, 포아. 거미 사냥은 벌써 끝났어?"

"거물을 베었어. 귀찮은 새끼 거미는 시야한테 떠넘기고 왔지."

수도로 베는 제스처를 한 포아 양이 씨익 웃었다.

그때 김을 헤치고 장발의 미소녀— 아니, 미소년 엘프가 나타나 포아 양의 머리를 짓밟았다.

그의 이름은 시시토우야였다. 통칭은 시야다.

"이 난잡한 자, 『떠넘기고 왔지』가 할 말이던가. 소생의 칼은 새끼 거미 같은 잔챙이를 베기 위한 것이 아니거늘."

"괜찮잖아. 이걸로 평소처럼 『또 시시한 것을 베어 버렸군』이라는 대사를 할 수 있으니까."

포아 양이 사무라이 어조로 말하는 시야 씨의 발을 떨쳐내면서 말했다.

"흥. 헛소리를."

시야 씨는 포아 양의 말을 무시하고서 욕조에 들어왔다.

싸움으로 발전할 법한 분위기였지만 두 사람에게는 늘 있는 일인지 더 이상 설전을 나누지 않고 목욕을 즐기기 시작했다.

"아, 안돼요, 기아 씨. 그쪽은 남탕이잖아요."

"방해."

평화로워진 남탕과 달리 여탕에서는 뭔가 소동이 일어났다.

방금 전 들린 루루와 기아 양의 목소리에 이어서 아리사와 아인 소녀들의 소리가 들렸다.

쿠당. 첨벙. 뭔가 부서지는 소리와 물소리가 욕탕에 울리더니 김 너머에서 화난 기색의 기아 양이 나타났다.

아까 포아 양과 마찬가지로 벌거벗은 채로.

내가 유녀취향이었다면 참으로 행복한 광경이었겠지.

"들었어."

"뭘 말이죠?"

눈앞에서 버티고 선 기아 양에게 타월을 내밀었지만 그녀는 그것에 손을 뻗지 않았다.

"아, 앞을 가리세요!"

증기가 일을 하는 것을 기다리는 것보다 빠르게 루루가 타월로 기아 양의 가슴을 가렸다.

루루는 욕의를 입고 있었지만 물에 젖어서 다 비쳐 보였다.

미소녀의 배덕적인 모습에 무심코 유녀 취향으로 전향할 뻔했지만 간신히 이성을 유지했다.

"으핫, 여기는 도원경일세에—."

"아리사."

뒤늦게 찾아온 미아가 기아 양의 하반신을 타월로 가리고, 자기 옆에서 철벽 임무를 방치한 아리사를 나무랐다.

여탕에서 아인 소녀와 나나가 이쪽으로 오는 모습이 김 너머로 보였다.

아무래도 전원 집합이로군.

"미궁, 정말?"

기아 양이 다시 말했다.

"저희가 미궁 도시에 갈 생각인가? —라는 질문이라면 맞습니다."

내 대답을 들은 기아 양 및 엘프들이 얼굴을 찌푸렸다.

그러고 보니 「요람」에서 발견한 토라자유야 씨의 수기에 「미궁에서 수많은 젊은이가 죽고 말았다」라고 쓰여있었지.

엘프들에게 미궁은 꺼림칙한 장소일지도 모른다.

"미궁에 간다는 말에 기분이 상하신 건가요?"

"아냐, 위험."

기아 양이 고개를 옆으로 저었다.

"진정해."

"서툴러도 빠른 편이 좋다고는 하네만, 상대에게 전해지지 않으면 의미가 없소."

기아 양 앞에 포아 양과 사무라이 엘프 시야 씨가 끼어들었다.

"사토 군, 혹시 미궁 도시 세리빌라에 갈 예정이야?"

"네, 그럴 셈입니다."

장문 엘프 시야 씨에게 긍정하자, 조용히 있던 단문 엘프 구야 씨가 부정의 말을 했다.

"무모."

"너희들은 미궁이 어떤 장소인지 알고 있어? 그곳은 흥미로 발을 들일만한 장소가 아니야."

아무래도 엘프들은 우리를 불쾌하게 생각한 게 아니라 가족처럼 걱정해주는 모양이다.

"자, 잠깐만 기다려. 내가 주인님한테 부탁한 거야. 미궁에 가고 싶다고……."

아리사가 장문 엘프 히야 씨의 말을 끊고서 자기 책임이라고 주장했다.

"미궁에 가기를 바란 것은 아리사뿐이 아닙니다."

더욱이 리자까지 책임을 주장하자 다른 애들도 똑같이 말했다.

문득 시선을 돌리자 히야 씨가 어쩐지 진지한 표정이기에 일단 동료들을 진정시켰다.

"조금, 옛날이야기를 할게―."

몸이 식지 않도록 욕탕에 들어오라고 한 히야 씨가 자신의 경험을 말해주었다.

여기 있는 엘프들은 몇백 년 전에 세리빌라의 미궁에서 수행을 한 적이 있었다고 했다.

경험치 효율이 나쁜 동물들만 상대해서 레벨 40대가 된 게 아니구나.

"지독한 곳이었어. 어슴푸레한 미궁에는 발치를 비추는 빛이 있는데, 그 불빛이 함정이야."

"빛은 그림자를 만드니까."

히야 씨의 말에 고개를 갸웃거리는 아리사에게 소바쥬 머리칼의 포아 양이 보충 설명을 했다.

"그림자에 숨어서 다가오는 『그림자 소귀(데미 고블린 어새신)』에 겁을 먹고, 안전지대라고 생각한 장소에 『샛구멍』이 생겨서 갑자기 전투가 시작돼."

"그야말로 지옥이었던가."

"정령 미약."

나는 맵이나 레이더가 있으니 문제없지만, 분명히 보통 사람에게는 지옥 같은 장소일지도 모른다.

참고로 히야 씨가 말한 「샛구멍」은 게임으로 치면 몬스터 발생 장소인지, 갑자기 벽에 구멍이 뚫리고 몬스터가 쏟아져 나온

다고 한다.

"적 발견해~?"

"그런 거예요. 타마랑 포치라면 전부 발견할 수 있는 거예요!"

타마와 포치가 주장하자 히야 씨가 슬픈 웃음을 지으며 두 사람 머리를 쓰다듬었다.

"그렇네. 수인은 감각이 날카로우니까 정령이 적은 장소에서도 의지가 됐어."

과거형이군…….

"하지만 아무리 수인이라도 계속 신경을 갈고 닦고 있으면 정신이 유지되지 못해. 사람은 잠들지 않으면 살아갈 수 없어. 미궁 안쪽으로 갈 거면 며칠 동안 계속 있을 필요가 있어."

그러고 보니 아인 소녀들과 세류 시 미궁 소동에 휘말렸을 때는 며칠 동안 잠들지 않고 망을 봤었지.

지금 이 몸이라면 정신을 바짝 차리면 닷새 정도는 아무렇지도 않게 깨 있을 수 있겠다.

"그리고 적은 마물뿐이 아냐."

"도적이 있는 건가요?"

"미적."

리자의 질문에 단문 엘프 기아 양이 대답했다.

그렇군. 해양의 도적이 해적이니까 미궁의 도적은 미적이구나.

"응, 그것도 있었지. 하지만 내가 말하고 싶은 건 다른 탐색자들이야. 평소에는 가만히 있지만 마물이랑 싸우느라 피폐해져서 틈을 보이면 함정에 빠뜨리려는 자도 있어. 미궁 속에서는 아무도 믿으면 안 돼."

히야 씨의 무거운 말에 아이들이 울 것 같은 표정을 지었다.

내가 불안한 기색의 타마와 포치를 끌어안아 주는 걸 보고 히야 씨가 뒤늦게 말을 덧붙였다.

"물론, 그런 녀석들은 소수였어."

미궁을 탐색할 때는 다른 탐색자가 오지 않는 오지에 베이스캠프를 만들고 틀어박히는 게 좋겠다.

전이 마법도 있으니까 대인적인 트러블은 비교적 간단히 피할 수 있을 거야.

"우리를 걱정해 주시는 건 고맙습니다. 혹시 괜찮다면 그 밖에도 미궁에 관한 이야기를 이것저것 들려주실 수 있을까요?"

내 말을 들은 히야 씨가 두통을 견디는 표정으로 이쪽을 보았다.

"지, 지금까지 한 이야기를 듣기는 했어?"

"네, 굉장히 도움이 되는 이야기를—."

이상하네……. 안전을 위해서 정보 수집을 하는 건데 이 반응은 뭐지?

잠시 침묵이 지난 뒤, 엘프들이 모여서 뭔가 의논하기 시작했다.

그동안 할 일이 없어서 타마와 포치의 머리를 쓰다듬어줬다.

스킨십이 효과가 있었는지 타마가 가르랑거리기 시작했고, 포치도 「니헤헤」하는 웃음을 되찾았다.

히야 씨 대신 사무라이 엘프 시야 씨가 이쪽으로 왔다.

이제야 엘프 스승님들의 결론이 나왔나 보다.

"무슨 일이 있어도, 미궁에 가야만하오?"

"오브코~스."

"무, 물론인, 거예요."

시야 씨의 질문에 타마가 즉답하고 포치가 약간 늦게 말을 이었다.

다른 애들도 이구동성으로 YES라고 대답했다.

어째선지 보르에난 숲에 남게 될 미아도 다른 애들한테 끌려서 긍정했다.

"네, 그게 이 아이들 바람이니까요."

나로서는 음침하고 마물투성이인 미궁보다 유람 여행이 더 취향이지만, 이 위험한 세계를 함께 여행하는 동료들의 레벨을 올리는 건 필수적이었다.

"그러면 보르에난에 있는 동안 우리들이 귀공들을 단련시켜 주겠소. 아무것도 안하고 보냈다가 토야 때처럼 나중에 비보를 듣는 것은 사양하고 싶으니 말이오."

사무라이 엘프 시야 씨의 말에 우리는 두말없이 고개를 끄덕였다.

나는 괜찮지만 다른 애들한테 엘프가 긴 세월에 거쳐 연마한 기술을 전수해준다니, 바라마지 않던 일이니까.

요정 수행

"사토입니다. 게임에서는 최상급 회복약을 좀처럼 쓰지 못하는 병을 앓았죠. 최종 보스전에서 아낌없이 마구 썼다가 보스의 제2단계에서 너덜너덜하게 당했던 경험 탓이 틀림없어요."

"아지이익~?"

"제법이군. 돌격력이 조금 부족하지만, 주위를 잘 살피고 있구나."

소검과 방패로 교묘하게 공격하는 타마를 사무라이 엘프 시시토우야— 시야 씨가 가볍게 막아내며 조언을 해주고 있었다.

여기는 보르에난 숲의 변두리. 마물의 영역에 가까운 엘프의 수련장이었다.

그 목욕탕 사건 이후 닷새 정도 지났다. 나와 동료들은 이 수련장에서 엘프 스승들에게 지도를 받고 있었다.

오늘은 스승님과 맨투맨이지만 실전연습을 하는 날도 있다.

실전연습 상대는 엘프 스승들이 마법으로 만들어낸 풀이나 진흙 인형일 때가 많았다.

마물하고 싸우는 연습 날에는 사냥의 명인 히시로토야— 히야 씨와 내가 마물의 영역까지 가서 조달해 온다.

마물의 영역에는 레벨 10 미만이나 레벨 40 이상의 극단적인 마물밖에 없기에 여기서 수련하는 사람은 달리 없었다.

"타앗, 인 거예요."

"파고드는 기세는 좋지만 주위를 좀 더 살피거라. 발치의 풀 사이에 함정이 있었다면 지금쯤 걸렸을 게다."

한손검을 양손에 든 포치를 소바쥬 머리칼 포르토메아— 포아 양이 상대해주고 있었다.

"함정은 돌파하면 되는 거예요!"

"감점 1점이다, 바보 제자."

포치의 자만심 가득한 발언을 포아 양이 꾸짖고서 손에 든 쥘부채로 경쾌하게 때렸다.

이 쥘부채는 아리사의 작품이었다.

"바보라고 먼저 말하는 쪽이 바보인 거예요?"

"시끄럽다. 스승은 절대적이다. 스승이 햄버그를 내놓으라고 하면 배가 고파도 내놓아야 하는 법이야."

포아 양의 폭언에 포치가 낯빛이 새파래져서 눈꼬리에 눈물을 지었다.

그걸 본 포아 양이 황급히 말을 고쳤다.

"햄버그는 지나쳤다. 주먹밥으로 하지."

"네, 인 거예요. 주먹밥은 괜찮은 거예요."

아무래도 포치의 내면에서 햄버그는 격이 다른가 보다.

"이 레벨에서 마인을 쓰다니……."

"유망."

마인을 쓰는 리자를 보고 스프리건 단창술사 유세크 씨와 단문 엘프인 나선창술사 구르가포야— 구야 씨가 평가했다.

유세크 씨는 오늘 처음 만났는데, 구야 씨에게 뒤지지 않는 창술사이며 보르에난 숲에 사는 스프리건 중에서 가장 강한 사람이었다.

딱 한 번이지만, 자기소개를 할 때 마인을 단창 끝에서 날려 보내는 놀라운 기술을 보여주었을 정도였다.

내가 한 번 더 보여달라고 부탁했지만 「훔쳐라」라는 한 마디만 하고 보여주지 않았다.

훔치라고 했으면서 그 이후로 한 번도 안 보여주는 건 너무하잖아…….

재미있는 기술이니 언젠가 나도 익히고 싶다.

"마법 병용."

"방패만으로 마물의 돌진을 막을 수 있으리라 생각지 마라! 마법도 함께 써라. 마력을 아낄 생각은 더 강해진 다음에 하는 거다. 신체 강화를 쓸 수 있다면 아끼지 마라!"

"지도, 수락."

나나는 또 한 명의 단문 엘프, 마법 검사 기마살루아— 기아양과 드워프 방패잡이 케리울 씨의 지도를 받고 있었다. 그도 38이라는 높은 레벨을 자랑했다.

케리울 씨는 드워프 자치령 보르에하르트에서 만난 짝사랑 대장장이 다지울 씨의 숙부였다.

방패 역할이 특기인 엘프가 없어서 면식이 넓은 히야 씨가 레프라곤 마을에 수행을 하러 온 케리울 씨를 데리고 와주었다.
“루루 씨, 무릎을 굽히지 않도록 주의해요.”
“네, 네, 네아 씨.”
“으기기기기, 무리, 더 이상 안 굽혀져! 부, 부러진다아아.”
“아리사. 체술에는 부드러운 몸이 필요하답니다? 유연성 체조를 확실하게 하세요.”
루루와 아리사는 뜻밖에도 요리사인 네아 씨가 지도하고 있었다.
마법에 뛰어난 엘프 중에서도 공간 마법을 쓸 수 있는 사람은 굉장히 적어서, 하이 엘프인 아이아리제 씨의 용건 때문에 모두 동원되어 교사 역할이 없는 상태였다.
그래서 서포트 요원으로 와 있던 루루와 함께 네아 씨에게 호신술을 배우게 되었다.
루루의 마법총이나 아리사의 무영창 공간 마법은 대인용이 아니니까 마침 잘 됐어.
그리고 여기에 없는 미아는 엄마인 리리나트아 씨에게 돌 무대 수행장에서 정령 마법을 배우고 있었다.
정령 마법의 만능성에 이끌린 아리사가 스킬을 익히려고 했지만, 공간 마법을 넘어서는 필요 스킬 포인트를 보고 금세 포기했다.
“어디 그러면, 사토 군도 수행을 시작하자.”
“네, 스승님.”
장문 엘프인 히야 씨— 아니지 히시로토야 스승의 말에 수긍했다.

"◆ 미풍."

"▲ 미풍."

"▼ 미풍."

—그렇다. 나는 주문 영창 수행을 하고 있었다.

두루마리에서 마법란에 등록하는 꼼수로 쓸 수 있는 주문 수를 늘렸다지만, 역시 정공법으로 마법을 쓰고 싶단 말이지.

두루마리는 중급 마법밖에 만들지 못하는데다가, 시멘 자작의 두루마리 공방에 의뢰해야 하니까.

지난번 들소 사냥 때 히시로토야 스승 앞에서 마법을 쓴 적은 있지만, 그건 용사처럼 유니크 스킬을 이용한 것이라고 해석했는지 영창을 못하는 것에 태클은 들어오지 않았다.

"■ 미풍."

볼을 쓰다듬는 부드러운 바람이 불었지만, 내 영창이 아니었다.

"여유."

들소 사냥에서 쓴맛을 보았던 고야 군의 마법이었다.

재는 표정의 고야 군을 히시로토야 스승이 타일렀다.

"고야, 방해할 거면 돌아가라."

"우웅, 시범."

고야 군은 혼나면서도 싱글거리는 표정이었다.

나한테 이길 수 있다는 게 어지간히 기뻤나 보군.

내심 울컥했지만, 무표정 스킬의 도움을 빌어 여유로운 어른의 태도로 그의 도발을 흘렸다.

◆

"그렇게 풀 죽을 것 없어, 사토 군."

"아뇨, 딱히 풀 죽은 건 아닙니다."

히시로토야 스승이 건네는 위로의 말에 의식적으로 가볍게 대답했다.

수행이라고 하면 아침부터 밤까지 쓰러질 만큼 이어지는 이미지가 있지만, 엘프들의 수행은 훨씬 완만하다. 인간족의 100배가 넘는 수명 탓인지 수행을 오후 시간밖에 안 한다.

엘프들의 수행은 「이제부터 하는 훈련의 의미」를 가르치는 것으로 시작하여, 몸을 쓰는 실기를 거쳐, 「오늘을 돌이켜보기」라는 미팅으로 끝난다.

마지막 미팅을 지금 있는 장소— 공중목욕탕에서 땀을 씻어낸 뒤에 욕탕에 몸을 담그고 할 때가 많았다.

"사토."

참방. 정령 마법 수행을 하고 돌아온 미아와 그녀의 엄마인 리리나트아 씨가 물소리를 내며 내 옆으로 들어왔다.

엘프이기 때문인지 리리나트아 씨는 도저히 출산을 거친 것 같지 않았다.

두 사람과 인사를 나눈 뒤 히시로토야 스승과 대화로 돌아갔다.

"고야도 영창 익히는데 30년 넘게 걸렸으니까."

"그, 그건 굉장하네요."

—용케 30년이나 계속했구나, 고야 군.

다음부터는 그의 재는 표정도 넓은 마음으로 흘릴 수 있겠다.

"드디어 웃었네—."

나를 올려다보던 아리사가 안도한 표정을 지었다.

"주인님이 목욕탕에서 태연한 표정을 짓고 있으면 표정을 꾸미고 있는 거니까."

"응, 파악."

아리사와 미아가 나를 끼고 대화했다.

수행한 뒤 목욕탕은 언제나 혼욕이 되었기 때문에, 엘프 스승들에게 설명하고 욕의 사용을 허가 받았다.

물론 엘프들은 아무도 안 입었다.

그것을 히시로토야 스승에게 물어봤더니—.

"엘프는 모두 가족 같은 거고, 다른 종족만큼 이성에게 성적 욕구를 품는 사람이 없어."

이야기에 자주 나오는「엘프는 번식력이 낮다」는 거구나.

만약 인간족만큼 번식한다면 지금쯤 전 세계가 엘프투성이가 되었을 테지.

"그러면서 용케 아이가 생기네~."

아리사가 기가 막힌단 어조로 말하자, 히시로토야 스승이 약간 어긋난 대답을 했다.

"엘프도 사랑은 하니까. 사랑을 해서 100년 정도 마음이 안 바뀌면 결혼하지."

온수에 타월을 가라앉혀서 공기거품을 내며 놀던 타마와 포치가 결혼이란 키워드에 반응해서 포즈를 취하며 대화에 참가했다.

“결혼~?”

“공도에서 결혼식 퍼레이드를 본 거예요!”

“엘프의 결혼은 어떻게 해?”

아리사의 질문에 단문 엘프 두 사람이 대답했다.

“아제.”

“축복.”

물론 의미를 이해 못해서 장문을 말하는 사람들에게 해설을 부탁했다.

“세계수에서 혼인을 맹세하고, 아제 님한테 축복을 받는 거야. 이 때 받는 성수석에 두 사람의 마력을 쏟아서 두 사람의 사랑과 함께 키워가는 거지.”

성수석이라면 돌 무대에서 수행할 때 아이아리제 씨가 먹으라고 했던 가루의 본래 형태인「현자의 돌」이었지?

아마 결혼반지나 혼인 신고서 같은 거겠군.

“결혼하고서 대충 10에서 50년쯤 지나면 발정기가 오거든. 임신하면 성수석에 식욕을 느끼니까 금세 알 수 있어. 임산부는 성수석 가루를 녹인 물을 마시면 건강한 아이가 태어난다는 믿음이 있어.”

성수석은 마력 부스트 아이템이니까 엘프의 태아를 성장시키는데 마력이 필요한 걸지도 모르겠네.

그러고 보니 무노 남작령에서 만난 코볼트들도 아이를 키우는데 청정(靑晶)이란 보석이 필요하다고 했었지.

그거랑 비슷한 이유일지도 모르겠다.

"—무슨 이야기? 미아한테 성교육은 아직 이르지 않을까?"

김 너머에서 플라티나 블론드의 미녀— 하이 엘프 아이아리제 씨가 나타났다.

내 취향의 타입이 전라로 등장해서 가슴이 콩닥거렸다.

"아제."

"아제 님이 공중목욕탕에 오다니 드문 일이네요."

엘프들 말도 내 귀를 그냥 지나쳤다.

한심하게도 아이아리제 씨의 황금비를 체현해놓은 나신에 눈길을 빼앗겨서 다음 행동을 하지 못했다.

재치 있는 한마디는커녕 사춘기로 돌아간 것처럼 그녀에게서 눈길을 돌리지도 못했다.

그리고 그것은 눈앞에서 얼굴이 새빨개진 채 아우아우 거리는 아이아리제 씨도 마찬가지였다.

"아제 님, 왜 그러세요?"

아이아리제 씨 뒤에서 나타난 무녀 루아 씨가 아이아리제 씨를 의문스레 올려다보았다.

"핫! 한 발 늦었다— 미아!"

"응, 길티."

철벽 페어의 활약이 이만큼 듬직하고 원망스러운 적이 없었다.

어린 소녀 두 사람의 활약으로 내 시야에서 아이아리제 씨의 나신이 가려지고, 그것을 계기로 아이아리제 씨가 온수에 몸을 담글 수 있었다.

"덕분에 살았다, 아리사."

"흥이다. 우리들 몸은 보고서도 여유작작하면서!"

"응, 불만."

마구마구 화를 내는 아리사와 미아에게 받는 화풀이를 감수하면서, 루루에게 부탁하여 아이아리제 씨에게 예비 욕의를 건넸다.

내가 지금 있는 남탕에서 여탕— 이란 이름의 또 하나 있는 욕탕으로 이동하면 되지만, 일부 팔팔한 하반신 사정이 그걸 막고 있었다.

어쩔 수 없이 진정될 때까지 무난한 대화로 헤쳐 나가자.

"죄송합니다, 아이아리제 님. 버릇없이 쳐다봐서……."

"우, 우우……."

내가 사죄하자, 아이아리제 씨가 얼굴을 물에 반쯤 담그고 올려다보았다.

기분 탓인지 그녀의 시선이 내 쇄골이나 어깨 라인을 헤매고 있는 것 같은데?

"아제 님? 왜 그러세요? 마치 초혼한 여자애처럼……."

"—루아?"

단문 엘프 기아 양이 루아 양의 말을 중간에 끊고서 걱정스런 시선을 보냈다.

"아, 아무것도 아니에요. 그럴 리 없으니까요."

"우움."

루아 씨가 굉장히 뭔가 있어 보이는 표정으로 대화를 끝냈다.

기아 양은 걱정스러워 보였지만 그 이상은 루아 씨를 배려해서 아무런 추궁도 하지 않았다.

그 미묘한 분위기로 목욕 타임이 끝났다.

"푸하아~! 역시 목욕한 다음에는 커피 우유야!"

허리에 손을 대고서 병에 든 커피 우유를 들이킨 아리사가 만족스레 말했다.

아리사의 밝은 목소리가 아까 그 미묘한 분위기를 날려줬다.

사람에게 속성이 있다면 아리사는 분명히 태양일 거야.

그건 그렇고 그렇게까지 기뻐해주면 병부터 자작한 보람이 있구나.

"아리사, 하얀 우유가 최고라고 고합니다."

"우움, 후르츠 밀크."

몸에 타월을 감기만 한 나나와 미아가 아리사의 발언에 이견을 냈다.

나나는 하얀 우유병에 붙은 간략화된 송아지 라벨이 마음에 들었을 뿐이군.

"탄산 최고~?"

"파파팡이 자극에 근사한 거예요."

고양이와 강아지 발바닥 그림이 원포인트로 들어간 여아용 팬티에 자락이 짧은 캐미솔을 입은 타마와 포치가, 병에서 넘치는 탄산수를 흘리지 않도록 재빨리 훑어 먹었다.

T셔츠와 숏팬츠를 입은 루루는 방의 구석 마루에서 스트레칭을 하느라 수분 보급은 나중이었다.

또한 목욕을 좋아하는 리자는 아직 욕탕에서 시간을 보내느라 여기에는 없었다.

"맛있어—."

유리문 냉장고 앞에서 후르츠 밀크에 입을 댄 아이아리제 씨가 기뻐하며 말했다.

어째선지 그녀의 목소리는 소란스런 장소에서도 잘 들린다.

분명히 듣기 좋은 목소리라 그럴 거야.

"이 황등 과실을 쓴 음료 굉장히 맛있어. 네아의 신작이야?"

"아뇨, 아제 님. 여기 있는 음료는 모두 사토 씨가 만든 거예요. 레시피를 공개해주셔서 언제든지 만들어 드릴 수 있어요."

"—사토가?"

네아 씨 설명을 들은 아이아리제 씨의 목소리는 꾸밈없는 놀라움이 실려 있었다.

어째선지 굉장히 자랑스럽군.

"그러고 보니 공중목욕탕에 냉장 마법 장치 같은 거 있었나?"

"사토."

"그건 사토 군이 만들어 준 거야."

무녀 루아 씨의 의문에 엘프 스승들이 대답했다.

"사토, 굉장하네."

"어쩌다가 공도에서 커다란 얼음 광석을 얻어서요—."

아이아리제 씨의 어린애 같은 순수한 칭찬에 가슴이 뛰면서 별 의미도 없는 변명을 했다.

목욕할 때도 느꼈지만, 이거 뭐지? 이 사춘기로 돌아간 것 같은 신기한 감각…….

하지만 어쩐지, 이런 것도 나쁘지 않다고 생각하는 내가 있었다.

"비상사태야."

"응, 위험."

눈썹을 찌푸린 아리사와 미아가 얼굴을 맞대고 뭐라고 했지만, 미묘하게 들뜬 나는 그 두 사람의 모습을 마음에 두지 않았다.

◆

"햄버그~."

"야호~ 인 거예요! 오늘도 햄버그 선생님은 근사하게 무적인 거예요."

타마랑 포치가 저녁 식사 접시를 보고 빙글빙글 춤을 추었다.

수상 가옥 식탁에서는 공중목욕탕에 있던 멤버에 더해서 네아 씨를 비롯한 요리사 엘프 소녀들도 모여 있었다.

미아네 엄마와 네아 씨에게 두부 햄버그 레시피를 전수했다.

"나, 햄버그 좋아해."

"사토 씨 요리는 맛있으니까요."

공중목욕탕 일에 대한 사과도 겸해서 식탁에 초대한 아이아리제 씨와 무녀 루아 씨도 호평이었다.

“튀김이랑 스테이크도 있으니까 이쪽 야채샐러드는 필요 없지 않아?”

“안 돼, 밸런스를 맞춰서 먹어야지.”

나는 아리사의 폭언에 고개를 저어 부정했다.

수행이 시작된 뒤로 몸을 만들기 위해서도 단백질을 늘렸지만, 동료들의 마초 같은 모습을 보고 싶은 게 아니니까 고기만 먹어선 안 된다.

오늘 튀김은 고래 고기, 스테이크는 분사 늑대(로켓 울프)의 고기를 썼다. 들소 고기는 맛있지만 같은 고기만 먹으면 질리잖아.

물론 테이블에 늘어놓은 마물 고기 요리에 엘프 스승들이 잠깐 한 마디씩 했다.

“마물 고기.”

“괜찮아?”

엘프들은 마물 고기에 기피감이 있나?

“드문 거네. 하지만 아제 님이 여기 있으니까 괜찮지 않아?”

“응, 독기 없어.”

독기라면, 마왕 부활을 위해서 마족이 모으던 그건가?

“마물 고기에는 독기가 포함돼 있나요?”

“그래. 하지만 독기는 신기(神氣)나 강한 정령광에 약하니까 아제 님 근처에 있으면 정화돼서 해는 없어.”

내 질문에 히시로토야 스승이 대답했다.

그러니까 아이아리제 씨 옆에서는 해가 없다는 건가?

무노 남작령에서 늘상 먹고 있는데…… 어떡하지?

"약한 마물 고기라면 괜찮아. 그리고 사토 군의 정령광은 이제 님보다 강하니까 네 근처에서 처리했다면 독기도 무해할 정도로 확산돼서 괜찮아."

히시로토야 스승에게 의논했더니 그렇게 대답했다.

문제가 되는 건 독기니까 마왕신봉자 집단 「자유의 날개」가 마왕 부활의 독기를 모으는데 썼던 「혼돈 항아리(카오스 자)」나 「주원병」을 사용하면 내가 없는 상황에서도 마물 고기의 독기를 제거할 수 있겠다.

혹시 고래 고기 튀김을 먹었을 때 스테이터스가 상승하는 건 잔류독기의 영향일지도 모르겠네.

물론 그 사실을 확인하기 위해서 독기가 잔뜩 남은 마물 고기를 먹을 생각은 없었다.

그런 장면을 지나서 우리는 식사를 시작했다.

"사토, 맛 이상해?"

두부 햄버그를 먹은 미아가 신기한 표정으로 눈썹을 찌푸렸다.

"맛있어~?"

"햄버그 선생님한테 실례인 거예요!"

타마와 포치가 햄버그를 감쌌다. 포크를 쥔 손을 휘두르기 전에 소스를 혀로 확실하게 닦아내는 걸 보니 루루와 리자의 교육이 성공적인 것 같다.

오늘 미아의 햄버그는 아무런 수작도 안 부린 보통 두부 햄버그였다. 나도 같은 것을 먹고 있지만 딱히 잡스런 맛도 안 섞였고 상당히 회심의 완성도였다.

"입에 안 맞아? 이쪽 두부 햄버그 먹어볼래?"

나는 보온 마법 도구에서 꺼낸 예비 두부 햄버그를 미아에게 내밀었다.

"응, 맛있어."

그 햄버그를 한 조각 입에 넣은 미아가 만족스레 냠냠 먹기 시작했다.

미아가 남긴 두부 햄버그는 타마와 포치가 나눠서 먹었다. 포테토 말고 곁들인 야채는 미아에게 떠넘겼다.

—이제 그만 알려줄 때가 됐군.

"미아, 너에게 할 말이 있어."

"응."

진지한 표정으로 미아에게 말을 걸었더니 어째선지 눈을 감고서 입을 내밀었다. 아리사한테 너무 물든 것 같은데…….

"햄버그 이야기야."

오해를 풀기 위해서 서론부터 논한 뒤에 말을 이었다.

어째선지 굉장히 불만스런 표정을 지었다.

"미아가 지금 먹은 두부 햄버그에는 고기가 들어가 있어."

수상 가옥에서 내놓은 두부 햄버그는 나날이 고기 비율을 늘리고 있었다. 지금 미아가 맛있게 먹고 있던 것은 고기가 70퍼센트 정도 들어있었다.

"……길티."

미아가 배신당했다는 듯 극화(劇畫) 같은 표정으로 나를 보았다.

"응, 미안. 말을 좀 더 하자면, 미아가 오늘 처음 먹은 햄버그는 고기가 안 들어 있었어. 그쪽이 원래 먹던 두부 햄버그였지."

"—우웅."

뭔가 갈등하는 미아에게 마지막 한 마디를 날렸다.

"미아, 어느 쪽 햄버그를 더 줄까?"

"우우웅, 이쪽."

미아가 가리킨 것은 고기가 들어간 두부 햄버그였다.

"응, 맛있어."

갈등을 극복한 미아가 고기가 들어간 두부 햄버그를 먹으며 만족스레 웃었다.

아직 고기만 가지고 만든 보통 햄버그는 못 먹지만, 조금은 고기에 대한 기피감이 줄어든 것 같았다.

"이쪽 본격 햄버그를 한 입 주는 거예요."

"우웅, 됐어."

포치가 내민 육즙이 듬뿍 든 햄버그는 고개를 흔들흔들 젓고 싫다면서 손으로 막았다.

아직 갑자기는 무리겠지.

식사가 어느 정도 진행되자 네아 씨가 카레 계획 진척 상황을 알려 주었다.

카레 재현을 바란 건 요리사 엘프 노아 양이지만 그녀는 낯을 가려서 카레 계획은 네아 씨가 지휘하고 있었다.

"그러면 향신료 탐색은 스프리건이나 레프라콘들이 해주시는 건가요?"

"네. 어쩐지 전설의 소재를 어느 쪽이 먼저 발견할 것인지 승부를 한다면서 즐거운 기색으로 나섰어요."

스프리건은 조금 회갈색 피부, 레프라콘은 적동색 피부를 한 사람들이다. 둘 다 요정족의 공통된 특징인 작은 몸집과 조금 뾰족한 귀를 가졌다.

유감이지만 정석인 하프 엘프나 어둠에 물든 다크 엘프 같은 종족은 없었다.

갈색 거유에 살짝 야시시한 다크 엘프를 만날 수 없다니…….
이 세계는 판타지 감이 부족한 것 같아.

"어둠에 물들고 자시고, 어둠을 다스리는 세계수도 있어요. 엘프도 햇살에 타면 갈색 피부가 되고요. 그리고 혼혈은 서로 다른 요정들 사이에서도 무리죠. 이종족 사이에서 혼혈이 가능한 건 인간족과 귀 종족 같은 예외를 빼면 고양이 수인과 호랑이 수인, 개 수인과 늑대 수인 같은 근연종의 수인들 정도예요."

흐~음. 인간족이랑 귀 종족은 혼혈이 가능하구나.

그러고 보니 타마랑 포치는 인간족 사이에서 태어난 선조회귀라고 했었지.

"엘프랑 하이 엘프도 무리인가요?"

"네. 물론이죠. 존재의 근본이 다르니까요.

—근본?

분명히 용모를 봐도 하이 엘프는 엘프들보다 인간족에 가까웠다.

“하이 엘프 님들은 신들이나 세계수와 함께 신계(新界)에서 오신 아신(亞神)이시니까요.”

무녀 루아 씨가 더욱 중요한 정보를 가르쳐 주었다.

—아이아리제 씨가 아신이었어?

햄버그랑 같이 치킨라이스를 먹고 있는 모습에서 도저히 그런 신성함이 느껴지질 않는데?

오히려 좀 글러먹은 누나의 느낌이 굉장하다.

……하지만 좀 글러먹은 누나 타입이 참 좋단 말이지.

“신계라는 건 파리온 신 같은 신들이 사는 장소인가요?”

“그구 아아(그건 아냐)—.”

“아제 님, 입 안에 넣은 건 삼킨 다음에 말씀하세요.”

“—우웁.”

“아, 아제 님?”

루아 씨한테 혼난 아이아리제 씨가 빨리 삼키려고 무리하다가 목이 막혀서 눈을 깜빡거렸다.

나는 황급히 축지로 그녀 곁까지 이동하여 테이블에서 집어 든 잔을 내밀었다.

“물이에요. 천천히 마셔요.”

아이아리제 씨를 보살피는 것도 익숙해지고 있군.

물을 마시고 한숨 돌린 아이아리제 씨가 희미한 미소를 지으며 나한테 인사했다.

“고, 고마워, 사토.”

“천만에요.”

방금 전에 당황해서 축지를 써버렸는데 신경 쓰는 사람은 없었다.

"그러면 신계란 건 어떤 장소인가요?"

"우리들 하이 엘프나 세계수를 만든 창조신 님의 세계— 라고 말은 하지만, 어렸을 때 세계수랑 같이 출발한 우리들 하이 엘프는 그 세계의 기억이 거의 없어."

아이아리제 씨에게 자세히 물어봤더니, 전에 그림책으로 본 신화의 큰 줄거리는 사실이었다.

파리온 신을 비롯한 **여덟** 신들이 여덟 그루의 세계수를 타고서 이 세계로 찾아왔다.

이 세계 자체는 세계수를 만든 창조신하고는 상관없이 존재하는지, 신들 입장에서 보면 부임이라기보다는 개척을 하러 찾아온 느낌이었다.

이 행성의 원주 생물인 용 말고 다른 생물은 세계수 안에 보존되어 있던 종자에서 퍼졌으며, 그림책의 신화에 나온 것처럼 파리온 신과 다른 신들이 창조한 존재는 아니었다.

세계수는 차원을 건너는 신들의 파종선 같은 건가?

판타지라기보다는 SF 같은 느낌인데.

"사토."

이 세계의 신화에 흥미가 없는지, 아이아리제 씨와 이야기하는 것에 질린 미아가 놀아달라는 기색으로 내 무릎 위에 앉았다.

"미아, 입가에 뭐 묻었다."

"닦아줘."

어리광 피우는 미아의 입가를 손수건으로 닦아줬다.

아까 뭔가 신경 쓰인 게 있었는데 미아를 보살피는 동안 뇌리에서 사라져 버렸다.

떠올려보려고 노력하다가 시선을 돌리자 아이아리제 씨의 볼에 밥풀이 묻어 있는 게 보였다.

"아이아리제 님, 잠깐 실례할게요."

손을 뻗어 그녀의 볼에 묻은 밥풀을 떼어내 아이들을 보살피는 느낌으로 내 입에 넣어 처분했다.

""""아~앗!""""

어째선지 그걸 본 아리사와 미아가 「배신자」라고 말하는 표정으로 째려보았다.

함께 소리를 낸 루루는 슬픈 눈으로 이쪽을 살폈다.

"아제 님?"

네아 씨 목소리에 시선을 돌리자 아이아리제 씨가 얼굴이 새빨개져서 눈을 핑글핑글 돌리고 있었다.

어쩐지 왕도에 간 카리나 양이 떠오르는 모습이군.

하지만 이상하네. 아이아리제 씨는 카리나 양과 달리 남성이 거북한 것도 아니고, 다른 사람한테 보살핌 받는 것도 익숙할 텐데…….

아이아리제 씨를 보고 대항심이 생겼는지 기행을 벌이는 녀석이 있었다. ―아리사와 미아다.

"주인님, 나도!"

"떼어 줘."

일부러 치킨라이스를 볼에 묻힌 둘이 얼굴을 내밀었다.

"먹을 거 가지고 장난치면 안 돼."

타마와 포치의 교육에 나쁘니까 손수건으로 떼려고 했지만, 두 사람의 매달리는 시선에 져서 소원대로 해주었다.

예상대로 흉내 내려고 하는 타마와 포치는 리자가 타일러줬다.

이제 식사도 끝나가니까 디저트를 내놓자.

내가 주방에서 푸딩을 가져오자 아이아리제 씨와 루아 씨가 없었다.

아리사가 전언을 맡았다. 일터에서 호출을 받고 돌아가 버렸다고 한다.

두 사람의 마커가 세계수의 머나먼 위쪽으로 이동했으니, 위성궤도나 우주 공간 부근에서 무슨 일이 있는 건지도 모르겠군.

나도 힘이 되어주고 싶지만 외부인인 내가 끼어들어도 될지 판단이 어려웠다.

괜히 나섰다가 아이아리제 씨한테 거부당하는 건 무섭다.

어쩐지 평소처럼 잘 안 되네…….

◆

"헤~ 별난 섬유네. 고무와도 다르고 화학섬유도 아냐."

재봉 공방의 선반에 놓인 희한한 섬유를 아리사가 흥미진진하게 살폈다.

목욕탕 일 이후로 사흘이 지났다. 오늘은 교우관계가 넓은 히시로토야 스승의 소개로 아리사를 데리고 견학을 왔다.

마법의 천 같은 것도 있다고 해서 전부터 기대하고 있었다.

이 공방은 엘프의 지하 도시 옆에 있는 같은 형태의 공방 전용구역에 있었다. 주거지와 공방은 다른 구역으로 격리해두나 보네.

그리고 다른 애들은 미아의 안내를 받아서 수상 가옥 근처 숲으로 산나물을 따러 갔다.

"마력을 흘리면 줄어드는 아리드 아라크네의 마축(魔縮) 천이야. 보통 고무도 있으니까 필요하면 나중에 옆 창고에서 꺼내주지."

"고무가 있나요!"

"그, 그래. 숲 남쪽에 군생하고 있지. 고무는 가공할 때 고약한 냄새가 나니까 천으로 쓸 거면 산수의 『튕기는 과실』에서 구한 섬유나 기름 거미의 실로 만든 신축성이 좋은 녀석이 좋다고 생각한단다."

아리사가 격하게 반응하자 공방 주인 엘프가 조금 기겁하며 대답했다.

서민가의 할머니 같은 어조였지만 외견은 가련한 미소녀라서 갭이 엄청나다.

그녀가 말하는 「튕기는 과실」 섬유는 이미 우리들 속옷이나 양말에 쓰고 있었다.

미아의 패션쇼에서 본 니삭스는 기름 거미의 실을 써서 만든 것이었다.

그 밖에도 화학 섬유 같은 특징을 가진 하얀 구슬 애벌레의 실로 만든 천도 보여줬다. 빛깔과 감촉이 화학 섬유와 꼭 닮았다.

"마력에 반응하는 천이 이것저것 있네요."

"그래. 아주 옛날에는 노움들이 퍼뜨린 유리하 섬유가 유명했지만, 마법을 반사하는 케네아 웜의 천이나 마력을 증폭하는 세계수 잎으로 만든 섬유도 편리하지."

어허. 판타지 감이 나는 게 좋군.

기껏 왔으니 그 밖에도 희귀한 천 제품이 없는지 물어봤다.

"그것 말고? 그렇네……. 비로아난 씨족의 하이 엘프 님이 짠 대괴어 은피 섬유로 만든 옷은 상급 빛 마법이나 성검도 튕겨냈다는 이야기가 있지."

생각보다 굉장한 이야기가 나왔네.

공도에서 퇴치한 대괴어 토부케제라— 고래의 가죽은 검었는데?

희귀한 확률로 나타나는 은색 가죽의 대괴어 아종이라도 있나?

혹시 그런 소재가 생기면 평소 입는 옷의 방어력이 단숨에 올라간다.

"은색 가죽의 대괴어도 있군요? 검은색만 있는 줄 알았어요."

"허어? 사토 씨는 대괴어를 본 적이 있나?"

"네, 전에 한 번."

놀란 기색으로 묻는 공방 주인에게 긍정하자 감탄의 말을 흘렸다.

"용케 무사했군 그래."

아무래도 내가 흑룡과 호각으로 싸운 용사라는 건 엘프 전체에 퍼지지는 않았나 보다.

"아 그렇지. 은피 말이지. 그건 표피가 아니야. 분명히—."

공방 주인이 선반 위의 두꺼운 책을 펼치더니 무슨 주문을 외었다.

작은 빛의 입자가 책에 달라붙더니 페이지가 파라락 자동으로 넘어갔다.

그리고 낯익은 고래 그림이 있는 페이지에서 멈췄다. 자동 검색 기능이 제법 판타지하군.

"—이거야. 엘프어 읽을 수 있나?"

공방 주인이 가리킨 고대 엘프어 설명에 따르면 고래 머리 부분의 가죽과 뼈 사이에 내충격성이 높은 백동(白銅)색 지방층이 있으며, 그것이 경질화된 안쪽 가죽이 공방 주인이 말한 「은피」란 것이었다.

가공 방법이 거기서부터 20페이지 정도 이어졌지만, 대부분이 은피를 어떻게 적당한 사이즈로 절단하느냐 하는 것이며 어떻게 섬유 상태로 풀어내는 것인가에 중점을 두고 있었다.

그 밖에도 이 책에는 갖가지 재봉의 비기가 기록돼 있었다.

원재료와 가공 방법을 배우고 나서 이것저것 만들어 보고 싶네. 맵 검색이 있으니까 원료는 얼마든지 찾으러 갈 수 있어.

"귀중한 책을 보여주셔서 고맙습니다. 은피를 구하면 가져올게요."

"만약 구한다면 내 실력을 한껏 부려서 굉장한 옷을 만들어 주지."

가까운 시일 안에 가공해서 가져올 셈이었는데 공방 주인은 농담으로 받았다.

잡담을 겸해서 범선의 돛으로 쓰기 좋은 소재를 물어봤다.

"돛? 그거라면 견갑 과실 섬유로 짜서 휘발성을 높인 천이 좋을 게야. 바람 광석이 잔뜩 있으니까 바람 부르기 처리를 해주면 무풍 상태에서도 나아갈 수 있으니 편리하지."

흠. 거인의 마을에서 구한 견갑 과실이 아직 잔뜩 있고, 무노 남작령에서 바람 광석도 얻었으니 가공 방법을 배워볼까?

"그리고 그렇지……. 히야한테 마물 소재 재고가 있다면, 대형 히드라의 날개나 아종 와이번의 날개 피막도 적당하지."

내가 생각에 빠지자 공방 주인이 다른 소재에 대해서도 가르쳐 줬다.

이쪽도 양이 충분하지만, 가공한 뒤에 비주얼이 마왕군처럼 될 것 같으니 견갑 과실 섬유와 바람 광석 조합으로 무난하게 갈까.

"잠깐 샛길로 빠졌네. 그러면 일단 자수를 하는 법부터 가르쳐 주지."

"에엑~! 자, 자수는 좀……."

"어허, 그러면 안 돼. 옷을 만드는 천은 애정을 담아서 자수를 해야지."

진득하니 앉아서 하는 섬세한 작업에 거북한 아리사가 거부감을 드러냈지만, 젊은이의 그런 태도에 익숙한지 공방 주인은 기분 상한 기색 없이 웃으며 무시했다.

그리고 공방 주인의 지도 아래 둘이서 자수를 시작했다.

"—사토, 참 대단한걸."

내가 자수를 끝낸 천을 보고 공방 주인이 감탄의 한숨을 흘렸다.

지도를 받는 동안 「씨」가 떨어지고 그냥 이름만 부르게 되었다.

"생각한 것보다 재미있네요."

"그럼 그럼."

내 말에 공방 주인이 만족스레 고개를 끄덕였다.

이건 인사치레가 아니었다. 단순한 무늬라고 생각한 자수가 각인 마법과 마법진의 사고방식을 응용하여 일종의 마법 도구의 기능을 만들어냈다.

공도에서 내가 빛광석 공예품에 썼던 유치한 게 아니라, 수천 년— 아니 수만 년의 시간을 거쳐 연마된 무늬일 거야.

"그건 그렇고 사토는 엘프의 노인들만큼 기술이 굉장하지만 예술성은 부족하네……. 조금 더 즐기는 마음이 없으면 일류 장인은 될 수 없어. 그런 점에서는 아리사를 본받아야지."

"정진하겠습니다."

리듬감 정도는 아니지만 예술성을 따지고 드는 건 거북했다. 심플한 걸 좋아하거든.

한편으로 아리사는 예술성을 칭찬받았지만, 머리 위에 검은 소용돌이가 표시될 법한 표정으로 뭔가 중얼중얼거리며 작업하고 있었다.

“끄아, 찔끔찔끔찔끔찔끔~.”

드디어 참을성이 바닥난 아리사가 천장을 향해서 외쳐 버렸다.

아리사한테 필요한 건 끈기가 아닐까?

“안녕~ 케아 있어?”

아리사랑 내가 합작한 메이드복을 공방 주인에게 보여주고 평가를 받고 있는데 엘프 한 명이 들어왔다.

기름때가 묻은 얼굴이나 점핑 슈트. 튼튼한 부츠와 장갑을 장비해서 전문 기술자라는 사실을 전력으로 주장하고 있었다. 게다가 세갈래 엮은 머리에 안경도 착용했다.

그런데 내 예상과 다르게, AR표시에 뜬 그녀의 직함은 세계수 1급 원예원이었다.

“어라? 지아 아니야? 전망대에서 나오다니 희한하네.”

“허공복 몇 벌 됐어?”

“두 벌이라면 있는데, 요전에 다섯 벌 납품했잖아.”

“그게 좀, 위에서 사고가 나서……. 두 벌만이라도 좋으니까 꺼내줘. 가능하면 서둘러서 일곱 벌이 더 필요한데…….”

“그렇게 억지 부리면 안 되지.”

공방 주인은 납기일 당기기를 딱 잘라 거부하고 완성품을 가지러 창고에 갔다.

“역시, 그렇단 말이지…….”

적당한 의자에 털썩 주저앉은 지아 양에게 피로에 효과가 좋은 황등 과실 탄산수를 꺼내줬다.

"고마워—. 처음 뵙겠습니다, 맞지? 나는 지르살리아. 평소에는 허공 전망대에서 결정 가지 손질을 하고 있어."

지아 양은 음료수를 기계적으로 입으로 가져가면서 지친 어조로 자기소개를 했다.

무리한 작업을 떠맡아서 데스마치를 치르는 프로그래머 같은 표정으로 중얼거리는 지아 양에게 친근감이 솟아 버렸다.

"지금은 역겨운 해파리 대책에 쫓기느라 손질다운 손질도 못하고 있어……. 하아, 푸야 쪽은 오염 수액 대책을 잘 하고 있나……."

—위험해. 뭔가 지리멸렬하게 중얼거리기 시작했네?

이럴 때는 상냥한 말보다 일단은「드링크제」다.

지친 엔지니어는 무엇보다 그게 특효야.

"지아 씨, 이것도 마시세요."

"그래, 고마워. 술이 더 좋지만 그건 잠들어 버리니까……."

나는 영양 보급용 마법약을 꺼내 지아 양에게 건넸다.

잠꼬대처럼 중얼거리면서 마법약을 들이킨 지아 양이 다른 사람처럼 정신이 번쩍 들어서 일어섰다.

"이거 뭐야?! 엄청 좋은데! 이거 굉장해!"

그렇게 기뻐한다면, 나무통 단위로 재고가 있으니까 직장 여러분들한테도 제공해야겠다.

"갑자기 일어서면 빈혈이 일어요. 괜찮으면 직장 분들한테도 주세요."

“이야~ 덕분에 살았어. 평소에는 숲 마법『정신력 부활(스태미나 차지)』로 어떻게 되는데 너무 많이 썼는지 요즘 들어 효과가 약하거든.”

나는「격납 가방」을 거쳐 스토리지에서 꺼낸 마법약을 30개 정도 자루에 넣어 지아 양에게 건넸다.

동병상련은 아니지만, 엔지니어가 고생을 하면 과거의 나를 보는 것 같아서 그냥 넘어갈 수가 없었다.

—아니지, 지아 양은 원예원이었지?

“기다렸지.”

술리 마법「이동하는 판」에 허공복을 실은 케아 씨가 창고에서 돌아왔다.

“우, 우주복?!”

그것을 본 아리사가 놀라서 외쳤다.

우주복보다는 오히려 여명기의 잠수복을 방불케 하는 모양새였다. 리벳을 잔뜩 써서 그런지 레트로한 느낌을 풍긴다.

“고마워, 케아.”

상큼한 표정의 지아 양이 공방 주인에게 받은 허공복을 대형「마법의 가방」에 수납했다.

“—어라? 지아, 무슨 일 있었어? 아까 전하고는 딴판이네.”

“그래. 그가 준 마법약으로 활기가 돌아왔어. 나머지 다섯 벌도 서둘러서 부탁할게.”

지아 양이 그렇게 말하고 손을 흔들며 나갔다.

“말은 쉽게 하네……. 허공복을 꿰맬 수 있는 기량을 가진 애는 모두 아제 님을 도우러 동원됐으니 나 혼자서는 무리지.『침대』에서 자고 있는 선조님들이라도 깨우지 않으면—."

지아 양이 물러간 다음 문을 향해서 투덜거리던 공방 주인이 중간에 실언을 깨닫고 자기 손을 입으로 막았다.

그녀가 말한 「『침대』에서 자고 있는 선조님」은, 세계수 안에 있는 수수께끼 구역에서 잠든 엘프들이겠지. 아마 「침대」는 수면조의 은어일 것이다.

수면조에서 잠든 엘프를 깨우는 것은 엘프들에게 터부인 거겠지.

"—나도 참, 미안해. 너희들한테 불평을 털어놔도 어쩔 수 없는 일인데 말이야."

부끄러운 기색으로 웃는 공방 주인을 본 아리사가 뭔가 떠오른 표정으로 올려다보았다.

"있어! 굉장한 기량을 가진 사람 있어!"

아리사가 외치면서 나를 가리켰다.

짝. 손뼉을 친 공방 주인의 부탁을 받아들여서 그녀와 함께 허공복 만들기를 하게 되었다.

바빠 보이는 아이아리제 씨를 도울 수 있다면 조금 노동하는 것 정도는 상관없지.

그렇게 공방 주인과 작업을 시작했는데—.

"—엘프의 시간 감각을 얕보고 있었다."

"설마 저녁 식사 시간에 작업이 끝이라니."

저녁 식사까지 반나절 동안 공방 주인과 내가 둘이서 허공복 1벌을 만들었다.

밤새면서 열심히 하면 이틀도 안 걸려서 5벌 정도는 여유롭게 만들 수 있을 것 같지만, 한 벌 다 만들고 끊기 좋은 타이밍에서 작업이 끝났다.

허공복의 중핵인 공기정화나 열 배출 제어 마법 장치 재고가 2개밖에 없는 것도 서두르지 않는 이유 중 하나였을지도 모르겠다.

그걸 알고는 있지만, 납기 최우선이던 프로그래머 시절 감각이 초조함을 불러일으켰다.

자중을 상당히 버리면, 120개의 「이력의 손」을 사용한 동시 생산으로 하룻밤에 30벌 정도는 만들 수 있었다.

공도 지하에서 실버 체인을 양산했을 때처럼 말이지—.

"주인님? 얼굴이 좀 무서워졌어."

콕콕. 아리사가 볼을 찔러서 제정신으로 돌아왔다.

아이아리제 씨한테 멋진 모습을 보여주려다 보니 조금 머릿속에서 폭주를 해버렸군.

아무리 내 취향인 타입에게 어필할 찬스라지만 피보호자를 불안하게 만드는 건 좋지 않다.

"데스마치가 일상이었던 무렵이 좀 생각나서."

나는 사기 스킬의 도움을 빌어 적당하게 변명을 지어내고 뜨거워진 머리를 식히기 위해 커다랗게 심호흡을 했다.

"고마워, 아리사."

냉정함을 되찾을 기회를 준 아리사에게 인사를 하자 아리사가 조금 익살스런 태도로 턱을 당기며 포즈를 취했다.

"아뇨, 천만에요."

아리사의 머리를 쓰다듬어 주면서 공방 주인에게 나눠 받은 재료로 허공복 4벌을 만들기 시작했다.

작업은 순조롭게 진행되어 마지막 마법 장치 부분만 남기고 2시간만에 완성됐다.

상당히 자중한 편인데, 작업이 끝나자 아리사가 기가 막힌다는 눈으로 쳐다봤다.

—어째서?

◆

"네가 사토군—. 히야가 소개를 했으니 견학을 시켜주지."

다음날 아침, 재봉 공방에서 허공복 2벌을 완성시킨 뒤에 면식이 넓은 히시로토야 스승의 소개로 마법 도구 공방을 찾았다.

물론 허공복 제어 장치 제작을 돕기 위해서였다.

스승은 나를 마법 도구 공방의 공방 주인인 키야 씨에게 소개한 다음 웃으며 물러갔다.

그리고 사정을 이야기하고서 오늘 수행은 쉬게 되었다.

회사의 상사도 이렇게 간단히 유급 휴가를 내주면 좋을 텐데…….

그 이쉬움을 뇌리에서 떨쳐내고 얌전히 키야 씨와 제자들이 마법 도구 만드는 모습을 견학하는데 집중했다.

인간족의 마법 도구 제작과 달리 연금술이나 마법을 병용하는 비율이 많았다.

"바보 자식! 호흡초 처리는 습도에 주의하라고 말 했었지!"

"죄송합니다."

"흡열액 질이 나쁘다! 다시 만들어! 이래서는 금방 가동 한계가 온다."

"알겠습니다."

이런 대화가 몇 번 정도 반복됐다.

나는 더 잘할 수 있는데……. 옛날 애니메이션 주인공 같은 사고가 뇌리를 스쳤다.

아마 이 작업 때문에 다른 생산 공정들도 병목현상을 일으켜서 안타깝기 때문이겠지.

마법 도구의 핵이 되는 마법 회로는 아까 키야 씨와 고위 제자들이 하나를 완성시켰다.

"키야 씨, 저도 도울 수 있을까요?"

"응? 보는 것만큼 간단한 게 아닌데?"

"네, 알고 있어요."

실제로 키야 씨는 제자들에게 연성 스킬 레벨이 7이상 안 되면 실패할 법한 엄격한 요구를 하고 있었다.

"뭐 좋다. 방해는 하지 않도록 해."

허락을 받고서 도우러 참가했다.

"사토! 승부!"

입구에서 미아의 소꿉친구인 고야 군이 나타났지만—.

"바보 자식아! 마법 도구 제작은 놀이가 아냐! 기본 마법 회로 만드는 법부터 다 익히고 나서 다시 와라!"

—키야 씨한테 꾸지람을 듣고서 울상을 지으며 돌아갔다. 조금 가엽군.

어디 고야 군 일은 됐고 어서 돕자.

나는 제자들이 실패할 조짐을 보일 때마다 몰래 대형 연성 장치 조정을 보조하거나, 「기체 조작(에어 컨트롤)」 마법으로 습도를 조정하는 등으로 지원했다.

"음. 이 정도면 아슬아슬하게 합격점이다."

키야 씨의 기준을 넘긴 품질의 중간 소재가 완성되자 본격적으로 조립했다.

여기서부터는 연성 스킬 레벨 9 이상은 되지 않을까 싶은 키야 씨와 고위 제자들이 작업하는 거라 내가 손을 댈 필요도 없었다.

나는 안심하고서 그들의 기술을 훔쳤다.

좋아. 원재료부터 완성까지 모든 공정을 확인했으니 이제 기재만 갖추면 나 혼자서도 허공복을 양산할 수 있다.

애당초 날이 저물기 3시간 전에는 허공복용 마법 장치가 필요한 만큼 완성됐으니 내가 괜히 나설 필요도 없었다.

완성품 허공복용 마법 장치는 공방 주인 중 한 사람인 도아 여사가 제자 두 사람과 함께 재봉 공방에 전하러 갔다.

할당량을 끝내고 이완된 분위기가 된 것에 편승하여 공방에서 평소에 만드는 것에 대해 물어봤다.

"키야 스승님과 도아 스승님 둘 다 허공용 유인 골렘을 만들어. 나는 마법의 발동체나 지팡이 제작이 전문이지. 마력 증폭률의 증가와 소비 마력의 감소를 양립하는 연구를 하고 있어."

"움직이는 인형."

"나는 1인용 소형 비행 마법 도구 개발이야."

"마력 저장 장치."

어허. 흥미로운 것들뿐이군.

"뭐야? 골렘에 흥미 있나?"

기쁜 기색으로 잡담에 끼어든 키야 씨가 나를 데리고 공방 뒤쪽 창고로 갔다.

골렘 이야기 같은 건 안 했지만 흥미는 분명히 있으니까 순순히 그 뒤를 따라갔다.

그곳에는 팔각의 거미형 골렘이 있었다. 머리 부분이 콕피트 같았다.

대학의 졸업 시험에서 기계과 녀석들과 합동으로 화성 탐색을 상정한 자립형 다각 로봇을 만든 게 떠올랐다.

나는 프로그램 담당이었지만, 어셈블러로 드라이버 소프트부터 만들었기 때문에 하드웨어에 대해서도 나름대로 지식이 있었다.

"어때? 사람이 타는 골렘은 흔치 않잖아? 8개의 다리로 세계수를 기어오를 뿐 아니라 이 구멍에서 불을 뿜어 허공을 날아갈 수도 있다."

키야 씨가 자랑하자 조금 고개를 갸웃거렸다.

"압축 공기가 아닌가요?"

"폭발을 이용하는 게 마력 효율이 좋아."

아하. 마법으로 난다면 추진제나 압축 공기를 쓰는 것보다 그게 더 코스트가 낮구나.

화학 지식으로만 생각하면 뜻밖의 함정에 빠지겠군.

"공력 기관을 쓰지 않는 것도 효율 때문인가요?"

"허공에는 공기가 없으니까 공력 기관을 못 써."

역시 허공이라는 건 우주 공간 같은 장소로군.

"이 부분 조작은 어떻게 하죠?"

"이 금속 끈 끝에 감개가 있는데, 그걸 골렘 안에 배치한 초소형 『움직이는 인형』이 감아올리는 거야."

로우테크인지 하이테크인지 헷갈리는 구조네. 마력의 온/오프로 회전하는 장치가 있으면 충분하잖아.

그래서 좀 더 심플한 구조를 키야 씨에게 제안했다.

이 원리는 범선의 돛 제어에 활용할 수 있겠어.

키야 씨와 골렘의 구조에 대해 이야기를 하고 있는데, 공방에서 키야 씨랑 비슷하게 높은 도아 여사가 나타났다. 이 두 사람은 부부였다.

"바깥쪽만 봐서는 이 골렘의 진가를 알 수 없어. 이 골렘의 핵심은 성수석을 사용한 지성 회로다. 봐라, 사토. 여기가 골렘의 뇌야."

도아 여사가 나를 콕피트로 데리고 가더니 목제 케이스를 열고 파랗게 빛나는 돌을 중앙에 끼운 예쁜 마법 회로를 보여주었다.

어떻게 그린 건지 알 수 없지만, 투명한 파란 돌 안에도 복잡하고 섬세한 회로가 보였다.

"조종석에서 지령을 받은 지성 회로가 적절하게 판단해서 8개의 다리를 교묘하게 움직이는 거야. 알겠어?"

"네, 물론."

본직은 프로그래머니까요.

로봇의 다각 제어는 해외 논문까지 가져다가 연구를 했었다.

흥미가 생겨서 도아 여사에게 회로도를 보여달라고 부탁해봤더니 「읽을 수 있다면 읽어봐」라고 격려의 말을 하면서 서류 다발을 건넸다.

조금 복잡했지만 지력치가 상한선을 넘어가 버린 덕분에 얼마 안 가서 파악할 수 있었다.

세계가 달라도 시행착오 과정은 비슷하구나.

과거에 내가 빠져 있던 것과 같은, 시행착오를 했기 때문에 생긴 알고리즘 비대화. 과다한 문제 수정 패치 때문에 복잡화가 생겨 있었다.

그래서 고생하고 있을 부분에 대해서만 아주 약간, 학생 시절에 얻은 지식을 나눠주기로 했다.

"도아 씨, 여기 판정 말인데요—."

이 정도 참견은 봐주겠지.

날이 저물기 직전까지 그렇게 즐거운 시간을 보내고, 돌아가면서 들른 재봉 공장에서 공방 주인과 함께 남은 허공복을 완성시켰다.

잔업에 비명을 지르는 공방 주인에게 용천주의 매력을 미끼로 분투하도록 유도한 보람이 있었다.

발주자인 지아 양에게 연락은 정령 마법으로 만들어낸 작은 새 형태 의사 정령으로 한다고 하기에 뒷일을 맡기고 수상 가옥으로 돌아갔다.

◆

수상 가옥의 천창에서 들어오는 햇살이 각성을 재촉했다.

잠에 취한 내 코에 된장국 냄새가 들어왔다. 엿듣기 스킬이 계단 아래 주방에 있는 루루와 리자의 부엌칼 소리와 즐거운 기색의 대화를 포착했다.

"—벌써 아침이군."

발등의 불이던 허공복 제작이 순조롭게 끝나서 짐을 던 탓인지 예상보다 깊게 잠들었다.

시선을 돌리다가 내 배 위에서 몸을 둥글게 말고 잠든 타마와, 오른손을 미아랑 같이 끌어안고 잠든 포치가 보였다. 좌반신의 행복한 감촉은 나나군.

미아는 요 며칠 친가에서 잤지만 어제는 드물게 여기 묵었다.

네 사람의 파자마는 신작인 「인형 옷 파자마」다.

각자 캐릭터에 맞춰서 고양이, 개, 토끼, 병아리의 네 종류를 입었다.

"굿모니잉! 에브리데이!"

침실 입구에서 신기하게 신바람이 난 아리사가 뛰어 들어왔다.

보르에난 숲에 온 뒤로 아리사 녀석이 휴일 아침 애들처럼 빨리 일어난다.

매일 잘 먹고 잘 노는 걸 실천하는 탓인지, 공도에서는 살짝 통통했던 아리사의 볼과 배가 복구되었다.

건강을 위해서 강제 다이어트도 생각했지만 이러면 필요 없겠군.

"안녕, 아리사. 에브리원이 맞지 않니?"

"그렇다고도 하지. 그것보다, 오늘은 쉬는 날이잖아? 다 함께 트램펄린 버섯이나 생고기 햄 사냥하러 가자!"

아리사가 창문의 블라인드를 열면서 휴일 계획을 제안했다.

전자는 상상이 되지만, 후자의 「생고기 햄 사냥」이란 게 이미지가 안 떠올랐다.

보르에난 숲에는 생고기 햄이 열리는 나무가 있는 건가?

……정말로 있을 것 같아 무섭군.

나는 메뉴 안에 있는 스케줄 표를 확인했다.

"오늘은 안 돼. 엘프 스승들이랑 같이 계곡 낚시 약속을 했거든."

"아아, 그런 이야기도 했었지. 그럼 생고기 햄 사냥은 다음 기회에 하자."

내가 선약을 말하자 아리사가 유감스러운 태도로 말했다.

어지간히도 「생고기 햄 사냥」이란 걸 가고 싶어 보이기에, 놀이 후보 가장 위에 그걸 추가해두었다.

"안냐앙~?"

"아냐아~인, 거래요."

고양이 인형 옷 파자마를 입은 타마가 기지개를 켜고, 개 인형 옷 파자마를 입은 포치가 눈가를 비비면서 크게 하품을 했다.

미아와 나나도 눈을 떴다.

"사토."

미아가 중얼거리며 샐쭉 웃었다.

토끼 인형 옷을 입은 주제에 고양이처럼 가르릉거리며 얼굴을 비볐다.

"마스터."

미아가 부러웠는지 나나도 미아를 흉내 내기 시작했다.

"타마도~."

"포치도 하는 거예요."

"나, 나도!"

결국 모두 달려들어서 침대에 다시 한 번 드러눕게 됐다.

이런 거 어쩐지 행복하네.

그리고 가볍게 아침을 먹은 뒤 엘프 스승들과 함께 보르에난 숲에 있는 계곡을 찾아갔다. 오늘 수행은 낮부터다.

"대어~?"

"과연 타마인 거예요! 포치도 지지 않는 거예요."

이른 아침 계곡물이 흐르는 소리에 타마와 포치의 목소리가 섞였다.

커다란 밀짚모자를 쓰고서 빨간 긴 소매 언더셔츠 위에 하얀 T셔츠를 입은 아리사는 어쩐 일인지 청바지풍 슬랙스를 입었다.

아마 뭔가 코스프레를 한 거겠지만 본래 소재를 모르겠네.

"응, 대어."

미아가 보르에난 송어란 이름의 커다란 무지개 송어를 낚았다.

아리사가 그걸 보고 초조함을 담아 말했다.

"뜨하, 미아한테도 뒤처져 버렸구마이~."

코스프레에 맞춘 건지 별난 억양으로 말했다.

하지만 금세 질렸는지 평범한 말투로 돌아왔다.

"으~ 이제 허탕치는 건 나랑 주인님뿐이야!"

—실례잖아.

한 마리라도 낚으면「낚시」스킬이 생길 텐데……. 아니, 그건 페어플레이가 아니군.

나는 마음속에 끓어오르는 삿된 생각을 버리고 조용한 숲과 시냇물이 연주하는 멜로디에 마음을 맡겼다.

"입질!"

자연과 합일할 것 같은 마음을 아리사의 외침이 현실로 끌어왔다.

낚싯대에 전해지는 감촉이 없었다.

아무래도 아리사의 낚싯대에 입질이 왔나 보군.

"으하아~."

아리사가 평소보다 기쁜 기색으로 외쳤다.

레프라콘 민물 대구라는 이름의, 눈이 빨간 생선이 낚였다.

크기는 30센티미터 정도. 엘프 스승들 말로는 잡식성 생선이라 생식에는 안 맞고, 초절임이나 건어물로 만들면 맛있다고 한다. 술에 잘 맞겠네.

그리고 그제야 내 낚싯대에도 입질이 왔다.

가벼운 스냅으로 낚싯대를 올리자 작고 작은 미꾸라지가 낚였다.

〉「낚시」 스킬을 얻었다.

"다음, 안 져!"

칭찬해주는 동료들 너머에서 고야 군이 분한 표정으로 외치더니 달려가 버렸다.

어느 틈에 낚시에 참가한 거지……? 기왕이면 점심 같이 먹고 가면 좋을 텐데.

고야 군이 달려간 상류 쪽에서는 사무라이 엘프가 뭔가 새로운 것을 시작했다.

"가짜 미끼~?"

"깃털이랑 실로 만든 벌레인 거예요."

"잘 보았군."

가짜 미끼를 사용한 엘프 스승이 교묘한 움직임으로 물고기를 유혹했다.

"진짜 같아~?"

"생선이 몰려드는 거예요!"

타마와 포치가 그걸 보고 덩실거리며 좋아했다.

"—가짜 미끼는 사도(邪道)다."

포아 양이 분한 표정으로 중얼거렸다.

제자인 포치의 관심이 자기가 아니라 사무라이 엘프를 향한 것이 마음에 안 들었나?

"역시 낚시를 하는 것보다 작살로 찌르는 편이 빠르군요."

리자가 말하면서 끈에 줄줄이 매단 물고기를 루루에게 건넸다.

그녀는 창 스승인 구르가포야 씨와 함께 한 손에 작살을 들고 하류에 가 있었다.

효율만 따지자면 「이력의 손」으로 냇물 속의 생선을 잡는 편이 빠르겠지만 그러면 너무 싱겁잖아.

충분한 수가 모였기에 사람 수만큼의 고기에 소금을 뿌려서 꼬치에 끼워 모닥불로 구웠다.

역시 민물낚시라면 이걸 해야지.

메인으로는 민물고기 살을 사용한 완자나 산나물을 넣은 된장국을 준비했다. 아이들이 잡아온 민물 게도 반으로 잘라 넣었다.

제법 야생미가 넘치는 냄비로군.

어쩐지 어린 시절 여름방학 때 갔던 서바이벌 캠프가 떠올랐다.

"맛있어! 조금 짭조름하지만 역시 민물고기 소금구이는 이래야지!"

민물고기 구이를 덥석 깨문 아리사가 만족스런 웃음을 지었다.

"아리사, 머리와 내장이 남았습니다. 그곳이 가장 맛있으니까 남기면 『아까운 짓 누가 했느냐 귀신』이 찾아옵니다."

리자가 아리사의 방식을 교정했다.

"에엑, 거기는 미끼로 쓴 벌레가 들어 있잖아."

"그게 문제라도?"

현대 출신 아리사가 호소했지만 리자는 의미를 이해 못했다.

궁지에 몰린 아리사를 나나와 타마가 구했다.

"마스터, 수박이 적절하게 식었다고 보고합니다."

나나가 냇물에 담가 식혀둔 수박 2개를 안고 돌아왔다.

리자의 정신이 거기 팔린 틈에 아리사가 어쩌지 못하고 있던 부분을 타마가 두 입 만에 아구아구 먹어서 처분해 버렸다.

"고마워."

"난쿠루나이사[#8]~."

아리사가 작게 말하자 타마는 평소처럼 말하고 수박 쪽으로 달려갔다.

하늘을 향해 쭉 뻗은 타마의 꼬리가 어쩐지 자랑스러워 보였다.

"마스터, 맛있는 수박이라고 보고합니다."

"고마워, 나나."

수박 즙으로 지저분해진 나나의 입가를 닦아주면서 그녀가 가져다 준 수박을 깨물었다.

입 안에 남은 씨를 받으려고 손을—.

—이치로! 그렇게 나약하게 먹으면 안 되느니라!

#8 난쿠루나이사 오키나와 방언. 일이 자연스레 흘러가서 어떻게든 해결이 된다는 뜻.

문득 뇌리에 옛날 추억이 플래시백했다.

그게 언제였더라?

소꿉친구의 집인 신사의 툇마루에서, **신록색** 머리칼의 어린 소녀가 웃었다.

어째선지 얼굴에 그림자가 져서 잘 안 보였다.

—씨는 이렇게 입에서 푸푸푸, 뱉는 것이 여름답고 청춘인 것이니라!

햇살 사이를 불어온 바람이 어린 소녀의 **은색** 머리칼을 부드럽게 쓰다듬었다.

이건 어린 시절 여름방학의 기억— 정말 그런가?

내 소꿉친구는 검은 머리였을 텐데…….

그러면 이건 누구의 기억이지—?

"—마스터?"

예쁜 손이 나를 현실로 되돌렸다.

"아무것도 아냐, 나나. 긴장이 풀려서 백일몽이라도 봤나 보다."

걱정스럽게 바라보는 나나에게 말하고서 크게 하품을 하며 묘한 기시감을 떨쳐냈다.

피로가 좀 쌓인 걸지도 모르겠는걸.

기껏 여름방학처럼 보내는 나날이니까 여가를 좀 더 즐기자.

"아~, 여기 있다!"

그때 봄바람처럼 듣기 좋은 목소리가 들렸다.

돌아보자「요정의 고리」에서 아이아리제 씨와 무녀 루아 씨가 나타났다.

요즘 들어 굉장히 바빴는지 직접 만나는 건 닷새만이었다.

"고마워, 사토!"

아이아리제 씨가 달려오더니 내 손을 양손으로 감싸고 위 아래로 붕붕 흔들었다.

"케아랑 키야한테 들었어! 허공복 보충이 예정보다 빨라진 게 사토 덕분이라고!"

"아뇨, 별 것 아닙니다."

아이아리제 씨의 미소를 봤으니 충분해요.

"사토 씨, 지아에게 받은 마법약 말인데요—."

무녀 루아 씨의 말로는 내가 드링크제 대신 건넨 영양 보급용 마법약이 대인기였다고 한다.

"—가능하면 연금술 공방에서 양산해주시면 좋겠는데요."

음. 바캉스를 즐기기로 결심한 직후라니 타이밍이 안 좋군.

레시피만 건네고 그 다음은 엘프 연금술사들에게 떠넘기자.

"부탁해, 사토."

"네, 맡겨 주세요."

방금 한 생각을 머나먼 곳으로 내던지며 아이아리제 씨의 손을 잡고 승낙했다.

"길티."

"이노오옴! 단죄의 선샤인을 받아라아아."

—눈부셔.

아리사가 반사판으로 태양 빛을 내 눈에 보냈다. 나는 광량 소성 스킬이랑 자기 치유 스킬이 있으니까 그냥 눈부신 걸로 끝나지만, 보통 사람한테 하면 실명할 위험도 있으니 나중에 혼을 내야겠어.

미아와 아리사가 쓴 것은 케네아 웜의 실과 고래 은피 섬유로 만든 마법 반사판 시험작이었다. 단순히 빛을 반사하는 거라면 손거울이 효율이 좋을 텐데 말이야.

나무 그늘로 살짝 이동하자 아리사가 보내는 반사광이 안 닿았다.

"사토, 괜찮아?"

"네, 물론이죠."

걱정해주는 아이아리제 씨에게 웃으며 대답하고는 옆에 선 무녀 루아 씨와 마법약 양산 일정을 조정했다.

"나무 그늘에 숨어도 소용없어! 빛은 행성 뒤에도 닿으니까!"

"응, 위성."

이번에는 둘이서 연계하여 나무 그늘로 반사광을 보냈다.

그러고 보니 옛날 특집 애니메이션에서 거대 레이저를 반사시켜 공격하는 SF대작을 봤던 것 같은데…….

나는 품에서 꺼낸 반사판으로 한 순간만 빛을 반사해서 돌려보냈다.

"눈이……! 눈이이이!"

거창하게 눈을 가리는 아리사를 무시하고, 의논이 끝난 뒤 돌아가는 아이아리제 씨와 루아 씨를 배웅했다.

내 일은 현장인 연성 공방의 사정 때문에 내일부터였다.

그러면, 오늘은 가족 서비스를 겸해서 전력으로 즐겨볼까!

—아차, 그 전에 반사판으로 장난친 두 사람을 혼내줘야겠어.

◆

"이게 그 소문의 영양 보급약이군요."

"달아. 혹시 회복약에 설탕을 집어넣기만 한 건 아니겠지?"

아이아리제 씨 요청을 받고 찾아온 연성 공방에는 낯익은 엘프 두 사람이 기다리고 있었다.

미아와 처음 지하 도시에 갔을 때 어떤 곳인지 알려준 연금술사 츠야 군과 그의 스승이자 장기4천왕 중 한 명인 에아 여사였다.

"유감이지만 설탕은 안 들어갔어요. 가보 열매와 산수의 황등과실이 주성분이죠."

나는 작업 순서를 엘프어로 정리한 레시피 책자를 두 사람에게 주었다.

간단한 도해가 들어간 거니까 설명은 별로 필요 없겠지.

"츠야, 공방에서 재료를 가져와."

"가보 열매 같은 건 없어요."

"사토, 가진 게 있으면 좀 나눠줘. 대가가 필요하면 창고에 있는 소재를 좋을 대로 가져가도 좋아."

"가보 열매는 잔뜩 있으니까 대가 같은 건 필요 없어요."

나는 미리 격납 가방에 옮겨둔 가보 열매를 꺼냈다.

술리 마법으로 거대한 황등 과실을 띄워 가져온 츠야 군과 함께 작업을 시작했다.

황등 과실 과육과 가보 열매를 갈아내는 건 자작 마법 도구를 이용했다.

"흠. 받침대에 강판이 고정돼 있고 가보 열매를 댄 부분을 앞뒤로 움직이며 갈아내는군……. 재미있는 기구야.

마법 도구에 열중하고 있는 연금술사를 무시하고 평범한 조합 도구를 가진 츠야 군이 정성스레 과육을 갈아내고 있었다.

"사토, 승부!"

"고야, 마침 잘 됐다. 가보 열매 가는 걸 도와줘. 예쁘게 갈아내면 고야의 승리야."

"응, 알았어."

고야 군이 또 다시 모습을 드러냈지만, 그를 다루는 법을 터득하고 있는지 츠야 군이 잘 유도하자 간단히 걸려들었다. 즉석에서 노동력으로 활용되는군.

본인이 열심히 하고 있으니 그냥 놔두자.

"끝나면 끓인 황등 과실의 과즙을 섞는 거구나."

"네, 조금씩 섞어서 걸쭉해지면 멈춰 주세요."

츠야 군의 질문에 세세한 뉘앙스를 섞어 대답하면서 그의 작업을 지켜보았다.

엘프들의 연성판은 기동하면 투명한 마법 프레임이 전개되어 중앙에 둔 소재가 공중에 떠오른다. 가공할 때 수수께끼의 반짝임에 휩싸여서 예쁘다.

더욱이 인간족이 쓰는 도구보다 설정이 훨씬 세세하다.

내 레시피는 인간족의 연성판용이지만, 기본적인 기술은 엘프한테서 흘러나온 것인지 상위 호환인 엘프의 연성판이라면 조금 손보기만 해도 문제없이 쓸 수 있었다.

"설정은 이거면 될까?"

"네, 그러면 괜찮을 거예요."

이제부터는 설정치가 다를 뿐, 보통 마법약 연성과 똑같았다.

익숙한 모습으로 연성하는 두 사람은 망설임이 없었다.

작업장 안쪽에는 마법 도구 공방에 있는 것과 같은 대형 연성장치도 있었지만, 레시피에 익숙해지기 전까지는 소형 연성판으로 작업하나 보군.

가보 열매 갈기로 지쳐 버린 고야 군은 긴 의자에 뻗어서 꼼짝도 안했다. 나중에 피로회복약을 선물해줘야겠군.

"생각보다 간단하네요."

"어리석은 놈."

맥이 빠져 말한 츠야 군을 연금술 스승이 지팡이로 콩 때렸다.

"그건 사토가 알기 쉽게 레시피를 정리해준 덕분이다. 그리고 이건 사토가 인간족이니까 생각해낸 마법약이야."

연금술 스승의 말에 의문부호가 떠올랐다.

어째서 「사토니까」가 아니라 「사토가 인간족이니까」일까?

"스승님, 무슨 뜻이죠?"

나랑 마찬가지 의문을 품은 츠야 군이 질문하자, 연금술 스승이 알기 쉽게 가르쳐 주었다.

"우리들 엘프는 지치면 피로가 풀릴 때까지 휴식을 취한다. 마법약을 쓰면서까지 작업을 계속하는 건 수명이 짧은 인간족이기 때문이지."

분명히 수명이 100배 이상 있으니까 삶을 서두를 필요도 없겠네.

—어라? 그러면 허공 전망대에 있는 지아 양을 비롯한 엘프들은 대체 무슨 급한 일이 있어서 약에 절어가며 일하는 거지?

"이건 굉장하네요."

"저장량이 제법 되지?"

영양 보급약 양산을 츠야 군에게 떠넘긴 연금술 스승의 안내로, 엘프 고유의 마법약 레시피와 상급 마법약 연구서가 가득한 서고를 방문했다.

바닥에서 높이 5미터쯤 되는 위쪽 천장까지 책장이 죽 늘어서 있었다.

"도서관하고 달라서 서적 반출은 금지지만, 여기 있는 책은 마음껏 읽어도 돼. 금서는 다른 장소에 있으니까 안심하고. 다만 다른 인간족에게 여기 있는 레시피를 가르치는 건 안 돼."

이유를 물었더니 「레시피의 다양성」이 사라지기 때문이라고 했다.

여기 있는 지식이나 발상을 활용한 새로운 레시피라면 퍼뜨려도 좋다고 한다.

연금술 스승이 「춤추는 개구리상」 같은 형태의 서고 열쇠를 빌려줬으니 다들 잠든 밤중에라도 읽으러 올까?

“그런데 금서에는 어떤 내용이 실려 있나요?”

“엘릭서나 젊음의 약, 만능약 같은 특수한 약이야. 혈주(血珠)나 대괴어 간을 빻은 가루, 성룡의 비늘처럼 보통은 얻기 힘든 소재나 성수석이 필요한 것들이지. 그 밖에도 몹쓸 것들이 쓰는 마인(魔人)약이나 주검약 같은 금지 약품 같은 것도 실려 있지만, 그건 절대로 만들면 안 된다?”

전자는 상당히 흥미가 생겼다. 레시피는 그렇다 치고, 머무르는 동안 어떤 약들이 있고 필요한 소재가 뭔지만이라도 배워볼까?

그러면 필요할 때 소재를 가져와서 연성해달라고 할 수 있으니까.

특히 젊음의 약은 얼른 확보해두고 싶다.

이기적인 이유라서 좀 그렇지만, 동료들의 소생 수단 확보를 위해서라도 테니온 신전의 무녀장이 오래오래 살아줘야 하거든.

그리고 보통 서고에 미약이나 흥분제 같은 약의 레시피 사전이 있었다.

뜻밖이라고 생각하여 연금술 스승에게 물어봤더니 아이가 좀처럼 안 생기는 부부용 레시피라고 한다.

보통은 100년 안에 임신하니 필요한 사람은 대단히 드물다며 연금술 스승이 호쾌하게 웃었다.

여전히 엘프의 시간 감각은 따라가기 힘들군.

내 연성판으로는 만들 수 없는 약이 많아서 고민하고 있었더니, 아무도 안 쓰는 오래된 연성판을 주었다. 엘프는 통이 크군.

그리고 아까 그녀가 말했던 도서관은 세계수 구역 지하에 있으며, 수수께끼 구역에서 잠든 엘프들이나 집에 공간이 없어진 사람들이 자료를 가져다 놔서 자연스럽게 생긴 장소였다.

조만간에 아이아리제 씨나 장로들한테 허가를 받아서 아리사와 함께 열람하러 가고 싶군.

◆

"—공간이란 다들 생각하는 것보다도, 더 자유로운 것이니라."

수상 가옥에서 살기 시작한지 보름이 지났다. 우리는 공간 마법을 사용한다는 장로 엘프의 강의를 들을 기회가 생겼다.

소년의 외견으로 노인 말투를 하니 위화감이 엄청나군.

그의 뒤에 있는 백의를 입은 조수 엘프와 제자들은 조각상처럼 조용히 서 있어서 조금 위압감을 풍겼다.

평소처럼 고야 군도 나타났었지만, 장로 엘프와 조수 엘프를 보더니 재빨리 도망쳤다.

"그 상자에 구멍이 뚫려 있지? 거기에 얼굴을 넣고 안을 들여다보도록 해라."

우리는 그 말에 따라 순서대로 큼직한 구멍에 얼굴을 넣었다.

한 변 1미터쯤 되는 입방체였는데, 상자 안은 한 변 30미터쯤 되는 넓은 공간이었다.

"아~! **멀리에** 주인님 얼굴이 있는 거예요!"

맞은 편 구멍에서 얼굴을 내민 포치가 손을 붕붕 흔들었다. 기분 탓인지 목소리가 미묘하게 2중으로 들렸다.

아마 상자 안과 바깥의 거리가 다르기 때문이겠지.

나는 손을 마주 흔들어주고 상자에서 얼굴을 빼내 포치 쪽을 보았다.

리자가 몸을 지탱해주는 포치의 꼬리가 붕붕 흔들리는 것이 보였다.

"이건 공간 확장인가요?"

"옳지. 마법의 가방은 이 공간 확장의 아종인 『격납고(개러지)』 마법을 고정해서 실현하는 것이니라."

장로 엘프가 내 질문을 긍정하고서 이것저것 가르쳐 주었다.

공간 확장은 마력을 계속 소비해서 장기간 유지는 어렵다고 한다.

장로 엘프가 말한 「격납고」는 초기 투자 마력에 따라서 다른 넓이의 아공간을 만드는 마법으로, 아공간을 구성하는 마력 자체가 내부에서 순환하기 때문에 유지 마력이 미량이었다.

게이트를 여닫을 때 마력이 필요하고, 아공간 안에서 소비된 마력도 그 때 보충되는 원리였다.

스킬인 「보물 창고」는 이 「격납고」랑 거의 같은 효과에 더해, 사용자가 수납 아이템 목록을 파악할 수 있는 기능이 추가된 거였다.

용사가 쓰는 「무한수납(인벤토리)」도 이 「격납고」와 같은 구조라서 넣고 꺼낼 때 마력이 소비된다고 하는데, 수납하는 아공간 자체를 파리온 신이 만들기 때문에 「거의 무한하게」 물건을 수납할 수 있었다.

……내 스토리지는 넣고 꺼낼 때 마력 소비 안 하는데?

혹시 기능이 비슷할 뿐이지 완전히 다른 구조로 만들어진 걸지도 모르겠다.

“가방에 『격납고』 마법을 고정하는 데는 성수석을 이용한다.”

장로가 말하면서 허리에 찬 쌈지에서 사파이어 같은 파란 돌을 꺼냈다.

“예뻐~?”

“반짝반짝하는 거예요.”

타마랑 포치가 그것을 보고 감상을 말했다.

“아제 님께서 사토를 위해서라면 성수석을 써도 좋다고 허가를 하셨지만, 성수석은 귀중한 것이라 하나밖에 줄 수가 없다.”

아니, 귀중한 거라면 무리해서 쓰지 않아도 되지 않을까요?

엘프의 마을에 머무르는 동안 들은 이야기로는 성수석은 여러 곳에 쓸 수 있는 것 같단 말이지.

나는 「마법의 가방」 제작에 마핵(코어) 사용을 제안했다.

“인간족은 등급이 높은 마핵을 성수석 대체품으로 쓴다고 들었다만, 유지할 수 있는 공간이 좁아지는 데다 방치하면 천 년도 안 되어 부서지고 마느니라. 그런 조잡한 물건은 그다지 추천할 수 없군.”

장로 엘프가 말하면서 고개를 가로저었지만, 천 년이나 효과가 유지된다면 충분하지 않을까요?

수명이 긴 엘프라면 모를까, 인간족의 수명이라면 50년만 유지돼도 충분할 것 같은데…….

"—사토가 그래도 좋다면, 우리는 거부하지 않는다. 히야에게 말해서 필요한 만큼 마핵을 준비시키지."

"어느 정도 등급이 필요한가요? 여행하는 동안 모은 마핵이 있으니 괜찮다면 그걸 써주세요."

마핵은 충분히 저장했기 때문에 사냥꾼이며 영창 스승인 히시로토야 씨에게 의뢰할 것도 없었다.

장로 엘프에게 인간족 연금술사가 쓰는 등급표를 보여주며 필요한 품질을 알려달라고 했다.

가진 것 중에서는 레벨 30급의 히드라나 와이번 정도가 딱 좋았다.

무노 남작령 안이나 공도에서 흑룡 산맥으로 오는 길에 그 등급의 마핵을 그럭저럭 확보했다. 동료들 수만큼 준비하는 건 여유롭지.

나나의 대형 방패도 넣고 꺼낼 수 있을 정도로 입구가 커다란 가방과, 사냥감의 피로 지저분해져도 괜찮은 식재료 운반용 백팩도 마련해야겠군.

"그러면 실제로 만드는 것은…… 공간 마법이 필요한 작업 말고는 제자들도 가능하니라. 나는 아제 님을 도우러 가야 하니, 일련의 작업 공정을 설명한 다음은 제자들에게 작업을 맡기고 마무리 공정만 하고 싶구나."

장로 엘프가 미안한 어조로 말했다.

오히려 우리가 바쁜 그를 붙잡고 무리한 부탁을 하는 거니까 그런 식으로 말을 하자 송구해졌다.

"아뇨, 그걸로 충분해요. 제자 분들이 하는 작업도 견학하고 싶은데 괜찮을까요?"

"그래. 처음부터 그렇게 약속을 했지. 상관없고말고."

장로 엘프가 너그럽게 고개를 끄덕이자 그의 뒤에 있던 조수 엘프가 미묘하게 얼굴을 찌푸리는 게 보였다. 아무래도 견학은 나 혼자 와야겠군.

—그리고 닷새.

나는 수행을 쉬고서 「마법의 가방」 공방을 들락거리며 제자들의 작업을 돕기도 하고 그들의 기술을 배우고 있었다.

처음에는 제자들이 나를 대하는 것도 서먹했지만, 동작불량이 자주 생기는 마법 장치를 내가 재조정한 뒤부터 조금씩 마음을 열었다.

이제는 휴식 시간에 차를 함께 마실 정도로 친해졌다.

그리고 첫날 이후로 고야 군은 안 보였다. 아리사 말로는 미아가 훈련에 참가하는 날에는 수행장에 나타난다고 했다.

"사토, 연성판 조정을 해주지 않겠어?"

"기다려. 이쪽 먼저."

"이봐, 사토는 가장 중요한 내벽에 쓸 마물 위장 처리를 도와줘야지!"

이런 식으로 심부름꾼 같은 포지션에서 엘프들의 부탁을 순서대로 처리했다.

"인기 만점이네, 사토 군."

상태를 보러 온 히시로토야 스승이 놀렸지만, 아무리 예쁘장해도 남성에게 인기 만점은 기쁘지 않아.

마지막 엘프가 말한 「내벽」이란 건 공간 마법으로 만든 아공간 안쪽을 형성하기 위한 것이었다.

아공간은 단단하고 안정된 것이 아니라 작은 틈이 생기기도 하기 때문에, 아공간의 안정을 보조하고 수납한 물품이 불안정한 아공간의 영향을 받지 않도록 격리하기 위한 구분이 필요하다.

이 내벽에는 마물의 위장이 가장 좋아서 스토리지에 있던 히드라와 와이번의 위장을 필요한 만큼 제공했다.

또한 「보물 창고」 스킬과 마찬가지로 「마법의 가방」도 생물은 넣을 수 없는데, 처음부터 그렇게 작동하는 「보물 창고」 스킬과 달리 「마법의 가방」은 「의도적으로 금지했다」는 것도 배웠다.

과거에는 안에 들어간 생물이 산소 결핍으로 죽거나, 안에서 생물이 날뛰는 바람에 「마법의 가방」 내벽을 파괴하여 아공간으로 도망치는 사고가 있었다고 한다.

생물을 넣을 수 없는 이유가 그런 사고를 막기 위한 오작동 방지 기능이었다니…….

그런 경위를 따라서, 이번에 제작하는 「마법의 가방」 중에서 대형 하나를 골렘 같은 「마법 창조 생물(컨스트럭터)」의 수납을 허가하는 설정으로 했다.

골렘이라면 산소도 필요 없고, 명령이 없으면 안에서 날뛰지도 않을 테니까.

"사토는 굉장하군. 첫날에는 제어 장치의 초기 상태만 보고서도 놀랐었는데, 이제는 투사 장치나 각인 장치를 자유롭게 사용해서 마법 회로를 전사할 정도가 됐잖아."

내 작업을 보고 감탄하는 엘프들에게 대답했다.

"여러분이 지도해준 덕분이죠."

조금은 겸손도 있지만, 여기 있는 엘프들은 남을 가르치기 좋아하는지 상당히 꼼꼼하게 지도해 주었다.

아까 화제가 된 장치는 마핵에 제어 회로를 새기는 것이었다.

전용 장치로 「포맷」한 마핵에 직접 마법 회로를 새기는 것을 보고 놀란 기억이 있다. 전에 다각 골렘의 제어 장치에서 본 치밀한 마법 회로는 이렇게 만들어진 것이었군.

—그것을 회상하고 있는데 입구에서 장로 엘프가 나타났다.

오늘은 장로 엘프가 마무리를 해줄 예정이었다.

"음. 평소보다 완성도가 좋군."

준비가 끝난 소재를 검토한 장로 엘프가 만족스레 고개를 끄덕였다.

"너희들도 실력이 늘었구나."

"그건 사토 덕분이에요."

"응, 우수."

"지치는 작업도 불평 없이 적극적으로 도와준 데다가, 마력 조작은 스승님과 비슷할 정도로 잘해요."

칭찬하는 장로 엘프의 말에 제자들이 고개를 저어 부정하고, 어째선지 내 공적이라고 입을 모아 말했다.

"그렇지는 않아요."

"겸손 불필요."

일본인답게 말했지만 오히려 조수 엘프에게 혼나 버렸다.

내가 도움이 되었다고 해주는 건 기쁘지만 그렇게까지 추켜세우지 않아도 되는데…….

그런 일이 있은 뒤에 장로 엘프의 최종 공정을 견학했다.

"……■ ■ ■ ■ ■ ■ 격납고."

"……■ ■ 술식 고정 부여(인챈트 픽스 매직)."

"……■ ■ 술식 유지 부여(인챈트 컨티뉴얼 매직)."

"……■ ■ 마력 순환화(마나 루프)."

장로 엘프의 마법 발동보다 한 박자 늦게 제자들의 마법이 순서대로 발동했다.

「병렬 사고」 스킬의 도움을 빌어 귀로 복제한 4명의 주문을 교류란 메모장에 기록하면서 장로 엘프의 작업을 계속 견학했다.

"마법이 안정되어 있는 동안 이걸 설치하는 것이다."

제자들이 쓴 주문은 마법 장치를 발동하는 동안 시간을 버는 건가 보군.

조수 엘프가 술리 마법인 「이력의 손」으로 마법 장치를 격납고 가장 안쪽 움푹 들어간 곳에 끼웠다.

『—기동.』

그것을 지켜본 장로 엘프가 「발동의 말(커맨드 워드)」을 외자 마법 장치가 기동하여 격납고의 벽과 일체화됐다. 이걸로 완성인가?

—응, 순서와 주문은 완벽하게 기억했다.

영창이 가능해지면 나도 생산할 수 있겠어.

고래 위장을 사용해서 만든 「마법의 가방」은 상상만 해도 가슴이 설레네.

그런 생각을 하는 동안에도 장로 엘프가 다음 가방 제작에 돌입했다.

영창을 못 쓰는 나는 최종 공정을 도울 수 없는 게 아쉬웠다.

"—이걸로 마지막이군."

"긍정."

장로 엘프가 지친 목소리로 조수 엘프에게 확인했다.

마무리뿐이라지만 하루에 「마법의 가방」 10개를 완성시키는 거니까 무리도 아니군.

하다못해 나도 중급 마력 회복약과 영양 보급약을 대량으로 제공하여 협력했다.

혹시 약 때문에 중간에 그만 두지 못한 건가?

……아니, 분명 기분 탓일 거야.

"뒷일은 맡긴다—."

그 말을 남기고 물러간 장로 엘프의 등을 존경을 담아 배웅했다.

"꽃에다 핑크색~?"

"포치는 강아지 발 마크에 노란색인 거예요."

"응, 토끼."

"병아리의 원 포인트가 최강이라고 주장합니다."

재봉 공방에서 만든 「마법의 가방」 겉감을 동료들이 서로 보여주고 있었다.

기본형은 귀여운 포셰트이고, 입구는 버튼을 풀어서 접어둔 부분을 펼쳐 커다란 물건도 넣을 수 있었다.

재봉 공방에 염색료가 풍부하기에 아이들이나 나나는 컬러풀한 색을 골랐다.

아리사는 검은 바탕에 빨간 라인이 들어가서 최종 보스 느낌이 나는 디자인. 루루와 리자는 차분한 다갈색이었다.

안쪽에 들어가는 본체는 완성됐으니 내가 몇 분만에 꿰매서 만들어냈다.

"마지막, 사용자 등록."

"—사용자 등록인가요?"

"필수."

앵무새처럼 반복한 내 말에 조수 엘프가 고개를 끄덕였다.

말 그대로 「마법의 가방」 개폐를 등록한 개인으로 사용자를 제한하는 기능이었다.

편리할 것 같아서 동료들의 무기나 위험한 마법 도구에는 이 기능을 추가할까 생각했다. 신이 내린 성검하고 달라서 내가 만든 성검에는 사용자 제한이 없었단 말이지.

또한 아종으로 개인과 연관 짓는 사용자 제한이 아니라, 열쇠가 되는 마법 도구를 등록하는 타입도 있었다. 연성 공방의 도서관 열쇠가 그것이었다.

기왕 이렇게 됐으니까 다 함께 공유하는 사냥감 운반용은 이 타입으로 해야겠다.

반지형 열쇠를 준비하면 예쁘기도 하고 좋겠군.

"드디어 우리들의 요정 가방이 완성됐네!"

아리사가 완성품을 손에 들고 기뻐하며 기합이 들어간 포즈를 취했다. 조금 소녀다움이 부족하구나.

"요정 가방?"

조수 엘프의 질문에 아리사가 자신만만하게 웃으며 대답했다.

"그래. 『마법의 가방』은 어쩐지 예쁘지 않고, 엘프들이 만들어 준 가방이잖아. 요정 가방이란 이름이 걸맞지 않아?"

"승낙."

대답은 조수 엘프가 했지만 다른 제자들도 웃고 있었으니 그들도 이의는 없어 보였다.

이렇게 동료들이 가진 「마법의 가방」은 요정 가방이 되었다.

◆

"사토 있나!"

온화한 분위기의 「마법의 가방」 공방에 엘프 하나가 뛰어들어왔다.

마법 도구 공방에서 지팡이 만들기를 가르쳐주기로 약속한 기술자였다.

“네, 여기 있어요.”

무슨 일이 있는 것 같기에 한 손을 들고 입구로 걸어갔다.

“미안, 따라와줘. 아제 님이—.”

“갈게요! 어디로 가면 되죠!”

요즘 얼마 동안 못 본 아이아리제 씨의 이름이 나오자마자 여유가 날아가 버렸다.

축지로 이동하자 놀라는 그를 재촉해 「요정의 고리」로 뛰어들었다.

—기다려주세요, 지금 갑니다!

허공

"사토입니다. 돌다리도 두드려 보고 건너라는 말이 있는데요. 언제나 돌다리를 두드릴 정도로 스케줄에 여유가 있다고 장담할 수는 없습니다. 때로는 진흙 다리를 달려서 건너는 게 최선일 경우도 있죠."

"사토, 무슨 일이야?"

숨을 헐떡이며 도착한 세계수 꼭대기에 있는 전망대에서, 무녀복을 입은 아이아리제 씨가 태평하게 웃으며 나에게 손을 흔들었다.

안도하여 무너질 것 같은 무릎에 마력을 흘려서 어떻게 버텼다.

조금 마음에 여유가 생겼으니 주위에도 주의를 기울여 봤다.

전망대는 직경 100미터 가까운 투명한 돔으로 둘러싸인 공원이었다.

그 돔 너머에 별이 가득하게 펴져 있었다. 낮에 밤하늘이 보일 리는 없고 별도 반짝이지 않는다.

그러니까, 바깥에 보이는 건 우주 공간이란 거지.

돔 너머에는 굵은 나뭇가지가 어둠 너머에 몇 개씩 뻗어 있었다. 어쩐지 뿌리 같은 모양이네.

물론 이렇게 높은 장소까지 달려서 올라온 것은 아니었다. 대부분은 드라이어드의 전이를 이용했다.

"아이아리제 님이 부르셨다고 들어서 달려왔는데요—."

나는 아이아리제 씨한테 다가가는 도중에 말이 끊어졌다.

AR표시로 본 그녀의 마력과 스태미나가 고갈 직전이었다. 아까 태평하게 보였던 건 기운이 없었던 거였군.

"그런 표정 짓지 않아도 돼. 금세 좋아질 테니까."

"아제 님은 조금 더 쉬세요. 사토 씨에게 설명은 제가 할게요."

나는 주머니에서 꺼낸 영양 보급약과 중급 마력 회복약을 아이아리제 씨에게 건네고서 설명을 맡아준 무녀 루아 씨의 이야기를 들었다.

"저희들 사정으로 이런 곳까지—."

무녀 루아 씨의 사과를 흘려들으면서 곁눈질로 AR표시되는 아이아리제 씨의 회복 상황을 지켜봤다.

"—그리고 세계수의 방전 현상으로 많은 엘프들이 허공에 남겨지고 말았어요."

방전 현상이라면 그 흑룡 헤일롱조차 격퇴한다는 그거?

여기는 지상이나 세계수 하층하고는 다른 맵이기에 서둘러 「모든 맵 탐사」 마법을 실행하여 정보를 얻었다.

이 전망대에서 반경 수 킬로미터의 구형 구역이 같은 맵인가 보군.

맵에 비치는 엘프들의 광점을 확인했다.

중상을 입은 사람은 적지 않았지만 빈사 상태일 정도로 심한 사람은 없었다.

—어라?

허공에 적을 나타내는 빨간 광점이 무수했다.

밝은 장소에 있는 탓인지 여기서는 허공에 있는 적이 보이지 않았다.

맵 정보에 따르면 빨간 광점은 「사악한 해파리(이블 젤리)」란 이름이고 레벨은 20부터 40정도. 평균 레벨 30쯤 되는 잔챙이지만 수가 많았다.

—수가, 얼추 1만 마리.

정말이지. 가보 열매로 양식된 데미 고블린도 아니고 무슨 수가 이리 많아? 엘프들이 버거워하는 것도 이해가 됐다.

이 녀석들은 「흡수」, 「동조」, 「연쇄 폭주」라는 종족 특성을 가지고 있었다.

가만 보니 카테고리가 마물이 아니라 「괴생물」이었다.

다행히도 사악한 해파리들은 엘프에게 흥미가 없는지 세계수 가지에 달라붙어 꼼짝도 안 했다.

구조하는데 방해되지 않는다면 이 녀석들 상대는 나중에 해도 되겠지.

"예비 허공복 있나요?"

"아뇨. 다시 출동하는데 버틸만한 옷은 남지 않았어요."

그럼 스토리지에 있는 예비 허공복을 써볼까.

생명유지용 마법 회로가 없지만 기밀성만 유지된다면 스토리지에서 산소를 꺼내면 되니까 질식할 일은 없을 거다.

다행히 스토리지에 산소가 듬뿍 들어 있었다. 흑룡 산맥을 넘는데 쓰려고 수소 기구를 만들었을 때 생긴 부산물이었다.

"그러면 잠깐 구조하러 다녀올게요."

"무, 무모해요. 사토 씨를 부른 건 허공 활동용 마법 도구의 수리 보조를 부탁하기 위해서지, 무모한 구조 활동에 가라고 부탁하려는 게 아니니까요."

내가 격납 가방에서 꺼낸 허공복을 본 루아 씨가 황급히 나를 말렸다.

하지만 재해 구조는 72시간 이내에 하는 게 원칙이던가 그랬다.

이세계에서도 적용되는지는 모르겠지만, 허공이 보이는 그대로 우주 공간이라면 제한 시간은 더 짧을 거야.

그리고 구조를 기다리는 사람들 속에는 내가 아는 엘프들의 이름도 있었다.

"느긋하게 수리해서는 구할 수 있는 사람도 못 구해요."

"그렇지만…… 만족스레 움직이는 광주(光舟)도 없는 상황에서는 너무 위험해요."

그녀가 말하는 광주는 용사 하야토의 차원 잠행선 쥘 베른와 같은 허공을 날 수 있는 엘프의 배였다.

더 말리려는 무녀 루아 씨의 어깨를 아이아리제 씨가 톡 두드렸다.

"괜찮아, 회복했어. 시가 왕국의 사토. 위험한 장소지만 나하고 함께 가줄래?"

“네, 함께 가죠.”

조금 주저하는 기색의 아이아리제 씨한테 즉답하고 그녀가 내민 손을 붙잡았다.

“정령이 조금 부족해. 사토, 정령광을 해방해줄 수 있을까?”

“네. 분부에 따르겠습니다.”

조금 연극조로 말해버리고서 내심 조금 부끄러웠지만, 「무표정」 스킬의 도움을 빌어 간신히 극복했다.

“대기권이나 세계수에서 굉장한 기세로 정령들이 모였어……. 고마워, 사토. 정령들이 이만큼 있으면 충분해.”

아이아리제 씨가 나한테 인사를 한 뒤 한두 마디 중얼거리자, 그녀 주위에 녹색으로 빛나는 바람이 모여 나와 함께 공중으로 둥실 떠올랐다.

회복했다고 했지만 아직 얼굴빛이 안 좋았다.

“바깥으로 나갈게. 나한테서 떨어지지 않도록 주의해.”

—어?

아이아리제 씨가 만지자 전망대 돔이 변형됐다.

아무래도 딱딱한 유리 같은 것이 아니라 무슨 점액 같은 막인가 보다. 두께는 2미터나 된다.

아이아리제 씨의 바람 결계 안쪽에는 들어오질 않으니 감촉은 알 수 없었다.

몇 초 만에 점액 벽을 빠져나가 허공으로 날아올랐다.

무중력의 감각은 없었다. 생각보다 궤도가 높지는 않은가 보네.

아이아리제 씨의 바람 결계 안쪽은 호흡할 수 있으니 문제없지만, 구조 활동을 할 거라면 따로 행동하는 게 좋겠다.

나는 장을 끊어내는 마음으로 아이아리제 씨의 부드러운 손을 놓고 빨리 갈아입기로 허공복을 입었다. 제어장치가 없는 건 내 마법과 스토리지의 산소로 보충했다.

"흩어져서 구조하러 가요. 저는 이쪽으로 갈게요."

"아, 안돼—."

천구로 아이아리제 씨의 결계를 빠져 나왔다.

초조한 기색의 아이아리제 씨에게 주의를 돌리는 것보다 빠르게, 주위에 뻗은 세계수 가지 표면에서 소리 없는 방전 현상이 발생했다.

결계 너머에서 아이아리제 씨가 뭐라고 했지만 진공이라서 목소리가 닿지 않았다.

나는 그녀를 지키려고 주위에 피뢰침을 대신할 금속 제품을 꺼냈다.

그것을「이력의 손」으로 조종하여 그녀에게 전격이 닿지 않도록 배치했다.

다음 순간, 격렬한 전격이 나를 공격했다.

—우오오오오옷.

이거 힘든데.

꺼두었던 고통 내성을 황급히 켰다.

전자(電子) 주제에 꽤 아프잖아.

"사토, 무모한 짓 하지마."

부드러운 감촉이 투박한 허공복 너머로 느껴졌다.

아이아리제 씨한테 포옹을 받은 것 같았다.

신기하게도 아이아리제 씨가 가까워지는 것과 동시에 전격이 멎었다.

"지금 세계수는 경계 상태니까 이물질을 발견하면 제거하려고 할 거야."

아이아리제 씨의 말을 들어보니, 하이 엘프는 세계수의 일부로 인정되기 때문에 이물질로 판단되지 않는다고 한다.

엘프들은 준구성물 취급이라 섣불리 움직이지 않는 한 제거 대상이 되지 않는다고 했다.

—어라?

그렇다면 저 가지에 붙어 있는 사악한 해파리란 녀석을 세계수가 제거하지 않는 이유는 뭐지?

그 의문이 뇌리를 스쳤지만 질문은 나중에 하자.

지금은 구조를 기다리는 엘프들이 우선도가 높았다.

"아이아리제 님, 중상을 입은 엘프들 있는 곳부터 우선적으로 유도할게요."

"응, 부탁해."

—설마 즉답으로 수락할 줄은 몰랐네.

아이아리제 씨는 내 유도에 따라 바람 결계를 이동시켰다.

"저 다각 골렘 안에 두 사람 있어요."

검게 그을리고 프레임이 일그러진 다각 골렘에 착지하여 스토리지에서 꺼낸 잘 드는 성검 듀란달로 외부 장갑을 둥글게 도려냈다.

안에는 마법 도구 공방의 키야 씨와 도아 여사가 있었다.

"사, 사토로군."

"구하러 왔어요. 아이아리제 님도 함께 오셨어요."

나는 「이력의 손」을 병용해서 구출하며 「치유」의 물 마법으로 두 사람의 부상을 회복시켰다.

"사토, 골렘의 제어판만이라도 회수해줘."

"알겠습니다."

다른 사람들 구조도 해야 하니 조금 거칠게 성검 듀란달로 절단해서 꺼냈다.

"회수했어요. 아이아리제 님, 다음은 대각선 위의 저 가지에요."

"응, 알았어. 길어서 말하기 힘드니까 나는 그냥 아제라고 불러."

"네. 아제, 씨."

우와 뭐지? 애칭으로 부르는 게 이렇게 부끄러운 건 중학교 시절 이후 처음이야.

대학 시절이나 회사에서는 여자애들도 평범하게 애칭으로 불렀었는데.

◆

"시가 왕국의 사토. 귀하의 협력에 감사한다."

"시가 왕국의 사토. 귀하의 헌신을 찬양한다."

"시가 왕국의 사토. 귀하의—."

허공 구출극 다음날, 나는 세계수의 기반 부분에 있는 의사당에서 장로들에게 감사의 말을 받았다.

구조 활동이나 그때까지 봉사 활동도 좋은 평가를 받아서 허공 전망대를 포함한 세계수에 출입이 허가되었다.

명예 장로의 직위를 준다는 이야기도 나왔지만 그건 정중하게 거절했다.

애당초 수명이 긴 엘프들한테 장로라고 불릴 정도로 늙지는 않았잖아.

장로들이 부상 목록 같은 걸 줬는데, 엘프의 마을에서만 구할 수 있는 직물이나 식품, 거기에 귀중한 소재류도 열거돼 있었다.

아무리 그래도 세계수의 가지나 나뭇잎, 수액이 목록에 있는 것은 위험하지 않을까?

내가 가진 연금술 책에도 성이나 작위를 대가로 지불해도 얻지 못할 정도의 소재라고 되어 있었다.

어쨌든 그런 일을 거쳐서 나는 장로 중 한 명을 따라 다른 방으로 갔다.

"사토, 벌써 끝났어?"

"네, 막힘없이—."

아제 씨와 무녀 루아 씨가 마중을 나왔다. 그리고 전에 재봉 공방까지 허공복을 받으러 온 지아 양도 있었다.

"—그래서, 여기로 부른 건 지난번 일 때문인가요?"

내가 묻자 아제 씨가 고개를 끄덕였다.

"사토도 어제 봐서 알겠지만 우리는 세계수에 기생하는 사악한 해파리를 퇴치하려고 하고 있어."

과연, 나한테 퇴치를 부탁하고 싶은 거구나.

구조 활동을 하면서 저 멀리 본 사악한 해파리는 마법진 같은 빛을 몇 개나 내포한 반투명한 해파리 같은 모양이었다. 엘프들의 통칭도 해파리라고 하니까 나도 해파리라고 부를까.

장애가 될 법한 요인이 세계수가 뿜어내는 전격뿐이라면 절연체 슈트를 만들어 벼락 무효 상태에서 척척 해치우면 간단하다.

내가 섣부르게 생각하고서 확인해 봤더니 「아니야」라고 대답했다.

"그럴 수 있으면 고생 안 해요."

"전격은 세계수 가지 자체도 상하게 만들어 버립니다. 줄기에 가까운 쪽 굵은 가지는 괜찮지만 중간 이후의 가는 결정 가지는 간단히 부서져 버려요."

무녀 루아 씨와 지아 양이 설명해 줬다.

전에 돌 무대에서 들어본 이야기에 따르면 세계수의 결정 가지는 허공에 흐르는 에텔에서 마소를 끌어올리는 중요한 부분이라고 했다.

내가 구조 활동을 한 것은 줄기 가까운 부분이라서 결정 가지의 실물은 보지 못했다.

"그래서 사토 씨한테 부탁하고 싶은 건 이번 사고에서 파손된 다각 골렘 수리나 허공복 양산 도우미죠."

"그리고 가능하다면 퇴치안을 뭔가 생각해 주시면 좋겠어요."

무녀 루아 씨가 이야기를 본론으로 돌리고, 지아 양이 요청을 추가했다.

나는 그것을 즉답하여 수락하고 요청에 대해서도 검토한다고 했다.

덤으로 몇 가지 확인을 했다―.

"애당초 해파리는 뭐가 목적이라 세계수에 기생하는 거죠?"

"세계수 가지에 휘감은 촉수로 가지 속에 흐르는 마소를 먹고 있어."

아제 씨의 설명에 수긍이 갔다.

그렇군. 1만 마리 가까운 해파리가 눌러 앉으면 지상으로 가는 마소가 부족하겠군.

이어서 무녀 루아 씨가 보충했다.

"그리고 가지에 알을 낳는 개체도 있어요. 덤으로 알을 보호하는 점액이 수액을 오염시켜서 세계수를 약하게 만들어요."

그러니까 흔해빠진 이유인 번식과 식량 조달이 해파리들의 목적이란 거군.

"그럼 해파리가 세계수의 전격으로 제거되지 않는 건 왜죠?"

"해파리는 무슨 수를 써서 세계수에 자신들이 이물질이 아니라 자신의 일부라고 착각하게 만들고 있어요."

착각을 해제하는 안이나 전격을 쏘지 못하도록 세계수를 잠들게 만드는 안도 있었지만 그것들은 이미 실패했다고 한다.

"그리고 해파리 주위는 마력의 공백 지대가 있으니까 마법으로 잠재우거나 구속할 수가 없어."

더욱이, 허공에서는 마법없이 행동할 수 없기 때문에 해파리 근처에서는 허공복이나 기밀된 다각 골렘 같은 장비가 필수였다.

마법과 달리 성수석을 이용한 마법 도구나 장치는, 마력 소비는 늘지만 해파리 근처에서도 정상 작동을 한다.

"그러니까 마법 약으로 잠재운 사이에 다각 골렘으로 세계수 가지에 달라붙은 해파리 촉수를 절단해서 구속하는 방법을 쓰고 있었어요."

아제 씨를 비롯한 정령 마법을 쓸 수 있는 사람들이 구속한 해파리를 한 군데 모으는 역할을 맡고 있었다.

달인이 만든 의사 정령은 해파리 근처에서도 얼마 동안 존재할 수 있었다.

"그런 식으로 해파리를 조금씩 제거하는 방향으로 진행하고 있었는데요……."

"알을 가진 녀석이 숨어 있어서 문제가 됐어요."

무녀 루아 씨와 지아 양이 동시에 탄식했다.

산란한 해파리를 제거하면 근방의 해파리들이 세계수를 조작하여 어제처럼 경계 상태에 들어가 버린다고 들었다.

그리고 해파리를 일정 수 이상으로 줄여 버리거나 고립시켜 버리면 주변 세계수 가지를 대량으로 소비하여 폭발적으로 번식한다고 들었다.

게다가 광범위의 해파리가 연쇄반응으로 증식하기 때문에, 한 번에 몰아서 처분하지 않으면 줄긴커녕 오히려 더욱 늘어나 버린다고 한다.

전해들은 형식의 대답이 많기에 그걸 물어봤더니—.

“다른 세계수에도 일제히 사악한 해파리 무리가 기생해 버렸어요.”

무녀 루아 씨가 대답해줬다. 다른 세계수에서는 보르에난 이상의 피해가 생기고 있다고 한다.

“기록에 따르면 지금까지도 천 년에 한 번 정도 사악한 해파리가 에텔 흐름을 거슬러서 나타난 적이 있지만, 한 번에 몇 마리를 넘는 일은 없었다고 해요.”

혹시 에텔 흐름 너머에서 해파리가 대량 발생하는 무슨 일이 있었거나, 해파리가 단체로 도망칠 정도의 위협이 생긴 건지도 모르겠다.

신경이 안 쓰인다면 거짓말이겠지만 우선도는 낮았다.

지금 할 이야기가 아니니까 퇴치한 뒤의 우려 사항으로 비망록에 적어둘까.

나는 지금 들은 이야기를 머릿속으로 정리해봤다.

목적— 해파리를 세계수에서 제거한다.

주의 사항이 잔뜩 있었다.

첫째, 해파리한테 위협을 가하면 세계수의 전격을 받는다. 알을 가진 해파리는 더욱 민감하다.

둘째, 수를 일정 수 이하로 만들면 해파리가 폭발적으로 증식한다. 동시에 세계수를 손상시킨다.

셋째, 해파리 주위에 마력 공백 구역이 있다. 해파리 근처에서는 마법을 쓸 수 없다.

이 정도로군.

다음은 직접 확인해 볼까—.

◆

“아제 씨, 저 가는 가지 끝에 있는 해파리 곁으로 가주세요.”

“—저거 말이지?”

해파리 퇴치안을 내기 위해서 아제 씨와 함께 사이좋게 허공 유영을 하고 있었다.

다각 골렘이나 허공복에 대해서는 소재와 공방의 준비가 될 때까지 얼마 동안 시간이 걸릴 것 같기에, 가장 끄트머리에 있는 해파리를 상대로 실험을 하러 왔다.

이 근처는 길이 10킬로미터에 이르는 세계수 가지의 중간 부분이지만 가지의 굵기가 직경 1미터밖에 안 된다.

이 근처에서는 평범하게 나무 색을 한 가지에서 에메랄드 결정 같은 혹이나 가는 가지가 돋아 있었다.

이 에메랄드 같은 가는 가지가 결정 가지라고 불리는 것이다.

“일단 하급 마법부터.”

짧은 기절탄(숏 스턴)을 쏴봤다. 보이지 않는 탄환이 해파리 앞에서 위력이 줄어들더니—.

“……맞았어.”

아제 씨가 뜻밖이란 표정으로 말했다.

충격탄의 구성은 풀려가고 있었지만 위력이 줄어들면서도 해파리에 명중했다.

아무래도 마법의 구성이 견고하다면 의사 정령이 아니라도 마법이 닿는 것 같군.

아마도 내 중급 마법이라면 문제없이 해파리를 해치울 수 있겠는데?

“그럼 다음은 아제 씨의 의사 정령을 부탁 드려요.”

“우~웅. 뭐가 좋을까?”

“제일 특기인 걸로 부탁 드려요.”

기왕 이렇게 됐으니 아제 씨의 멋진 모습을 감상해 보자.

“제일 특기인 거, 알았어! ■ ■…….”

아제 씨가 뽐내는 표정을 지으면서 황금— 아니, 신금[오리하르콘](神金)으로 만든 긴 지팡이를 양손에 들고 영창을 시작했다.

AR표시되는 아제 씨의 MP가 굉장한 기세로 줄어들었다.

아제 씨 주위에 빛의 마법진이 생기더니 위 아래로 갈라져서 늘었다.

박력 만점인 모습 너머에서 얌전하던 해파리가 촉수를 뻗어 이쪽을 위협하는 모습을 보였다.

부풀어 오르는 아제 씨의 마력이 경계심을 자극한 거로군.

“……■ ■ 마수왕 창조[크리에이트 베히모스].”

마지막으로 아제 씨 정면에 거대한 마법진이 생기더니, 거기서 코끼리와 하마의 교합종 같은 의사 정령이 나타났다.

—PUWAOOOOWWNNN!

진공인데도 베히모스의 힘찬 포효가 울렸다.

구축함만한 거체인 데다가 레벨이 50이나 되어서 굉장히 강해 보였다.

다만, 이 베히모스 군은 날개가 없었다.

그러니까, 비행능력이 없는 거지.

개그 만화의 등장 캐릭터처럼 공중에서 몇 번 발버둥을 친 다음 아연한 표정으로 중력에 이끌려 낙하해 버렸다.

의사 정령이 통증이나 공포를 느끼지 않는다고는 하지만, 꽤나 애수가 느껴지는 모습이었다.

붉은 빛의 궤적을 남기고 소멸한 베히모스 군에게 묵념을 보냈다.

맥이 빠진 건 우리만 그런 게 아니라 해파리도 그랬다.

위협적으로 펼친 촉수를 되돌리더니 세계수 가지에 다시 휘감았다.

"—그~게, 다음! 다음, 간다! 다음이 진짜야!"

내 시선을 피하면서 괜히 신나는 목소리로 선언한 아제 씨가 「빛 구슬 창조(크리에이트 위스프)」 마법으로 직경 10센티미터쯤 되는 빛의 구슬—위스프를 만들어냈다.

위스프를 해파리 쪽으로 이동시켰다.

일정한 거리까지 다가가자 위스프를 눈치챈 해파리가 촉수를 뻗었다.

촉수에 엉킨 위스프가 윤곽을 잃고서 소멸해갔다. 내 「마력시」 스킬로 보이는 시야에서는 빛의 흔적이 해파리의 촉수에 빨려 들어가는 것이 보였다.

다음으로 조금 더 강한 「바람 정령 창조(크리에이트 실프)」로 만들어낸 실프는 해파리의 촉수도 견딜 수 있었다.

하지만 비주얼이 좀 18금 느낌이라서 중간에 아제 씨한테 마법을 해제해달라고 했다.

아제 씨가 얼굴이 새빨개져서 조바심 내는 게 참 귀여웠다.

이어서 물리 공격을 실험해봐야겠군.

요정검으로 촉수를 베었더니 저항 없이 베였다. 역시 겉보기와 마찬가지로 몸은 무른가 보군. 실험용으로 촉수 샘플을 스토리지에 회수했다.

마력을 충전한 청강창을 해파리 근처에 던졌더니 생각보다 능숙하게 붙잡아서 입으로 가져갔다. 응용하면 독살도 간단하겠군.

마지막으로 아이템을 써봤다.

마물 퇴치에 쓰는 성비나 언데드를 쫓는 성수는 전혀 효과가 없었다.

역시 해파리는 마물이나 마족과는 상관없는 허공의 원생생물인가 보군.

카리나 양에게 맡겨둔 「마를 봉하는 방울」이 있어도 효과는 기대할 수 없겠어.

"실험은 이제 끝이야?"

"아뇨. 다음은 해파리의 내구력을 시험해 보려고 해요."

나는 해파리의 공격을 막아내면서 요정검으로 촉수를 차례차례 잘랐다.

처음에 베어낸 촉수가 이미 다시 돋아나기 시작한 것에 놀랐지만, 베어낸 순간에 다시 자라날 정도는 아니니 그나마 다행이다.

모든 촉수를 절단하고서, 아제 씨에게 다시 소환을 부탁한 실프를 시켜서 갓 부분만 세계수에서 떼어내 봤다.

대강 100미터쯤 떨어지자 해파리 내부의 빛이 격렬하게 깜빡이기 시작했다.

빛이 붉은 색으로 변하더니 해파리의 윤곽을 암적색으로 물들였다. 아제 씨의 말에 따르면 이것이 폭주 초기 상태의 특징이었다. 저것에 반응해서 세계수가 경계 상태로 이행한다고 했다.

이 초기 상태에서는 세계수만 반응하고, 이 상태가 얼마 동안 이어지면 주변 해파리에게도 폭주 상태가 전파된다.

그것을 확인하는 동안에도 스파크를 두른 세계수 가지가 모든 방향으로 전격을 뿜어냈다.

아제 씨랑 같이 있으니 우리 쪽으로는 안 오지만 세계수에서 늘어진 해파리의 촉수가 전격에 타올라 검게 그을리고, 전격에 부서진 결정 가지가 중력에 이끌려 낙하했다.

아까우니까 「이력의 손」으로 결정 가지를 붙잡아 스토리지에 수납했다. 마법 지팡이에 좋은 소재라고 했거든.

그리고 해파리 갓이 충분히 떨어졌을 때 실프에게 손을 떼도록 지시했다.

낙하하기 시작한 해파리를 향해 하급 마법 중에서 가장 위력이 높은 「화염구(파이어 볼)」를 쏘았다.

전격에 요격 받지 않고 날아간 화염구가 세계수 가지와 충분히 떨어진 곳에서 해파리의 갓에 명중했다. 「불씨 탄환(파이어 샷)」하고는 비교도 안 되는 섬광과 폭염이 일어나며 타올랐다. 산소가 없어도 상관없나 보군.

일격으로 해파리를 쓰러뜨린 탓인지 다른 해파리들이 촉발되어 폭주하지도 않고, 세계수에서 추가 공격도 없었다.

모두 동시에 일격으로 섬멸하면 세계수에 피해 없이 없앨 수도 있겠군.

물론 세계수 가지가 엄폐물이 되어서 실행하는 건 아마도 무리다.

"괴, 굉장해……. 화염구(블래스트 볼)? 아니면 폭염열구(플레어 볼)야?"

아제 씨가 놀라는 모습에 조금 우쭐해지면서도, 방금 전 「화염구」가 명중했을 때를 회상해봤다.

계속 「마력시」 스킬로 감시를 했는데, 명중하기 직전에 「화염구」에서 해파리에게 흘러 든 마력은 아주 적었다.

아무래도 촉수가 없으면 마력을 빨아들이는 힘이 약해지나 보다.

또 해파리 촉수만 베었을 경우에는 해파리 자신이 반격은 하지만 세계수의 전격을 유발하지는 않았다.

나는 결과를 메모하면서 아제 씨와 함께 다음 장소로 이동했다.

"사토, 알은 부수면 안 되는 거 알지?"

"네, 알고 있어요."

다음에는 산란한 해파리가 있는 곳이었다.

알을 품은 해파리는 과민하다고 하기에 100미터쯤 떨어진 곳에서 관찰했다.

완전히 원형인 농구공 사이즈의 투명한 알이 10개 정도 있었다.

그 주변에는 깨진 알의 잔해가 30개 정도 있었고, 거기서 흘러나온 체액에 젖어 세계수 가지가 변색돼 있었다.

시선을 돌리자 어미 해파리의 촉수에 해파리 유생체 몇 마리가 달라붙어 있었다.

깨진 알에 비해 수가 적기에 아제 씨에게 이유를 물어봤다.

"우~웅, 뭐랬더라? 지아에게 물어볼게."

아제 씨가 공간 마법 「원거리 범위 통화(매스 텔레폰)」를 영창하여 전망대에 있는 지아 양과 나를 연결해 주었다.

허공에서는 10킬로미터 범위를 커버해준다고 한다.

『—알과 유생체의 수 말인가요?』

『네. 깨진 알에 비해 유생체의 수가 적다 싶어서요.』

『해파리 알은 무정란이 많아요. 이건 브라이난 씨족과 베리우난 씨족의 엘프들이 가르쳐준 연구 결과인데요—.』

지아 양 이야기를 요약하면 알이 깨졌을 때 나오는 액체로 수액을 오염시켜서 세계수의 항체를 불러들이고, 그것들이 가진 짙은 마력을 양분으로 흡수하여 소수의 알에서 유생체가 부화한다고 했다.

『다만, 두 씨족에서도 유생체가 부화하는 순간을 목격한 사람은 없다고 해요. 우리도 해파리 알을 관측하고 있지만, 알이 부화할 때는 어미 해파리가 갓으로 알을 감싸 가려서요…….』

그렇군. 덤으로 수액 오염에 대해서도 물어볼까?

『수액을 오염시킨다는 것 말인데요. 세계수에 악영향은 없나요?』

『물론 있어요. 아까 말한 항체도 그렇지만, 수액을 변질시켜서 흐름을 막기도 하니까 줄기까지 흐르는 마소의 양이 줄어들어요.』

응고된 오염 수액을 녹이는 약품은 베리우난 씨족이 이미 개발했다. 심하게 막힌 장소에 처방한다고 했다.

다만 해파리 근처에서 오염 수액 막힌 곳을 제거하면 **알을 공격했을 때와 같은** 폭주 상태가 되니까 어느 정도 거리가 떨어진 장소에서 써야 한다.

—어? 지금 이야기에서 뭔가 마음에 걸렸는데?

나는 이야기를 되새겨봤다.

그러나 말이 되기 전에 흩어져 버렸다.

“사토, 다음은 어디를 볼 거야?”

올려다보는 아제 씨의 얼굴이 생각보다 가까워서 생각이 흐트러져 버렸기 때문이다.

“그게—.”

허공 데이트를 계속하고 싶지만 해파리 주위에서 조사할 것은 끝났다.

나는 「이력의 손」을 뻗어 오염 수액과 갈리진 알의 파편을 샘플로 확보하고 아제 씨와 함께 허공에서 돌아왔다.

태양을 등지고 세계수로 가는 코스를 날았다.

전망대 아래, 줄기의 움푹 패인 곳에서 반짝 햇살을 반사하는 물체가 보였다.

용사 하야토의 차원 잠행선 쥘 베른과 꼭 닮은 유선형 배— 엘프의 광주였다.

은색 선체 일부가 검게 변색돼 있었다.

"꽤 많이 탔네요."

"전격을 맞을뻔한 다각 골렘을 지킬 때 탔나 봐."

광주는 아제 씨와 마찬가지로 세계수의 일부로 인식되니 원래는 공격을 받지 않았어야 했다.

"하지만 표면뿐이니까 얼마 동안 세계수에 되돌려두면 나을 거야."

우와. 자동 수복 기능이 있구나.

자세히 보니 젤 같은 투명한 점액이 광주 표면을 덮고 있었다.

"주변에 있는 공간에 들어가는 광주도 있나요?"

간격을 보니 모두 8척을 도킹할 수 있을 것 같았다.

"보르에난에는 전부 4척밖에 없어. 본래는 세계수마다 8척의 광주가 있는데—."

그런 이야기를 하면서 전망대의 돔을 통과했다.

지상에 내려선 우리를 마중 나온 무녀 루아 씨와 지아 양과 합류했다.

딱히 서두를 용건도 없어서 전망대 한쪽에 있는 정자를 점거했다.

“4척의 광주를 잃은 건 세월에 따른 열화 때문인가요?”

“아니야. 천 수백 년쯤 전에 고블린의 마왕이 날뛴 적이 있었어. 세상이 멸망하기 직전인 상황이라 파리온 신의 요청으로 모든 세계수의 광주를 내보냈는데…….”

“잔뜩 부서졌죠.”

“응, 8척이 나갔는데 반밖에 못 돌아왔어.”

슬픈 표정으로 말하는 아제 씨에게 2천 살이 넘는 지아 양이 맞장구를 쳤다. 무녀 루아 씨는 아직 젊어서 당시 일은 모르나 보다.

그 때는 아직 사가 제국도 없어서 용사 소환을 하지 못했다고 한다.

“결국 마왕의 군단을 대륙 구석으로 몰아내는 것밖에 못하고, 파리온 신이 용신에게 용사 소환의 마법을 배워서 최초의 용사에게 모든 것을 맡겼었죠?”

“—응, 조금 기억나. 작은 애였는데 파리온 님이랑 용신님한테 받은 두 자루 성검을 들고 고블린 마왕을 쓰러뜨려 버렸지.”

초대 용사는 2도류 검사였구나.

그건 그렇고, 젤 베른의 동형함 64척이 집결하고서도 못 이긴 상대를 쓰러뜨리다니, 초대 용사는 꽤 강했나 보군.

“용사는 그 무렵부터 비상식적인 존재였어.”

나를 보면서 말하지 말아 주세요. 자각이 있다 보니 좀 더 그렇거든요.

“덤으로 꽤 야무졌어요. 한 번 추락한 보르에난의 광주를 수리해서 쓰니까요."

"어라? 마왕을 퇴치한 포상으로 준 거 아니었나? 대대로 계속 이어 탈 거라고 했던 기억이 희미하게 남아 있어."

그렇군. 쥘 베른은 그런 경위로 사가 제국 소유가 됐구나.

그건 그렇고 광주가 줄어든 것이 천 년 넘게 전이라면 그 동안 재건하지 않은 이유는 뭘까?

"다른 씨족은 저축해둔 성수석으로 부족한 광주를 다시 갖추어 8척 체제로 복귀했어요."

조금 기다렸지만, 지아 양은 보르에난 씨족만 다시 갖추지 못한 이유를 말하지 않았다.

광주를 재건하려면 성수석이 1톤 정도 필요하다는 것은 가르쳐 주었다. 다른 용도로도 필요하니까 대강 10만년 정도면 1척 분량의 성수석이 모인다고 했다.

"보르에난은 성수석이 부족해서 무리야."

아제 씨가 조금 켕기는 어조로 말했다.

과거에 프루 제국이 융성하기 시작했을 무렵, 그 나라의 대사로 찾아온 황족이 가져온 유희 장치에 아제 씨 말고 2명의 하이 엘프들이 홀딱 빠졌다고 한다.

"어쩔 수 없어요. 3명밖에 없는 하이 엘프들 중에서 두 명이 빠져버린 데다 그걸 타일러야 할 우리들 엘프들 대부분이 함께 열광해 버렸으니까요……."

오락에 굶주린 하이 엘프와 엘프들이 유희 장치에 광란하여 저축해준 성수석으로 그 대가를 지불해 버렸다고 한다.

장사를 잘 모르는 엘프들은 프루 제국의 황족에게 좋을 대로 착취당해 버렸다.

짚이는 게 있군. 뇌리에 장기 엘프들이 열광하는 모습이 스쳤다.

"천 년쯤 지나자 유희 장치도 망가져서 지금은 남아 있지 않지만요."

엘프들이 광란했다는 유희장치가 신경 쓰였지만, 가동하는 것이 남아 있지 않다고 한다.

지아 양 말에 따르면 구입하고 딱 천 년쯤 지나자 망가졌다고 한다.

모 메이커의 가전제품 같군. 프루 타이머라고 하면 되는 건가?

"풀이 죽는 건 좋지만, 수면조에 틀어박히는 건 그만뒀으면 했어……."

"엘프 연장자들도요……. 갑자기 은퇴하면 인계가 잘 안돼서 큰일이니까요."

과연— 엥, 어라?

수면조의 엘프들은 잊기 싫은 추억을 품고 잠들어 있다고 하지 않았나?

잊기 싫은 추억이란 게 유희 장치로 놀았던 기억은 아니겠지?

응. 분명히 아닐 거야. 다른 이야기를 하자—.

"그 프루 제국은 성수석을 그렇게 잔뜩 모아서 뭘 하고 싶었던 거죠?"

"불과 300년 만에 대륙 모두를 지배하는 마법 제국이 됐어요. 성수석을 가공해서 만든 창화(蒼貨)라는 것이 고성능 마법 장치의 기동 열쇠와 중핵 부품을 겸하고 있었다고 해요. 제국 귀족의 증거이기도 했다고 하던걸요."

흐~음. 창화……라는 게, 어라?

—있잖아.

스토리지의 화폐 폴더를 검색해 봤더니 프루 제국 창화라는 게 2만 닢 이상 있었다. 아마 「용의 계곡」 전리품이겠지.

처음에 전리품을 정리하면서 종류가 지나치게 많은데다가 1천만 닢이 넘는 프루 제국 금화의 임팩트가 너무 엄청나서 나중에 생각하기로 하고서 잊고 있었다.

시가 왕국의 화폐 말고는 쓸 길이 없어서 대충 취급하며 외국 통화 폴더에 처박아 뒀단 말이지.

"—사토 씨, 그거!"

"네, 프루 제국 창화입니다."

놀라는 지아 양에게 긍정하면서 손으로 창화를 만지작거렸다.

의외로 커다랗고, 1닢이 100그램 정도 된다. 전부 사용하면 광주 2척 정도는 부활시킬 수 있지 않을까?

내가 살아 있는 동안에만 광주 1척을 빌려준다면 2만 닢 정도 내놓는 것도 괜찮은데…….

그렇게 제공하고서도 수천 닢이 남으니까 약이나 마법 도구를 만드는데 곤란할 일은 없겠지.

그래서 제안을 해봤는데—.

"창화로 가공된 성수석은 세계수로 되돌릴 수가 없어요. 마법

금속의 연성이나 다각 골렘의 지성 회로 소재로는 쓸 수 있지만요…….”

“그렇군요—. 그럼 그 용도로 써주세요.”

나는 격납 가방 경유로 스토리지에서 꺼낸 창화 1천닢이 든 주머니를 정자 테이블에 놓았다.

“이, 이게 전부 창화인가요?”

“네, 마음껏 쓰세요.”

“사토, 성수석이 부족하니까 기쁘긴 하지만, 보르에난의 백성도 아닌 네가 그렇게까지 하지 않아도 되는데?”

눈을 ₩ 마크로 만들고 주머니에 뛰어든 지아 양과 달리 아제 씨는 다소곳이 사양했다.

“그렇게 남처럼 말하지 마세요. 저는 보르에난 명예시민이라고 생각해주시면 그걸로 충분합니다.”

아제 씨의 손을 붙잡고 말했다.

“—사토…….”

아제 씨가 감격해서 눈물을 글썽거리는 모습이 위험해. 지아 양이나 무녀 루아 씨가 없었다면 무심코 쓰러뜨릴 것 같다.

“사토 씨?”

그런 기색을 느꼈는지 무녀 루아 씨가 게슴츠레 바라보며 견제의 한 마디를 날렸다.

미묘하게 꼬시는 것처럼 말했지만 이번에는 그럴 의도가 없었다.

세계수의 위기는 돌고 돌아서 세계의 마소 부족으로 발전할 것 같으니까 중대 안건이었다.

마소 부족으로 메말랐던 드워프 마을 주변 황야가 뇌리를 스쳤다.

전세계가 그런 식으로 변하면 유람 관광 같은 것도 못하게 되잖아. 역시 관광지 사람들의 웃음이 없으면 즐겁지 않다니까.

참고로 2만닢이나 되는 창화가 「용의 계곡」 전리품에 있었던 이유는 생각지 못한 흐름으로 판명됐다.

"그러고 보니, 창화는 프루 제국 말기에 용신님한테 헌상품으로 쓰였다고 해요. 마왕 『황금의 저왕』에게 대항할 병기를 바라고 용신님한테 헌상했다는 소문을 들은 적이 있어요."

"병기 말인가요?"

"네. 자세하게는 전해지지 않지만 대륙 중앙의 광대한 사막은 『황금의 저왕』과 프루 제국의 최종 전쟁 때 생긴 거고, 여기 보르에난 숲까지 지진이 전해질 정도로 위력이 엄청났어요."

지아 양 이야기를 들으면서 스토리지를 조작하여 공도에서 얻은 대륙 지도를 메뉴에 표시했다.

정확도가 얼마나 되는지는 알 수 없지만, 대륙 중앙부터 서부에 걸쳐 대륙 면적의 20퍼센트에 가까운 거대 사막이 있었다.

만약 지도가 맞다면 수소 폭탄을 연발해도 무리한 규모였다.

어떤 병기인지는 모르지만 지금은 존재하지 않기를 기도하자.

—그리고 용신, 그런 병기 만들지 마.

신검하고는 방향성이 다르게 위험하잖아.

문득 마법란에서 쓴 「유성우」가 떠올랐다.

내가 가진 성검 모두에 마력을 한계까지 충전하고 그걸 배터리 대신 써서 「유성우」를 연발하면 같은 일을 못할 것도 없을 것 같기도 하다.

하지만 절대로 「유성우」를 연발하는 사태는 피하자.

마왕이나 대마왕 같은 칭호는 필요 없거든!

◆

"—그래서, 중요한 나무를 망치는 해충 해수 퇴치안을 생각해 줬으면 하는 거야."

지상에 돌아온 나는 세계수가 해파리 때문에 상하고 있다는 이야기를 조금 얼버무려서 전하고 동료들의 아이디어를 모집했다.

이런 초기단계 아이디어 모집은 여러 사람에게 듣는 편이 좋다.

황당무계한 안도 많지만 개중에는 전문가가 생각지 못하는 발상의 좋은 안이 나오는 일도 있으니까.

"해수 퇴치구나. 동물이라면 고압 전류, 바퀴는 붕산, 흰개미라면 독 미끼를 뿌려야지."

아리사가 말하자 무녀 루아 씨가 대응 상황을 말해줬다.

"그건 이미 시험해 봤어요. 독은 다른 씨족에서도 계속 연구를 하고 있을 거고요."

그 밖에도 몇 가지 안이 나왔지만 대부분의 아이디어는 이미 실행해 봤다.

할머니의 지혜 주머니도 상대가 안 되는 장수 종족들이니 경험이나 아이디어가 풍부한 거겠지.

“우~웅, 대부분의 방법은 다 시도한 다음이네.”

아리사가 불평하자 포치가 활기차게 말했다.

“밀어서 안 된다면 당겨보면 되는 거예요!”

“구체적으로는?”

“그건 아리사랑 주인님이 생각하는 거예요? 포치는 실행하는 거예요.”

포치는 당당하게 구체적인 안은 없다고 말했다.

“그게 뭐야~.”

아리사가 중얼거리며 책상에 엎드렸다.

테이블 위에 퍼진 아리사의 느슨한 곱슬머리가 테이블 끝으로 삐쳐 나갔다.

—톡톡.

회의에 질려서 바닥 잔디 위에 누워 있던 타마가 테이블 끝에서 흘러내린 아리사의 머리칼로 노는 소리였다. 아리사가 끙끙거릴 때마다 머리칼이 움직이는 게 재미있나 보군.

움직이는 물체에 반응하는 게 진짜 고양이 같았다.

—응? 뭐지?

타마의 움직임이 뭔가 신경 쓰였다.

아리사의 머리칼을 붙잡아 위아래로 움직이자 타마가 머리칼에 달려들었다.

“사토 씨, 진지하게 생각하느라 지쳤으면 오늘은 이쯤 해둘까요?”

“아아, 죄송해요. 잠깐 아이디어가 떠올라서 세부 사항을 생각하고 있었어요.”

무녀 루아 씨에게 대답하고 생각을 제시했다.

“가짜 미끼는 어때요?”

“낚시에 쓰는 것 말인가요?”

나는 수긍하면서 어떻게 쓸 것인지 설명했다.

“그러니까 힘으로 해파리를 제거하는 게 아니라 해파리 자신이 떨어지도록 하는 거군요?”

“네, 그렇죠.”

무녀 루아 씨의 말에 수긍했다.

“태양~?”

“그런 거예요! 주인님은『북풍과 태양』의 태양인 거예요!”

타마와 포치가 손을 들고 말했다.

아리사가 해준 이야기가 떠올랐구나. 비유로서는 좀 미묘하지만 둘이 자랑스레 말하는 게 귀여워서 머리를 쓰다듬으며 칭찬해줬다.

“똑똑하네.”

“그런데 말이야. 그건 아무도 검증 안 해봤어?”

아리사의 당연한 의문에 무녀 루아 씨가 머뭇거리며 대답했다.

“마력에 끌리는 건 알고 있었지만 마력으로 낚으면 폭주와 대증식을 일으켰거든요…….”

그 이후로 아무도 말을 안 꺼냈다고 한다.

그 다음에도 몇 가지 괜찮은 안이 나왔기에, 회사에서 회의할 때의 버릇으로 의사록을 만들어 무녀 루아 씨에게 건넸다.

"—용사 나나시의 발언에는 일리가 있다. 브라이난 씨족은 그의 제안에 찬동한다."

"우, 우리들 베리우난 씨족도 용사 나나시의 제안을 지지한다!"

나는 지금 아제 씨의 옵저버 같은 입장으로 성수회의라는 하이 엘프들의 회의에 참가했다.

그때 건넨 의사록이 돌고 돌아서 성수회의에 제출된 것이다.

보르에난 씨족 말고 다른 곳에서도 사토의 이름을 유명하게 만들 생각은 없으니까 용사 나나시로 소개를 했다.

세계수의 통신 회의실에서 다른 씨족의 하이 엘프들 영상을 바라보며 회의 추이를 바라보았다.

회사에 있던 화상 회의 시스템과 달리, 이 통신 회의실은 진짜랑 똑같은 입체 영상이 투영되는 구조였다.

보기에 리얼한 만큼 통신 지연(랙)이 묘하게 신경 쓰였다.

아까 맨 먼저 제안에 찬동한 브라이난 씨족은 연구를 좋아하기로 유명했다.

두 번째로 찬동한 베리우난 씨족도 연구로 유명한 씨족이며, 구도자 같은 브라이난 씨족과 달리 인정받고자 하는 욕구가 강해 보였다.

"기다려. 마력으로 유인되는 성질은 이미 알고 있다. 우리들

비로아난 씨족의 실패를 잊었나!"

비로아난 씨족의 하이 엘프가 거친 목소리로 호소했다.

"마력을 미끼로 유인하면 해파리의 광란과 대증식을 불러일으킨다, 였지?"

"물론, 기억하고 있다. 그러나 이번 안은 마력이 아닌 유인물질을 찾는 것이다. 광란을 피해서 유인할 수 있다면 지지하는데 부족함이 없지."

맨 처음 찬동해준 두 씨족이 반대파인 하이 엘프에게 제안의 취지를 말해주었다.

"……알았다. 유인 물질 연구를 한 곳의 세계수에서만 한다면 비로아난 씨족도 찬동하지."

"실험은 우리들 브라이난 씨족이—."

"기다려! 약품 관련이라면 베리우난 씨족에 실적이 있다! 우리가 하지!"

베리우난 씨족의 하이 엘프가 브라이난 씨족의 하이 엘프가 하는 말을 가로막고서 라이벌 심리를 숨기지도 않으며 나섰다.

"그러면 베리우난 씨족에게 맡긴다."

약품 관련이 특기라는 건 사실인지, 브라이난 씨족 하이 엘프의 말로 실험장은 베리우난 씨족의 세계수로 정해졌다.

한바탕 소동이 있었지만 이 씨족들에 이어 즈와카난, 잔타난, 바레오난, 다오사난의 네 씨족이 승인하고, 마지막으로 붉은 머리칼의 비로아난 씨족 하이 엘프가 승인을 표명했다.

"용사 나나시여. 나중에 아제에게 우리들 비로아난 씨족이 실패했을 때 기록을 보내지. 우리들의 우행을 양식 삼아 해파리 퇴치 방책을 부탁한다."

어라? 어쩐지 내가 해파리 유인 물질을 만드는 게 되지 않았나?

뭐, 됐어. 자료도 받을 수 있고 해파리의 생체 샘플도 있으니까.

세계수를 위해— 나아가 아제 씨와 관광지의 웃음을 위해서도 해파리 퇴치 연구를 거부할 이유는 없었다.

"네, 미력하게나마 노력하죠."

"그럴 때는 거짓말이라도 사력을 다하겠다고 해라. 해파리들을 쓸어버릴 때는 내 화염 정령 이프리트를 특등석에서 보여줄 테니 반드시 해내도록."

비로아난 씨족이 그 말을 남기고 회선을 끊자 다른 씨족도 인사를 하고 회선을 닫았다.

드센 성격이라서 눈치 못 챘지만 비로아난 씨족의 하이 엘프는 머리 색을 빼면 아제 씨랑 빼닮은 얼굴이었다.

그게 신경 쓰여서 아제 씨에게 물어봤다.

"우리들 하이 엘프는 창조신 님의 일곱 원형(아키 타입)에서 만들어졌으니까 그녀 말고도 같은 얼굴인 애가 몇 명 더 있어— 혹시 사토는 후제 같은 애가 취향이야?"

버려진 새끼 고양이처럼 불안한 표정을 지으면 무심코 끌어안고 싶어지잖아요.

1억년 이상의 시간을 보낸 아신인 그녀가 나한테 반하는 일이야 없겠지만, 그런 태도를 취하면 우쭐해져서 착각을 해버릴 것 같았다.

◆

“연구할 장소가 필요하잖아? 필요하지? 아제 님한테 사토 씨가 성수회의를 돕게 됐다고 들었어. 가르쳐 줬어. 그러니까 아버님의 저택을 쓰면 된다고 생각했어. 좋은 생각이지?”

성수회의에 참석하고 돌아온 다음날 미아네 엄마가 제안했다.

그녀가 아버님이라고 부르는 건 「요람」을 만든 토라자유야 씨였다.

“—여기인가요?”

“응, 그래. 그런 거야.”

미아네 엄마에게 이끌려 전이로 찾아온 곳은 보르에난 숲 동쪽에 있는 수해에 묻힌 하얀 저택이었다.

보통 공방과 달리 세계수에서 상당히 떨어진 장소에 있었다.

연구하는 장소, 라고는 들었지만 맵 정보를 보니 보통 저택이었다. 굳이 특징을 꼽아보자면 바깥쪽에 넝쿨이 잔뜩 둘러진 점 정도였다.

“기릴 있어? 있지?”

미아네 엄마가 대답도 기다리지 않고 저택 문을 열어 안으로 들어갔다.

“리리나트아 님. 잘 오셨습니다.”

저택 안쪽에서 브라우니 남성이 나왔다.

키는 어린애처럼 작지만 얼굴과 손은 명백하게 노인이었다.

"기릴, 오랜만이야. 오랜만이지? 건강해 보여, 얼굴이 아주 좋아."

"리리나트아 님도 건강해 보여 다행입니다."

기릴 씨는 미아네 엄마랑 대화하면서 날카로운 관찰안으로 나를 한 번 보았다.

"그래, 아주 건강해. 건강하지. 그렇지, 이걸 먼저 줄게. 아버님의 수기야. 사토 씨가 가져다 줬거든? 발견해줬어. 기릴도 읽고 싶지? 읽을 거지?"

미아네 엄마의 머신건 토크를 산들바람처럼 흘려듣던 기릴 씨가 「아버님의 수기」라는 말이 나온 순간 놀란 표정을 지었다.

그는 잠시 주저한 다음 조심조심 수기에 손을 뻗었다.

마치 신성한 성전을 받는 것 같았다.

잠시 감개에 빠져 수기를 품에 안고 있던 기릴 씨가 상황을 떠올렸는지, 퍼뜩 정신을 차리고 나를 돌아보았다.

"이쪽 분께서 미사날리아 님의 은인이시군요."

기분 탓인지 방금 전보다 기릴 씨의 눈빛이 부드러워진 것 같다.

"응, 그래. 틀림없어."

미아네 엄마가 수긍한 다음 머신건 토크를 다시 시작했다.

"사토 씨가 아버님 저택을 좀 쓰게 해줘. 괜찮지? 아제 님의 허가도 받았어. 완벽해."

"현자님의 유산을 이은 리리나트아 님과 성수님의 허가가 있다면 저는 거부하지 않습니다."

기릴 씨는 토라자유야 씨를 현자라고 부르는구나.

"사토 공, 이 열쇠를 받으시죠."

"열쇠? 무슨 부적 같네요."

"그러면 사용자 등록을 하겠습니다. ■ ■ 양도(리라이트), 『사토』."

기릴 씨는 내 감상을 흘려듣고 직무를 실행했다.

금색 열쇠가 그의 영창에 반응하여 파랗게 빛난 다음 열쇠 표면에 엘프 문자로 「사토」라고 표시됐다.

이게 사용자 등록이구나.

"그러면 지하 연구실 전이문 사용법을 알려드리겠습니다."

기릴 씨의 안내를 받아 전이문으로 따라갔다.

미아네 엄마는 자기 역할은 끝났다면서 집으로 돌아갔다.

여기 전이문은 「요정의 고리」와 달라서 코드로 이어진 결정 가지의 고리로 만들었다. 조금 메카니컬하고 SF 느낌이 나네.

"고리 안에 들어가면 바닥의 스위치가 들어가 자동으로 전이합니다. 제가 사라지면 고리 안으로 들어와 주십시오."

내가 수긍하자 기릴 씨가 고리로 들어가고 녹색 이펙트를 남기며 사라졌다.

기동 스위치가 자동문 같다는 것을 빼면 일반적인 「요정의 고리」와 같은 건가 보군.

전이한 곳에는 밤하늘이— 아니군. 높은 천장이었다. 바위 표면의 이끼나 광물이 빛나고 있었다.

맵 정보를 보니 여기는 저택 지하 700미터쯤 되는 곳에 있는 지하 공동이었다. 꽤 넓군.

"그러면 조명을 켜겠습니다."

기릴 씨가 벽의 버튼을 건드리자 가로등이 빛을 밝히고 천장 부근에서 펼쳐지던 빛의 파노라마가 보이지 않게 되었다.

빛이 밝혀진 곳에는 빌딩 같은 건조물이 몇 동 있었다.

저게 토라자유야의 연구소와 실험동이겠군.

그 중 가장 훌륭한 건물로 들어섰다.

"이곳이 주 연구소입니다."

안에는 바닥과 벽이 리놀륨 같은 수지였다. 전에 「요람」에서 봤던 토라자유야 씨의 연구실과 비슷하군.

연구실에 자료실, 도서관, 더욱이 마법 도구 공방보다 대규모인 연성 장치가 있었다.

연성실 안쪽에 있는 격납고에는 더 특이한 것도 있었다.

—이게 뭐지?

인간이 안에 들어갈 만한 크기의 유리통이 바닥에 몇 개 직립해 있었다.

"그것은 호문클루스 배양이나 수리에 쓰는 배양조입니다. 현자님께선 주로 생체 부품 제조에 사용하셨습니다."

기릴 씨의 설명을 들으면서 「요람」 사건 때 얻은 스토리지 안의 토라자유야 씨 자료를 검색해 봤다.

발견한 매뉴얼에 따르면 이 장치를 사용해서 나나의 이술을 추가할 수 있었다.

게임에 자주 나오는 강화 이벤트 같군.

◆

연구 첫날, 기재의 매뉴얼을 읽으면서 동작 검증을 하느라 악전고투했다.

이런 종류의 기재 셋업이나 숙련은 의외로 시간이 걸리는 작업이라 동틀 녘까지 끝내고 싶었다.

연구소의 주인인 토라자유야 씨가 개발 일지를 쓰고 있었으니 나도 그걸 본받을까 한다.

연구 2일째, 지아 양이 방문하여 다른 씨족이 보냈다는 자료와 실험체를 건네줬다.

스토리지에 수납하고 병렬 사고를 활용하여 복수의 자료를 동시에 읽었다. 오랜만에 메뉴의 문자열 검색이 도움이 됐다. 이 능력이 게임 개발할 때 있었으면 데스마치를 치르던 나날이 없었을 텐데.

그리고 자료와 실험체는 세계수 사이에 있는 전이문 경유로 보냈다고 한다. 전송 코스트가 높아서 평소에는 안 쓰는 것이었다.

연구 3일째, 자료를 독파했다. 엘프들은 내 상상보다 더 우수했다.

이미 기피 물질의 연구는 거의 끝나가고 있었다. 유인 물질은 이것들을 생략하고 하니까 생각보다 효율적으로 진행할 수 있었다.

허공에서 회수한 해파리 촉수를 샘플로 사용해 실험을 해볼까?

연구 5일째, 연구가 난항을 겪고 있다. 마력 말고 다른 유인 물질이 없나?

연구 6일째, 무리해도 되는 몸을 편리하게 쓰다가 기릴 씨한테 좀 자라고 혼났다.

그러고 보니 사고력이 조금 떨어진 것 같다. 역시 닷새 이상 안 자고 작업하면 효율이 나쁘군.

루루가 가져다 준 슈크림은 자고 일어나서 먹어야겠어.

분명히 짙은 블랙 커피랑 잘 맞을 거야.

연구 7일째, 역시 수면은 위대하다.

맑아진 사고를 되찾은 나는 마구잡이 실험을 중단하고 기본인 자료 검색으로 돌아갔다.

토라자유야 씨의 자료실과 도서관 자료 속에 과거 수만 년 동안 해파리가 나타났을 때의 기록을 분석한 자료가 남아 있는 걸 깨달았다.

사본을 작성해서 베리우난 씨족을 비롯한 다른 씨족에게 보내야겠다.

연구 8일째, 조금 진전이 있었다.

기릴 씨에게 용천주를 조금 권했을 때 해파리 촉수가 반응했다.

흑룡의 마법으로 만들어진 술이라 미량의 마소가 섞여 있는 탓이라고 생각했지만 다른 증류주에도 미약하게 반응했다.

몇 가지 소재로 실험을 해보고 보고서를 기릴 씨에게 맡겨서 보냈다.

연구 10일째, 내가 가진 술은 조사가 끝났으니 이번에는 조미료로 반응을 보고 있었다.

간장 타는 냄새 탓인지 실험하고 있는 해파리 촉수가 오징어 다리로 보였다. 무심코 촉수 하나를 시식해보고 싶어졌지만 독이 있을지도 모르니 자중해야겠다.

저녁 때 연구를 좋아하는 베리우난 씨족과 브라이난 씨족이 각종 주류를 이용한 실험 결과를 보냈다. 역시 연구원이 많으면 검증도 빠르다.

연구 10일째 밤, 흥미를 못 이기고 촉수 데리야키를 만들어 버렸다.

낮에 촉수를 먹여둔 실험용 쥐에게는 변화가 없었다.

조금 먹어봤더니 예상보다 더 맛있었다. 진미라고 할 정도는 아니지만 중독성 있는 맛이다. 용천주랑도 잘 맞겠다.

연구 11일째, 실험용 쥐가 피를 토하고 죽어 있었다.

나는 아무렇지도 않지만 이걸 다른 사람한테 먹이는 건 관두는 게 좋겠다.

만약을 위해서 위 카메라를 대신해 「멀리 보기」로 장기 안쪽을 들여다봤지만 염증 같은 이변은 찾지 못했다.

저녁때 베리우난 씨족이 알코올을 주성분으로 만든 유인 마법약 개발을 시작했다는 보고가 왔다.

미림을 비롯한 조미료는 허탕을 치고 끝났으니 나도 내일부터 그쪽 연구를 해볼까.

연구 12일째, 배가 가렵다. 역시 흥미삼아 먹는 게 아니었다.

맹장에 뭔가 하얀 섬유 같은 것이 생겨 있었다.

가렵, 맛있[#9]…….

◆

연구 일지를 닫고서 스토리지에 수납했다.

마지막에 적은 장난은 지워둬야겠군. 하얀 섬유는 세계수의 오염 수액 안에 생기는 결정과 **같은 것**이었기 때문에 베리우난 씨족이 개발한 마법약을 썼더니 별 탈 없었다.

휴게소에서 스트레치를 하고 있는데 기릴 씨가 좋은 냄새가 나는 꾸러미를 들고 나타났다.

"사토 님께서 연구실에서 나오시다니 드문 일이군요."

#9 가렵, 맛있 게임 『바이오하자드』 시리즈의 패러디. 일기나 일지 같은 문서를 불의의 사고로 마무리 짓는 고전적인 표현.

토라자유야 씨의 지하 연구소에 왔을 때는「사토 공」이었는데 지금은「님」으로 바뀌었다.

"방금 루루 아가씨가 와서 이것을 두고 갔습니다."

하루에 한 번 공간 마법인「멀리 보기」로 다들 어떤지 보면서「원거리 통화」로 이야기를 했지만, 귀환(리턴)전이로 만나러 돌아가는 건 손에 꼽을 정도였다.

"마침 배가 고팠어. 기릴, 차를 타줘. 같이 먹지."

"네, 말씀에 따르겠습니다."

꾸러미에 편지가 들어있기에 기릴 씨가 차를 타주는 동안 읽었다.

—오오! 이건!

생각지 못한 좋은 소식에 오랜만에 기분이 밝아졌다.

"뭔가 좋은 소식이로군요."

"그래, 맞아. 드디어 강황과 커민을 발견했어!"

편지에는 레프라콘 탐색대가 강황을, 스프리건 탐색대가 커민을 찾았다고 쓰여 있었다.

고수랑 카다멈 같은 향신료는 이미 찾았지만, 이 두 가지는 좀처럼 발견하지 못하고 있었다.

"이제 카레를 만들 수 있어."

그럴 때가 아닌 것은 알고 있지만 오랜만에 카레 먹을 생각을 하자 마음이 들떴다.

"카레란 것은 용사의 나라에 전해진다는 환상의 요리군요."

"그래. 드디어 재료가 모였다고 편지가 왔어."

루루랑 네아 씨에게 맡겨두면 맛있는 카레를 먹을 수 있을 것 같지만, 역시 나도 도우러 가고 싶군.

"2, 3일 정도 휴식을 해야겠어."

생각해 보니 2주일 가깝게 제대로 잠도 안자고 일을 했단 말이지.

"그것이 좋겠습니다. 다른 엘프님들도 계시니까요—."

기릴 씨가 나 혼자서 노력하지 않아도 된다고 말해줬다.

"그럼 다녀올게. 기릴, 미안하지만 이 유인 마법약 샘플과 레시피를 전해주겠어?"

"이, 이렇게 단기간에 완성하신 겁니까?!"

놀라는 기릴 씨에게 연구 성과를 건넸다.

어제 트러블에 지지 않고 완성시킨 제1시제품이다.

유인 마법약의 양산과 개량은 베리우난 씨족에게 떠넘길까. 연구를 좋아하는 그들이라면 분명히 잘해낼 거야.

◆

"다녀왔어. 맛있는 냄새 나네."

수상 가옥으로 돌아오자 스파이시한 향이 감돌았다.

"주인님~?"

"어서 오세요! 인 거예요."

"사토."

내가 말을 걸자 타마, 포치, 미아 셋이 굉장한 기세로 다이브

했다. 셋이서 머리랑 볼을 밀어붙이고 부비부비거렸다.

아무래도 너무 방치했나 보군.

"마스터, 강화 팩 인스톨은 아직인지 묻습니다."

"미안. 연구가 너무 바빠서 배양조 정비가 끝나질 않았어."

내가 말하자 나나가 의기소침해졌다. 표정 변화는 적지만 누구라도 알 수 있을 정도였다.

전에 돌아왔을 때 이술 추가를 할 수 있을지도 모른다고 했더니 계속 기대하고 있었구나.

"조금만 더 기다려줄래? 보르에난 숲을 출발하기 전에 반드시 쓸 수 있게 해놓을게."

"마스터의 지령을 수락—."

아직 풀이 죽은 나나를 보다 못해서 제안을 하나 해봤다.

"기왕이면 어떤 이술을 추가하고 싶은지 다른 애들이랑 의논해서 목록을 만들어봐."

"그, 그것은— 대단히 멋진 제안이라고, 마스터에게 찬사를 보냅니다!"

내 허리에 매달린 아이들 위로 얼굴이 상기된 나나가 안겨 들었다.

나랑 나나 사이에 끼인 미아가 「길티」라고 하는 소리가 들렸지만 나나는 기뻐서 못 들은 것 같다.

"주인님, 어서 오십시오."

"어서 와, 주인님."

주방에 가자 리자와 아리사가 요리사들을 멀찍이 보고 있었다.

두 사람의 역할은 날개요정의 침입을 막는 거였다.

"이거 봐~."

"저 향에 뛰어들고 싶어!"

"우오오오오!"

날개요정을 내버려두면 이런 식으로 자신을 잊고서 스파이스의 향에 돌격해 버린다고 한다.

나는 리자와 아리사를 격려한 다음 루루가 있는 곳으로 향했다.

"향이 좋네."

"어서 오세요! 주인님, 강황 냄새를 너무 맡으면 코가 아파지니까 주의해 주세요."

"응. 조심할게."

진지한 루루의 주의를 수긍했다.

코가 조금 빨개진 루루도 귀엽군.

그건 그렇고 강황 냄새가 이렇게 강했나?

지구하고는 다른 세계니까 아주 비슷한 다른 향신료일지도 모르겠다.

"사토 씨, 레시피에 있는 향신료는 다 모였어요. 지금은 레시피에 따라 향신료의 사전 처리를 하고 있어요."

향신료를 잘게 부수던 네아 씨가 나를 발견하고 진척 상황을 가르쳐 주었다.

향신료를 발견한 스프리건과 레프라콘 탐색대는 엘프의 공중목욕탕에서 피로를 치유하고 있다고 한다.

나도 뭔가 그들을 격려하고 싶군.

"리자, 잠깐 심부름 부탁해도 될까?"

"네, 주인님."

목욕한 뒤에 마실 맛있는 하늘색 탄산 빙과를 리자에게 부탁하여 공중목욕탕 냉장고에 넣어뒀다.

주류도 좋을지 모르지만 목욕한 뒤에 맛있게 먹을 수 있는 걸 선택했다.

"—아차."

재고를 확인하니 생각지 못한 것이 빠져 있었다.

"주인님, 왜 그래?"

"후쿠진즈케[#10]가 없어. 게다가 락교가 기름절임밖에 없어."

역시 카레에 곁들이는 락교라면 초절임이잖아.

초절임 락교나 후쿠진즈케가 없는 카레는 화룡점정을 못한다.

무는 공도 지하의 오크들에게 모두 선물해버려서 내가 직접 절이고 싶어도 재고가 없었다.

"심각한 표정으로 무슨 얘길 하나 했더니……."

아리사가 기가 막힌단 표정으로 쓴웃음을 지었다.

자기도 쇠고기 덮밥 먹을 때 생강 절임이 빨갛지 않다고 불평했으면서.

5종류의 카레로 향신료 조합을 끝낸 나는 빠져 있는 마지막 조각을 갖추기 위해서 보르에난 숲을 출발했다.

#10 후쿠진즈케 일본의 절임. 약 7종의 야채를 간장, 설탕, 미림을 조합한 조미액에 절여서 만든다.

—후쿠진즈케를 손에 넣기 위해서!

◆

“락교? 아아, 아까 막 절였으니까 먹으려면 한참 기다려야—어 손님?”

한 발 늦었다…….

오유고크 공작령에서 유일하게 미가공 락교를 파는 곳이었는데 한 발 늦어 버렸다.

방금 담근 거라면 씻어낼 수 있을 테니까 포기하지 않고 가공 직후의 락교를 왕창 사들였다.

공도의 제대로 된 점포에는 후쿠진즈케 같은 절임이 없기에 절임 가게 노점이 늘어선 곳까지 찾아왔다.

“『후쿠진즈케』? 그런 절임은 모르겠는데.”

이름만 들으면 뭔지 모를 테니까 자세하게 설명을 해봤는데—.

“무 같은 괴상한 건 여기 없어.”

—이렇게 쌀쌀맞은 태도로 고개를 저었다.

그러고 보니 공도에서는 무를 꺼렸지.

“아줌마, 뭔가 먹여줘~.”

“너 또 먹은 게 없니? 고향에 돈 부치는 것도 좀 적당히 해라.”

의기소침하고 있는데 옆 매대에서 섹시한 물장사풍 누님이 매대 아줌마한테 어리광을 부리고 있었다. 어른스런 외견과 내면의 앳된 행동이 갭 모에를 풍기는군.

"그렇지, 크하노우 백작령의 상인이 보기 드문 절임을 두고 갔어. 네 고향 물건이니까 좀 먹여주마."

"와~아, 크하노우 절임이다! 아줌마 사랑해!"

누님이 먹기 시작한 것은 오이와 가지를 담근 갈색 절임이었다.

"그쪽 젊은 나리도 맛 볼래?"

"그럼 사양 않죠."

흥미롭게 지켜본 탓인지 크하노우 절임이란 것을 권해주었다.

오이랑 참외를 간장과 미림으로 절인 절임이었다.

꽤 맛있다— 그리고, 이거 후쿠진즈케잖아?

산미가 좀 강하지만, 분명히 이런 맛이었어.

"주인아줌마. 이거랑 같은 무절임 있나요?"

"무? 옆집에서도 그렇게 말을 하던데, 그런 악취미적인 절임은 공도 전체를 찾아봐도 없을걸?"

기대를 담아 물어봤지만 주인아줌마는 일도양단했다. 그래도 크하노우 절임이란 걸 좋아라 먹고 있던 누님이 나에게 광명을 내렸다.

"크하노우 백작령의 크하노우 절임은 무도 들었어."

정말이냐고 묻자 수긍하면서 더욱 자세한 정보를 주었다.

"크하노우 절임은 여러 가지 야채를 맛있게 보존하려는 건데, 세담 시나 크하노우 시에서는 무만 파는 가게도 있을 거야."

그렇군. 그것만 알면 충분하다.

이제부터 맵 검색으로 찾아내면— 크하노우 백작령의 크하노우 시와 세담 시에 있는 몇 군데 절임 가게가 파는 걸 알았다.

"고맙습니다. 이거 정보료예요."

"에엑! 이렇게 많이?"

황송해하는 누님에게 감사하는 마음을 담아 금화를 건네주고, 후쿠진즈케 발견의 계기가 되어준 절임 가게에서 여러 종류의 절임을 구입했다.

크하노우 백작령으로 출발하려고 하던 내 귀에 조금 그리운 목소리가 들렸다.

"무녀, 나나는 언제 돌아와?"

"무녀무녀, 나나네 마시타는?"

목소리가 들리는 쪽을 돌아보니, 나나와 친했던 바다사자 수인족 아이들과 테니온 신전의 무녀 세라가 있었다.

아이들은 세라의 식사 배급을 돕고 있는 것 같았다.

인사 정도는 하고 싶었지만, 내가 지금 공도에 나타나면 부자연스러우니까 다들 건강한 얼굴을 확인만 했다.

세라를 본 김에, 테니온 신전의 기부함에 금화가 든 주머니를 넣어두러 갔다.

덤으로 세류 시의 마법병 제나 씨와 세라에게 보내는 편지를 부쳤다.

카리나 양한테도 부쳐야 하나? 아직 무노 남작령에 돌아오지 않았겠지만 편지가 먼저 도착해도 문제없겠지?

왕도의 메네아 왕녀에게 부치는 건 관뒀다. 그녀한테는 미궁도시에 도착한 다음에 보내도 되겠지.

그런데 목적지인 크하노우 백작령은 조금 멀었다.

오유고크 공작령의 북쪽에 있는 무노 남작령보다 더욱 북쪽. 어린 마녀를 구해주고 나쁜 관리의 음모를 뒤집은 세담 시가 있는 장소다.

공도까지는 「귀환전이」를 연속 기동해서 10분도 안 걸려 도착했지만, 여기서부터는 「귀환전이」 각인판이 없었다.

여기서부터는 돌아갈 때 쓰기 위한 각인판을 설치하면서 천구로 이동할 필요가 있었다.

기왕 이렇게 된 거 중간에 만났던 사람들의 근황도 확인하러 다녀야겠다.

뒷골목에서 변장을 푼 나는 용사 나나시의 검은 옷과 은가면 모드로 변장을 다시 하고 「귀환전이」로 공도 근방에 만들어둔 수직굴로 이동했다.

짐승들 길에서도 떨어진 숲 속의 수직굴이라 누가 전이를 볼 일이 없었다.

내 「귀환전이」 각인판은 전체적으로 이런 곳에 설치해뒀다.

물론 수몰대책도 단단히 했다.

주위에 사람이 있을 리 없지만 일단 맵으로 확인하고서, 천구로 날아올라 대하를 따라서 숲의 나무 위 아슬아슬한 높이를 유지하며 북상했다.

오크의 환형굴이 있는 준험한 포도산맥을 넘어, 나중에 방문할 때 쓰기 위한 각인판을 일정한 거리마다 설치하면서 구릉리 안 시와 드워프들의 보르에하르트 시 가까운 곳을 지나쳤다.

그대로 아무 일 없이 오유고크 공작령을 빠져나가서 무노 남작령에 들어갔다.

"응, 순조로운 것 같아서 다행이네—."

무노 시는 부흥이 진행되고 있으며, 본래 슬럼가였던 장소는 구역 정리가 되어 집단주택과 가보 밭이 예쁘게 늘어서 있었다.

도시 바깥에도 밭이 생겼고 몇 종류의 야채가 푸릇푸릇하게 자라고 있었다.

무노 시를 지나 펜드래건 요새로 이름이 바뀐 원령 요새를 멀리서 들여다보았다. 멀리서 요새를 살펴본 바로는 등계(橙鷄)나 염소들을 보살피는 아이들이 건강하고 참 즐거워 보였다.

명목상 내 별장에서 고용한 것이기 때문에 가끔은 「멀리 보기」 마법으로 곤란한 일이 없는지 확인 정도는 해야겠다.

크하노우 백작령을 향해서 하늘을 날아가는데 지상에서 소음이 들렸다.

아무래도 대규모 도적들과 무노 남작령의 병사들이 싸우고 있나 보다. 최전선에서 전직 의적인 조틀 경과 전직 가짜 용사이며 현재 종자인 하우토가 용맹과감하게 싸우고 있었다.

우세해 보이기에 마음속으로 응원만 보내고 그냥 날아갔다.

이렇게 작은 해프닝이 있기는 했지만 얼마 안 가서 크하노우 백작령에 도착하여 해가 떨어지기 상당히 전에 세담 시에 도착했다.

슬쩍 봤는데 전에 머무를 때 신세를 진 도예 공방 주인과 고양이 수인 노예소녀들은 건강하게 지내고 있었다.

그러면 절임 가게에 가볼까.

영업이 끝난 노점도 많았지만 내 목적인 절임 가게는 영업중이었다.

"무로 만든 크하노우 절임을 사고 싶은데 재고 있나요?"

"네, 있어요! 어느 정도 싸드릴까요?"

내 말에 기세 좋게 대답한 소녀가 절임 뚜껑을 힘차게 열었다.

공도에서 본 크하노우 절임과 같은 갈색을 띠는, 틀림없는 후쿠진즈케였다.

만약을 위해서 시식해보고 맛을 확인한 다음 재고를 모두 사들였다.

"우햐~. 재고를 다 사는 사람 처음이야. 괜찮아요? 무 말고도 샀잖아요."

"네, 다른 것도 맛있었으니까요."

이건 립서비스가 아니라 사실이었다.

내가 지금까지 먹은 후쿠진즈케 중에서도 선두를 다투는 맛이었다. 특히 7종류의 야채를 함께 절인 것이 가장 내 취향이었다.

목적을 이룬 나는 시장을 돌면서 쓸 일이 많은 둥근 무나 긴 무를 잊지 않고 사들인 다음, 「귀환전이」를 연속 사용하여 해가 지기 전에 보르에난 숲으로 돌아왔다.

역시 마법은 위대하다니까.

◆

어제는 카레 가루 마무리와 후쿠진즈케 맛을 확인하느라 끝나버렸기 때문에 오늘은 아침부터 카레 축제를 준비했다.

어제 네아 씨에게 부탁해서 수상 가옥 앞 광장 사용을 허가받았다.

수상 가옥 주방에서 하면 침실까지 카레 냄새가 가득 차 버리거든.

동료들과 요리사 엘프들에 브라우니들을 넣은 멤버에, 아제 씨가 아침부터 나타났다.

아제 씨는 일을 너무 해서 오늘은 하루 휴가였다.

해파리용 유인 마법약 양산이 시작되기 전까지는 허공에 틀어박혔던 엘프들도 교대로 휴양을 취하고 있었다.

오늘 카레 축제는 대작전을 시작하기 전에 사기를 높인다는 측면도 있으니 아제 씨를 위해서도 성공시켜야겠군.

"나나는 브라우니들과 함께 야채 껍질 벗기기를 부탁할게."

"예스, 마스터."

대량으로 쌓인 감자와 당근을 인해전술로 처리했다.

"리자, 이 새의 해체를 부탁해."

"알겠습니다."

격납 가방에서 꺼낸 산새를 리자에게 건넸다.

이 새고기는 닭은 아니지만 탄두리 치킨으로 만들 셈이었다. 그 수첩의 카레 레시피집에 같이 실려 있었는데, 탄두리 치킨은 반나절쯤 양념에 재운 다음에 굽는다.

지금부터 재워두면 점심시간에 먹기 딱 좋다. 물 마법으로 숙성 가속도 할 수 있다.

토핑용 치킨 가스도 만들고 싶은데 새고기가 좀 부족한가?

"미아, 새고기를 조달하고 싶은데 누구 가진 사람 있을까?"

"응, 히야."

말은 적지만 사냥꾼인 히시로토야 스승에게 부탁한다는 거겠지.

미아가 얄팍한 가슴을 통 치면서 「맡겨만 둬」라는 제스처를 하더니 타마와 포치를 양 옆에 거느리고 달려갔다.

"사토 씨, 조리 기구 준비가 끝났어요."

네아 씨가 부르러 왔다. 그녀 뒤에는 카레 재현에 힘을 쏟던 노아 양도 있었다.

화로 마법 도구와 드럼 캔 사이즈의 대형 냄비가 10개 이상 늘어서 있었다.

저 대형 냄비는 마법 장치의 일종으로 냄비 자체가 뜨거워져서 조리를 한다. 참으로 엘프 답네.

나는 화로 마법 도구 앞에서 커다란 프라이팬을 손에 들고 조리를 시작했다.

일단 다진 양파를 볶는다.

진득하니 볶은 양파는 카레에 그윽한 단 맛과 감칠맛을 주기 때문에 중요하다. 메모에 쓰여 있었다.

보이는 사이즈의 양파는 당근과 함께 별 모양이나 초승달 모양으로 예쁘게 썰어서 나중에 넣을 예정이었다.

그래서, 진득하니 볶는다.

진득하니.

진득하니.

더욱, 진득하니.

네아 씨 뒤에 있는 노아 양이 이쪽을 흘끔거릴 정도로 볶는데. 갈색이 되면 끝이다.

옛날에 읽은 라이트 노벨에서 「양파가 옛 추억에 잠길 정도로 볶는다」라고 했던가 그랬다.

"이 정도까지 볶아서 냄비로 옮겨 주세요."

나는 그렇게 말하고 루루와 교대했다.

네아 씨도 루루 옆에 나란히 서서 양파를 볶기 시작했다.

그 동안 탄두리 치킨을 재울 양념을 만들고 리자가 손질한 고기를 재웠다.

모래집이나 심장은 나중에 아인 소녀들 간식으로 써야겠군.

연골은 술꾼 엘프들한테 제공할까?

—응?

나무 그늘 쪽에서 쓸쓸하게 바라보는 시선을 느꼈다. 아리사와 아제 씨였다.

난처하네…….

아리사한테 요리를 시키는 건 요리 실패 플래그에 정면으로 도전하는 짓이다. 아제 씨는 냄비를 뒤집어서 카레투성이가 되는 미래밖에 보이지 않았다.

조금 생각한 다음, 두 사람을 손짓해 불렀다.

아리사와 아제 씨가 「나?」라는 표정으로 자기를 가리켰다.

고개를 끄덕이자 꽃이 피듯 함박웃음을 지으며 종종 걸음으로 달려왔다.

가슴이 좀 뜨끔하군.

"에헤헤~."

"무, 무슨 용건이야?"

"이거요."

두 사람에게 공도에서 산 사탕이 든 바구니를 건넸다. 고개를 갸웃거리며 받아 든 두 사람 입가에 가는 봉이 달린 사탕을 내밀었다.

내 의도를 깨달은 아리사가 본의 아니란 표정으로 사탕을 입에 물었다.

아제 씨는 이해를 못했는지 조금 얼굴을 붉히고 당황하면서 사탕을 물었다. 표정이 좀 야하군.

"날개요정들이 방해하지 못하도록 사탕을 나눠줘."

아리사에게 말하자 그제야 아제 씨도 내 의도를 이해했다.

아아, 그렇게 「배신당했어!」란 표정 짓지 말아주세요.

바구니를 든 아리사가 울상 짓는 아제 씨의 손을 붙잡고 광장 입구에서 날개요정을 모아 들였다.

미안, 아리사. 날개요정과 아제 씨를 맡긴다.

엘프들의 마법 냄비는 안쪽은 뜨겁지만 바깥쪽은 사람 체온과 비슷했다.

물이 끓기 시작하자 가열을 줄이고 거품을 걷어냈다.

"마스터, 거품 담당을 지원한다고 고합니다."

눈이 번뜩 빛난 게 아닌가 싶은 나나가 국자를 들고 귀찮은 작업을 대신해 주었다.

나나 혼자서는 일손이 부족하니 리자도 도왔다.

두 사람은 성실하게 거품을 걷어냈다. 저런 귀찮은 작업을 묵묵히 하는 건 성실한 리자와 취향이 맞는 나나밖에 못한다. 나중에 두 사람을 격려해 줘야겠는걸.

"소생도 돕겠소."

리자의 진지한 표정에 흥미가 생겼는지 사무라이 엘프 시야 씨가 거품 걷기에 참가했다.

그냥 거품을 걷어내는 것뿐인데 어쩐지 진검 승부 같은 분위기가 풍겼다.

태클을 걸면 지는 것 같아서 가만 내버려뒀다.

그러면, 거품도 걷어냈고 야채가 다 익으면 이제 카레 가루를 투입하면 된다.

야채를 익히는 건 네아 씨한테 맡겨둘까.

나는 이 틈에 반찬 준비를 시작했다.

루루와 함께 토핑용 튀김을 여러 가지 준비했다.

각종 고기 커틀릿에 새우나 하얀 살 생선 프라이가 좋겠다. 중간부터 루루를 선생님으로 임명하여 브라우니들이나 냄새에 끌려 나타난 엘프들의 도움을 받았다.

어디, 미아나 채식주의자용으로 샐러드나 스틱 야채뿐 아니라 파프리카나 호박 튀김도 준비해둘까.

지금은 아직 준비만 해놓고, 튀기는 건 조금 나중이다.

먼저 남은 감자를 얇게 슬라이스해서 포테토 칩을 튀겨냈다. 그걸 작은 바구니에 넣어 날개요정과 함께 놀고 있는 아리사한테 가져다 줬다. 얼음이 들어간 탄산 주스도 세트로 챙겼다.

"아리사, 간식 추가야."

"야호! 포테토 칩이다!"

"다 같이 나눠 먹어라."

"오케이! 포포, 릴리, 날개요정을 한 줄로 세워! 용사의 나라에서 온 근사한 과자를 나눠줄게."

"아이 아이 서(Aye Aye Sir), 야호!"

"아리사, 거창해."

"그치만, 냄새 좋아~."

포테토 칩은 날개요정에게도 평가가 좋군.

"고마워, 사토."

날개요정들이 머리카락을 당겨대서 난처해하던 아제 씨가 나를 향해 웃어주었다.

후훗, 구출 성공했군.

나는 웃으며 손을 흔들어주고 조리 작업으로 돌아왔다.

"이노옴~! 바구니에 돌격하지 마아아아아."

뒤에서 제법 진심으로 화난 아리사의 목소리가 들렸다. 아리사, 힘내라.

그 소동을 흘려들으면서, 매운 것을 못 먹는 사람을 위한 달콤한 음료수도 준비했다.

공중 욕탕의 라인업에 있는 커피 우유나 후르츠 밀크에 더해서, 네아 씨를 통해 얻은 가루차 비슷한 걸 사용해 가루차 라테도 추가로 준비했다.

완성품은 냉장 마법 장치로 식혀둘까. 반죽 섞기 마법 장치를 세트하면 스무디도 만들 수 있겠는걸?

건더기가 익어갈 즈음 카레 가루를 조금씩 투입하고, 가루가 녹자 얼마 동안 휘저었지만 걸쭉해지지 않았다. 메모장의 레시피집이 틀렸나?

간편하게 걸쭉하게 만들려고 밀가루를 추가로 투입했다. 그래도 뭔가 부족하네. 버터를 넣었더니 딱 괜찮아졌다.

다음으로 불을 일단 끄고 맛이 야채에 스며들기를 기다렸다. 그 동안 토핑용 튀김을 순서대로 튀겼다.

"사냥감~."

"잔뜩인 거예요!"

"칭찬."

타마, 포치, 미아 셋이 진흙투성이가 되어 달려오기에 광장에 들어오기 전에 말렸다.

세 사람 뒤에는 히시로토야 스승과 사냥이 특기인 엘프 스승들도 있었다.

고야 군도 재는 표정으로 같이 있는 걸 보니 산새를 사냥해온 모양이군.

"수고했어."

사냥에서 돌아온 사람들은 다른 엘프 스승이 생활 마법으로 깔끔하게 씻겨 주었다.

포치와 미아는 사냥을 하다가 식물계 마물한테 붙잡히기라도 했었는지 이상한 냄새가 배었기에 소취(데오드란트) 마법을 썼다. 꽤 힘들었나 보군.

해체한 새고기는 양념에 재우거나 졸일 시간이 없어서 토핑용으로 썼다. 꿩이나 오리 같은 게 참 맛있어 보였다.

오리는 육수를 내서 오리탕이나 우동을 만들고 싶지만 이번에는 쪄서 샐러드 위에 올려야겠군.

사냥을 끝낸 엘프 스승들에게는 연회 예정지인 가설 테이블에 술과 안주를 내놓고 먼저 한 잔씩 하도록 권했다.

타마와 포치가 엘프 스승들 옆에서 꼬치구이를 먹고 있었다. 너무 먹으면 안 된다?

"응."

미아가 아리사 옆에 있던 포테토 칩 바구니를 들고 나한테 내밀었다.

물론 텅 비어 있었다. 출출하니까 포테토 칩을 먹고 싶은가?

"이제 곧 밥 먹어야 되니까 안 돼. 내일 간식으로 만들어줄게."

"약속."

미아가 내민 작은 새끼손가락에 내 손가락을 걸고 약속했다.

손가락 걸기가 희한한지 날개요정에게 묻혀 있던 아제 씨가 뚫어져라 보고 있었다. 화려하게 모르는 척 해야겠군.

엘프들이 카레 향에 이끌려서 점점 더 모여든 탓에 예정보다 조금 빨리 카레 축제를 시작했다.

괜한 개회 선언 같은 건 관두자.

우리는 완성된 카레라이스를 나눠서 배급했다. 사람이 이렇게 많으니까 캠프나 배급소 같군.

라이스는 오유고크 공작령의 일반적인 길쭉한 쌀을 썼다.

사실 향신료 탐색을 하면서 짤막한 쌀도 발견했지만, 전에 카레 전문점에서 먹은 쌀이 이런 느낌이기에 이번에는 길쭉한 쌀을 썼다.

난도 플레인과 건포도가 들어간 걸 준비했지만 일본식 카레니까 역시 처음에는 왕도적인 라이스로 가볼까.

"헤~ 이것저것 많네."

아리사가 말한 것처럼 이번 카레는 녹적황갈의 4종류였다.

일단 시금치 같은 이파리 야채를 사용한 그린 카레.

이건 미아처럼 야채를 좋아하는 사람이 맛있게 먹을 수 있도록 만들었다. 맵기는 보통이었다.

다음은 고춧가루를 듬뿍 넣은 레드 카레.

매운 것도 좋아하는 일부 호사가를 위해 만들었다. 맛을 본 네아 씨와 루루가 눈물을 지었으니까 상당히 맵다. 이건 깍둑썰기 한 분사 늑대의 고기를 듬뿍 넣었다.

그리고 탄두리 치킨을 대담하게 투입한 노란색 치킨 카레.

레드 정도는 아니지만 충분히 맵다. 이세계산 향신료 탓인지

원색에 가까운 노란색이 되었다.

마지막으로, 갈색 카레.

이건 들소 고기를 사용한 일반적인 일본의 카레였다. 맵기는 순한 맛과 보통 2종류를 준비했다.

갈색 카레를 싫어하지 않을까 걱정했지만, 사전에 의논한 네아 씨가 「비프 스튜랑 같은 색깔 아닌가요?」라고 대답해서 괜한 걱정이었다는 걸 알게 됐다.

여성들에게는 갈색 비프 카레가 인기였다. 토핑으로 올린 튀김은 대량으로 만들어 자유롭게 가져가도록 놔뒀다.

반찬으로 후쿠진즈케와 락교뿐 아니라 생야채 샐러드, 데친 양배추, 매시 포테이토, 스틱 야채 등 여러 가지를 준비했다.

다들 받은 다음에 「잘 먹겠습니다」를 신호로 식사가 시작됐다.

오오, 오랜만에 카레다.

"매워맛나~?"

"맵지만 맛있는 거예요."

순한 맛을 애들용으로 더 순하게 했지만 타마와 포치는 그래도 매운가 보군.

"맵지만 맛있습니다."

리자, 토핑은 자유지만 말이다. 카레가 보이지도 않을 만큼 고래 튀김을 쌓아놓지 않아도 되지 않을까?

그리고 그녀가 고른 것은 치킨 카레였다. 새 고기가 결정타였겠군.

"이 카레가 귀엽다고 진언합니다."

나나는 삶은 달걀을 토핑한 매운맛 레드 카레와 토끼 커팅을 한 사과 같은 과일을 보며 행복한 기색이었다.

"우우, 맛있지만 매워서 먹을 수가 없어."

"아제, 힘내."

아까부터 물을 벌컥벌컥 마시면서 눈물지으며 먹고 있는 아제 씨를 흐뭇하게 보고 있었지만 이제 그만 도와줘야겠다.

그리고 아제 씨를 응원하던 미아는 그린 카레를 먹고 있었다.

"아제 씨, 이걸 드세요."

보통 카레를 치우고, 순한 맛 카레를 내밀었다.

"맵지 않아! 이건 먹을 수 있어."

"다행이네요."

그녀의 카레는 나중에 스태프가 맛있게 먹어야겠군. 그 밖에도 매운 걸 싫어하는 사람이 있기에 브라우니들에게 순한 맛 카레가 있는 걸 알려달라고 부탁했다.

"아직도 입이 얼얼하다면 이걸 마셔 보세요. 매운 맛이 좀 덜해질 겁니다."

"고, 고마워. ……맛있어. 달콤하고 맛있어."

아직도 매운 기색이기에 아까 만든 가루차 라떼를 아제 씨에게 내밀었다.

두 손에 들고서 꿀꺽꿀꺽 마시는 모습이 귀엽다.

그 모습에 눈길을 빼앗긴 건 아니었는데 어째선지 아리사와 미아가 「길티」 콜을 외쳤다.

그러고 보니 다른 애들에게 나눠주는 걸 잊었네. 원래 모두에게 나눠줄 예정이었지만 아제 씨한테 먼저 준 게 잘못이었군.

우리들만 독점하면 미안하니까 남은 가루차 라떼 병은 엘프들 테이블에도 나눠줬다.

"아아, 행복해. 카레 체인 코코니랑 비슷하게 맛있어."

"아리사, 햄버그 카레인 거예요!"

"베리맛나~?"

네아 씨가 남은 고기로 햄버그를 구워줬구나. 저 사람은 정말로 햄버그를 좋아하네.

반찬으로 후쿠진즈케를 오독오독 먹으며 카레 축제를 지켜보았다.

카레 재현을 꿈꾸던 노아 양은 감격한 나머지 울면서 각종 카레를 먹고 있었다.

"뭐야? 고야 너 순한 맛 먹고 있었니?"

"우움, 멀쩡해."

주정뱅이 엘프가 도발하자 고야 군이 매운 맛 카레를 먹고 눈물지었다.

미아가 내민 가루차 라떼를 기쁜 기색으로 받았다.

소꿉친구라 그런지 사이는 나쁘지 않았다. 어린 커플이라기보다는 너무 감싸는 오빠와 간섭을 싫어하는 반항기 여동생 같은 느낌이네.

시선을 다른 곳으로 돌리자 향신료를 모으느라 분투해준 스프리건과 레프라콘 탐색자들도 있었다. 어쩐지 엘프들에게 둘러싸여 긴장한 모양이군.

나중에 카레를 싸갈 수 있게 준비해 줘야겠다. 그들의 노력이 없었다면 오랜만에 카레도 없었을 테니까.

해가 떨어지기 전에 천 인분 넘게 준비한 카레가 모두 소비되었고, 토핑을 포함해서 모두 사람들 뱃속으로 사라져 버렸다.

리자가 고안한 「카레 양념 고래 가스」 같은 파생 요리도 여러 가지 태어났다.

그렇게 잔뜩 먹었는데도 디저트로 준비한 과일 젤리를 거절하는 여성은 없었다. 아무리 들어가는 배가 달라도 몸에 안 좋으니까 나중에 위장약을 조합해서 나눠줘야겠군.

이렇게 카레 축제는 끝났지만 참가 못한 엘프들이 항의를 해서 얼마 동안 카레 축제가 연장 개최될 예정이었다.

매일 카레를 먹기는 싫으니까 의욕이 가득한 네아 씨 일행에게 뒷일을 맡겨둘까.

엘프의 마을이 노란색으로 물들지 않기를 빌어야겠다.

◆

"—해파리한테 공격을 받았단 말인가요?!"

"내, 내가 공격 받은 건 아냐."

아제 씨의 문제 발언을 듣고 내가 무심코 흐트러져 버렸다.

카레 축제 다음날, 흑룡의 가시와 트렌트의 가지를 사용한 마법 발동체를 만들던 나를 아제 씨와 무녀 루아 씨가 찾아왔다.

"사토 씨, 가까워요."

"죄, 죄송합니다."

웃음이 굳어진 무녀 루아 씨가 나와 아제 씨를 떨어뜨렸다.

아제 씨가 공격 받은 건가 싶어 놀랐잖아.

"아침 일찍 허공으로 나선 정령술사 두 명이 해파리에게 공격을 받았어요."

무녀 루아 씨의 말로는 같은 장소에 의사 정령이나 다른 정령술사도 있었는데도 그 정령술사만 집요하게 노렸다고 한다.

지금까지 이쪽이 공격을 하거나 해파리 가까운 곳에서 마력을 사용하지 않는 한 무시였는데…….

"혹시 술을 마셨나요?"

"아뇨. 허공에 나갈 예정인 사람은 전날부터 술을 한 모금도 마시지 않는 규칙이 있어요."

"그 성실한 두 사람이 규칙 위반을 했을 리가 없어."

해파리가 술에 유인된 것을 의심해 봤지만 무녀 루아 씨와 아제 씨 두 사람이 부정했다.

"그리고 어제 움직이지 못할 정도로 카레를 먹었으니까……."

그 두 사람은 카레 축제에 참가했었군.

—에이, 설마.

그 다음에 몇 가지 질문을 해보고 가설을 한 가지 세웠다.

"실험해 보고 싶은 게 있어요—."

두 사람과 같이 허공 전망대에 도착한 나는 생활 마법「소취」를 나한테 걸었다.

만약을 위해서 전망대 구석에 「귀환전이」 각인판을 설치하고서, 허공복을 입고 혼자서 해파리가 있는 장소로 갔다.

『이쪽은 사토, 해파리들의 반응은 없어요.』

나는 그것을 보고한 뒤에 허공복 손바닥 위에 소량의 **카레 가루**를 꺼냈다.

—역시 그랬냐!

해파리가 굉장한 기세로 촉수를 뻗었다.

공기도 없는데 어떻게 냄새를 맡는 거지?

그건 그렇고 베리우난 씨족이 만든 알코올 사용 유인 마법약보다 훨씬 격렬한 반응이었다.

이대로 상대해도 되겠지만, 폭주 상태가 되면 곤란하니까 「귀환전이」로 전망대에 돌아왔다.

"다녀왔습니다—."

나는 실험 결과를 두 사람에게 전하고 새로운 유인 물질 발견을 다른 씨족에게 보고하게 되었다.

검증 결과가 나오는 동안 마법 도구 공방의 키야 씨나 연성공방의 에아 여사에게 협력을 얻어서 카레 살포 장치를 개발하고, 각 씨족에게 설계도와 샘플을 제공했다.

허공은 중력이 있는데다가 기구도 떠오르지 않는 난처한 장소라서 토라자유야 씨의 연구에 있던 허공 기관이라는 시제품을 이용했다.

시제품이 분사도 없이 허공을 오르는 모습을 보고 중력 제어장치인가 하여 마음이 들떴지만, 상세 자료를 보니 내 친구와 같은 원리였다.

마법 장치 안에 술리 마법으로 작은 발판을 만들고 그 발판에 기어를 맞물려 올라간다.

그리고 이 장치를 개발하다가 장난기가 생겨서 골렘 매니아인 키야 씨와 함께 세계수 가지를 소재로 허공 활동용「움직이는 인형」을 만들어봤다.

"사토, 성공이야! 세계수의 전격이 인형을 피해가고 있어."

"네, 이걸로 위험한 장소에는 사람이 아니라『움직이는 인형』을 보낼 수 있겠어요."

아제 씨와 함께 실험해 보니, 예상 이상의 결과가 나왔다.

비슷한 생각을 한 엘프가 있었다고 하는데, 이번에는「늙은 나무거인」에게 받은 수령주로 세계수의 새싹을 변형시켜서 베이스가 되는 인형을 만들었다.

인형을 움직이는 구동부분은 별도 제작한 마법장치인데 그것도 궁리를 좀 했다.

"둔중하군……. 역시 납층이 너무 두꺼운 것 아닌가?"

"하지만, 이 정도 두껍지 않으면 해파리가 눈치를 채거든요."

마력이 통과하기 어려운 납으로 구동부분을 격리하여 해파리 대책을 했다.

이런 구조도 다른 씨족에게 전달했다. 수령주를 가진 씨족은 적었지만 숲 마법의 달인들은 모두 몇 명씩 있었기 때문에 문제는 없었다.

나도 얼른 영창을 하고 싶군.

그런 나날 뒤에 베리우난 씨족의 검증으로 카레 향이 해파리를 끌어들이며, 동시에 폭주 상태에 들어가지 않는다는 것이 실증되었다.

그리고 또 다시 찾아온 성수회의에서—.

"그러면 이상의 채결로, 용사 나나시가 제안한『카레 작전』실행을 결정한다."

작전명에는 한두 마디 듣긴 했지만 결국 그대로 채용되었다.

역시 이름은 알기 쉬운 편이 좋다니까.

"이 작전의 선봉은 공헌도가 가장 큰 보르에난 씨족에게 맡기고자 한다."

선봉이란 것은 명예로운 건지, 아제 씨가 작게 손을 쥐면서 해냈다는 포즈를 취했다.

이런 아제 씨도 귀여워서 좋네.

"우, 우리들 베리우난 씨족도—."

"물론, 알고 있다. 베리우난 씨족에게는 차봉을 맡기고자 한다."

"그, 그렇다면 좋다."

연구에 협력해준 베리우난 씨족의 호소에 의장을 맡은 즈와카난 씨족의 하이 엘프가 능숙하게 대처했다. 의장은 이런 역할의 선임권이 있나 보군.

그리고 모든 씨족이 동시에 작전을 실행하지 않는 것은 예측 못한 사태를 막기 위해서였다.

"그러면, 사전 단계인 기피 마법약 도포가 모든 씨족에서 완료되는 열흘 뒤를 결행일로 정한다."

기피 마법약 도포란 것은 카레 가루 살포를 통한 유도를 확실하게 하기 위해서 세계수 가지에 기피 마법약을 발라 해파리의 행동을 제한하는 것이었다.

"진척이 늦어질 것 같은 씨족은 미리 알리는 것을 잊지 마라. 성수회의는 제군들의 최선을 희망한다."

의장이 군인 같은 말을 하면서 회의를 끝냈다.

그러면, 남은 준비랑 만에 하나의 보험 준비를 해둘까.

해수 퇴치

"사토입니다. 순조로울 때일수록 불안해지는 건 프로그래머의 자기방어 본능일까요? 예상치 못한 문제는 가만있기만 해도 눈앞에 나타나는 법입니다."

"자, 보르에난의 아이들! 카레 작전을 시작할 거야! 신중하고 즐겁게, 방심하지 말고 간다!"

아제 씨의 귀여운 목소리가 전망대에 울려 퍼졌다.

맨 처음으로 전망대 아래에 펼쳐진 허공권에서 용사의 은선과 똑 닮은 「엘프의 광주」가 출항했다. 증설된 카레 가루 살포기가 꼴사납군.

이어서, 등에 커다란 허공 기관을 붙이고 카레 가루 살포기를 실은 다각 골렘들이 허공으로 출발했다. 세계수제 골렘은 전날까지 광주로 예정 포지션에 운반해놨다.

다른 세계수의 하이 엘프들이 「무한 통화(월드 폰)」 마법으로 메시지를 보냈다.

『여기는 브라이난의 케제. 용사 나나시, 그대의 작전이 성공하기를 기원한다.』

『여기는 베리우난의 사제. 준비완료, 언제든지 갈 수 있다.』

『여기는 즈와카난의 토자. 이쪽 준비도 끝났다. 보르에난에서 좋은 소식이 오기를 기다린다.』

기분 탓인지 베리우난 씨족 하이 엘프의 목소리가 서두르는 인상을 받았다.

이 베리우난 씨족은 똑같이 연구를 좋아하는 브라이난 씨족과 묘하게 맞서고 있어서 조금 걱정이네.

“사토, 준비 됐어?”

SF애니메이션에 나올 법한 특제 허공복을 입은 아제 씨가 다가왔다.

몸의 라인이 드러나서 실로 근사하군.

“네, 가죠.”

나는 아제 씨의 손을 잡고 둘이서 허공으로 날아올랐다. 카레가루 살포에는 참가하지 않고 세계수 가지가 없는 고도까지 천천히 올라갔다.

정령시 스킬을 가진 사람들은 우리들 주위에 방대한 정령이 있는 걸 깨달았겠지.

본래 정령이 있을 리 없는 허공에 이만큼의 정령이 있는 건 아제 씨의 공간 마법과 내가 전개한 정령광의 합체기 덕분이었다.

지상에서 내가 모아온 정령을 아제 씨의 전이문을 경유하여 전망대까지 미리 옮겨둔 것이다.

맵으로 모두 배치가 끝난 것을 확인한 나는 아제 씨에게 GO 사인을 보냈다.

“살포 개시!”

아제 씨가 정령 마법으로 만들어낸 빛의 의사 정령이 눈부신 빛을 뿜었다.

그것을 신호로 다각 골렘들이나 광주가 카레 가루를 뿌리기 시작했다.

해파리를 가리키는 맵의 광점이 한 순간 빨갛게 물들었지만, 금세 중립을 나타내는 하얀색으로 변했다.

"사토, 밑에서 신호가 왔어. 해파리들이 움직였대!"

아제 씨가 흥분한 기색으로 내 어깨를 흔들었다.

맵으로도 확인했다. 분명히 해파리들이 살포기를 따라가기 시작했다.

역할을 끝낸 다각 골렘들은 전망대를 향해 돌아가기 시작했다.

"그러면, 실프들을 이용해 살포기를 유도할 준비를 하죠."

"알았어! ■■…… ■ 바람 정령 창조."

아제 씨가 주문을 외자 드라이어드를 어른으로 만든 것 같은 반투명한 처녀가 차례차례 나타났다.

살포기의 허공 기관은 1회용이라 풍선처럼 위를 향해 올라가는 기능밖에 없었다.

그래서 실프들의 유도가 필수였다.

"실프들아. 아래 보이는 살포기가 여기에 오도록 유도해. 뒤쫓아오는 해파리들에게 따라잡히지 않도록 주의해."

명령을 들은 실프들이 고개를 끄덕인 다음 살포기를 향해 날아갔다.

플래그가 될 것 같아 말하지 않았지만 무서울 정도로 순조롭다.

"……■■■■(디멘젼 제일) 무한 감옥."

한 군데로 유인이 끝난 해파리를 아제 씨가 공간 마법의 우리로 포박했다.

이어서 공간 마법 「차원 말뚝」으로 위치를 고정했다. 세계수를 기준 삼아 상대 위치로 설정했으니 행성의 자전 때문에 남겨지는 일은 없었다.

다른 해파리들이 폭주하지 않는 아슬아슬한 거리지만, 여기서 먼 장소의 해파리부터 유도했기 때문에 세계수에서 충분히 떨어져 있었다.

여기라면 엘프들이 사용하는 상급 공격 마법으로 일망타진하여 처분할 수 있겠지.

"성공이네."

"네, 이제 이걸 반복하면 되겠어요."

아제 씨의 기쁜 표정에 이끌려 웃음이 나올뻔했지만, 무표정 스킬의 힘을 빌어 진지한 표정을 지은 채 못을 박을 수 있었다.

일련의 작업으로 포획한 해파리는 197마리.

1만 마리의 해파리를 전부 퇴치하려면 이걸 50번 이상 반복해야 한다. 중간에 마력 회복 휴식을 해가면서 오랜 작업을 해야 한다.

◆

"아, 아앙, 사토, 더 살살 해줘."

아제 씨의 요염한 목소리에 이성이 날아갈 것 같았지만, 이성을 총동원하면서 술리 마법 「마력 양도」로 그녀의 마력 회복에 협력했다.

—아차, 조금 들떠서 사고가 지리멸렬해졌다.

나는 마음속으로 소수를 세면서 보급함의 역할을 다했다.

전망대에서 마력 회복을 하는 것도 이걸로 7번째였다.

그런 행복 타임을 즐기는 나와 아제 씨가 있는 곳에 무녀 루아 씨가 나타났다.

"사토 씨, 아제 님으로 노는 건 자중해 주세요."

"죄송합니다, 루아 씨."

생각보다 진심으로 화내는 것 같다. 마력 공급에 강약을 주면서 노는 장난은 적당히 해야겠군.

"다각 골렘반의 준비는 어떤가요?"

"그쪽은 아까 완료됐어요. 골렘 일부가 동작불량을 일으켰지만 다리 유닛 교환으로 대응했어요. 작전에 지연은 없습니다."

이 수리 편이성에 대한 것은 내가 제안했다.

생산할 때 코스트가 조금 높아지지만, 숙련된 기술자가 없는 상황에서도 부품 교환을 매끄럽게 할 수 있도록 했다.

휴식을 끝낸 뒤 일어서려고 하는데 고야 군이 우리들 앞에 나타났다. 오랜만에 보는군.

"도울래!"

"위험하니까 안 돼."

기세 등등하게 다가오는 고야 군에게 아제 씨가 난처한 기색으로 고개를 옆으로 저었다.

"도울래!"

"도움을 받아도 괜찮지 않을까요?"

거부해도 의욕이 가득한 고야 군을 살짝 도와줬다.

"사토?"

"물론, 사전 훈련에 참가하지 않았으니까 전선에 들어가는 건 안 돼. 하지만 루아 씨네 후방지원대를 돕는 건 가능할 거야."

뜻밖이란 표정의 고야 군에게 돕는 내용을 말했다.

"싸울 수 있어!"

"미안하지만 훈련부족이야."

아무래도 레벨 13밖에 안 되는 그를 허공에 데리고 가는 건 너무 위험하다.

조금 불만스러워 보였지만 그의 환심을 사기 위해서 다른 엘프들을 위험에 빠뜨릴 수는 없었다.

"그리고 전선에 나서는 것만 일이 아니잖아? 후방 지원부대가 없으면 전선의 사람들도 만족스럽게 활동할 수 없거든?"

"우웅."

젊었을 때는 화려한 일을 하고 싶은 법이지만 지원부대를 부정하면 안 된다.

회사도 개발만 해서 돌아가는 게 아니다. 영업은 물론이고 총무나 경리가 있어야 회사가 돌아가는 법이다.

고야 군은 잠시 머뭇거렸지만 고개를 끄덕이고 내 제안을 받아들였다.

"……알았어."

조금 막무가내지만 생각이 없는 건 아닌가 보네.

"그러면 고야, 나를 따라오세요. 연락원이 부족하던 참이었어요."

루아 씨에게 팔을 붙잡힌 고야 군이 전망대에 쌓여 있는 물자 너머로 사라졌다.

그러면 우리도 일을 계속해야지.

"우리도 갈까요?"

"그래, 사토."

나는 아제 씨 손을 잡고 일어서서 나머지 해파리 분포를 확인했다.

나머지는 전체의 30퍼센트 정도. 앞으로 유도 14, 15번이면 끝난다.

실수나 사고가 일어나기 쉬운 것도 이쯤이니까, 아제 씨나 무녀 루아 씨를 통해 엘프들의「긴장을 늦추지 않도록」부탁했다.

"실프들, 힘내!"

아제 씨의 응원을 받은 실프들이 살포기를 유도하러 갔다.

"순조롭네~."

내 등에 기댄 아제 씨가 느긋하게 말했다.

그 행복한 감촉에 빠져있던 내 시야에 빨간 빛이 번뜩였다.

—응?

"어머?『무한 통화』로 호출이야—."

나는 아제 씨의 목소리를 멍하니 흘려듣고서 불길한 예감에 따라 맵을 열었다.

해파리를 가리키는 광점의 빛이 빨강과 하양으로 명멸하고, 전체를 부감해보니 빨간 파문이 흐르는 것처럼 보였다.

—위험해. 이건 분명히 위험한 신호다.

『모두! 긴급 대피!』

나는 사령부에 있는 루아 씨에게 「원거리 통화」로 말하며 작전 중지를 의미하는 3연발 빨간 「불꽃놀이(파이어웍스)」 마법을 허공에 뿌렸다.

세계수 가지가 스파크를 둘렀다.

뭘 실수했는지는 모르지만 지금은 엘프들의 피난이 먼저였다.

다각 골렘은 번개 대책을 했으니까 단시간이라면 세계수의 전격에도 버틸 수 있다.

"사토! 베리우난이 실수했대! 우리들이랑 동시에 그들도 퇴치 작전을 실행했나 봐!"

—뭐야?

해파리는 상호 링크를 하고 있으니까 만약의 사태를 막기 위해서 보르에난 씨족만 선행하기로 한 것을 그 녀석들은 안 듣고 있었나?

—아차, 짜증에 몸을 맡기는 건 나중에 하자.

나는 거칠어지는 마음을 억누르고 미끼가 되고자 아제 씨 근처라는 안전권에서 뛰쳐나갔다.

"사토!"

아제 씨의 「바람 결계」 바깥으로 나오면 목소리가 닿지 않으니 그녀에게 「원거리 통화」를 연결했다.

『아제 씨는 광주로 대피해요! 저는 해파리들과 세계수의 주의를 끌게요.』

『무모해! 엘프들도 움직이지 않으면 괜찮을 거야!』

아제 씨에게 걱정을 끼치는 건 원하는 바가 아니지만 부상자나 사망자가 생기는 것보다는 낫다.

"이 덩치만 큰 나무 자식! 가지인지 뿌리인지 확실하게 하라고!"

나는 기합을 담아서 세계수에게 「도발」 스킬을 사용했다.

공기가 없어서 음성 전파가 될 리 없지만, 기합이 듬뿍 담긴 내 외침은 세계수에 닿은 모양이다.

세계수에서 나를 향해 벼락이 뻗었다.

『위험해!』

레이더에 비치는 아제 씨와 상대 거리가 줄어들었다.

—말도 안 돼! 나를 감싸려는 건가!

전하고 달리 세계수의 전격은 계속 뿜어져 나오고 있었다.

이대로는 아제 씨가 말려든다.

나는 초조함으로 늘어난 느릿한 시간의 흐름 속에서 「이력의 손」을 전격에 뻗었다.

실체가 없는 「이력의 손」은 감전되지 않고 전격을 붙잡았다.

다음 순간—.

『사토, 꿈을 꾸고 있나 봐……. 세계수의 전격이 사라졌어.』

아제 씨의 멍한 목소리가 「원거리 통화」로 들렸다.

—후우. 안 늦었다.

기가와트급 전격은 내 **스토리지 안**에서 얌전히 잠들어 있었다.

산소 분자를 보존할 수 있는데 전격의 정체인 전자와 하전 이온을 보존하지 못할 이유가 없었다.

전에 불을 수납하는 데는 실패했지만, 그건 불꽃의 정체를 제대로 이해 못했기 때문이라서 이번하고는 경우가 달랐다.

『전격 대책은 몇 겹으로 했으니까 괜찮아요. 아제 씨는 광주랑 합류해서 엘프들을 서둘러 회수해 주세요. 저는 미끼가 되면서 해파리 섬멸을 하고 돌아갈게요.』

바람의 결계가 나를 감쌌다. 등에 아제 씨의 육성과 온기가 닿았다.

"혼자서는 무리야! 나도 같이—."

아제 씨의 손을 잡고 그녀의 눈동자를 똑바로 마주보았다.

그녀를 맞이하러 차원 틈에서 광주가 나타났다.

"괜찮아요, 상처 하나 없이 무사히 돌아갈게요."

"—약속했어."

"네, 약속입니다."

전에 붕괴하는 「요람」에서 미아랑 그랬던 것처럼, 아제 씨와 손가락 걸고 약속했다.

그래도 불안한 기색의 그녀를 안심시키려고 허공복 너머로 키스를 했다.

콩 부딪히는 허공복 헬멧이 좀 아쉽다.

"사, 사토."

"그러니까 안심하고 기다리세요."

빨개진 얼굴로 놀라 눈을 동그랗게 뜨는 아제 씨를 광주로 밀어 넣고, 나는 허공에 몸을 던졌다.

그러면, 용사의 시간이다—.

◆

붉게 물든 해파리 수는 1만하고 76마리. 기분 탓인지 수가 늘어났지만 이 정도는 오차범위 안이다.

그리고 아제 씨가 만든 「무한 감옥」에 있는 해파리가 약 70퍼센트를 넘는다. 자유롭게 행동할 수 있는 해파리는 나머지 2,765마리뿐이다.

그 중에서 수십 마리가 엘프들이 탄 다각 골렘을 공격하려고 하기에, 원거리에서 유도 기절탄(리모트 스턴)으로 방해했다.

이 해파리 중에서 사선을 확보할 수 있는 건 고작해야 9,334마리뿐.

해파리는 여러 개의 촉수로 세계수를 콱 잡았으니까 유도탄으로 수목에서 뜯어내는 것도 불가능했다.

그래서, 내가 멀리 돌아서 카레 작전을 입안한 건데—.

그건 어디까지나 「엘프들끼리만」 해파리를 제거할 수 있어야 한다는 것을 명제로 한 것이었다.

나보다 훨씬 수명이 긴 엘프들이 머나먼 미래에 같은 재해를 마주쳤을 때, 나 같은 이레귤러 없이도 사태에 맞설 수 있도록 하고 싶었다.

노파심이 좀 지나쳤을지도 모르겠지만 말이다.

“어디, 그러면 가볼까—.”

나는 대형 요정 가방에서 허공 전용 골렘을 꺼냈다.

이 녀석들은 내 「신호」 마법에 따라 분사와 2축회전의 단순한 행동만 하는 심플한 녀석들이다.

덕분에 생산 코스트도 싸고 튼튼하지.

이번 용도 때문에 대부분을 고무로 감싸 튼튼하게 만들었다.

“에잇—.”

허공 전용 골렘에 초기 가속을 주기 위해서 천구의 받침대를 의지하여 손으로 던졌다.

보통 가속 시스템보다 이게 더 빠르거든.

골렘들은 몇 번 정도 뿜어져 나오는 세계수의 전격에서 나오는 빛을 받아서, 등쪽의 「반사판」을 반짝거리며 허공의 어둠 속으로 사라졌다.

전격은 이번에도 스토리지로 직행시켰다.

수목이라서 그런지 몰라도 이제 그만 전격이 효과가 없다는 걸 학습해봐라.

나는 마법란에서 빛 마법 「집광(콘덴스)」을 연속 기동했다.

이어서 빛 마법 「광선(레이저)」을 준비하고 3D 표시한 맵에 사격 라인을 표시했다.

과거에 공도 상공에 나타난 대괴어 토부케제라 7마리를 말살한 콤보를 방불케 한다.

그러나 이번에는 집속 레이저를 쏠 생각이 없었다.

평범한 레이저가 근처를 지나가기만 해도 세계수 가지가 부러질 것 같은데 집속 레이저는 논할 가치도 없었다.

나는 생각을 중단하고 다시 맵에 주목했다.

맵 위의 해파리를 가리키는 광점을 커다란 2중원으로 감싸 집속했다.

그 옆에는 「록 온」이란 문자가 있었다. 그 표시가 차례차례 연쇄되어 맵 위에 있는 해파리들 반수에 가까운 마커가 나타났다.

그러나 과반수는 차폐물 뒤에 있었다.

〉리플렉터 원, 배치 완료.

〉리플렉터 포, 배치 완료.

〉리플렉터 트웰브, 배치 완료.

허공 전용 골렘들에게서 「신호」로 제 위치에 도달했다는 보고가 들어왔다.

거기에 맞춰 지금까지 타깃 마크가 안 붙었던 해파리들에게 차례차례 「록 온」 문자가 붙었다.

만약을 위해 확인했지만 피해를 입을 법한 위치에 엘프들은 없었다.

"그럼, 체크메이트다—."

나는 마음속으로 방아쇠를 당겼다.

—빛의 홍수가 허공을 가득 메웠다.

내가 뿜어낸 100줄기의 「광선」이 「집광」으로 만든 렌즈를 이용해 **확산**되며 수가 늘어났다.

100줄기의 레이저가 배의 배로 늘어나고, 최종적으로 3,200줄기의 빛줄기가 되어 허공을 물들였다.

조금 많지만 문제없겠지.

작은 반짝임이 세계수 가지 위를 채색했다.

레이저에 꿰뚫린 해파리가 터져 나가고, 확산되는 투명한 잔해 때문에 레이저가 난반사되어 반짝임이 생겼다.

한편으로 직사할 수 없는 장소의 해파리는 남아 있었다.

이대로는 폭주 모드에 들어가 증식해 버린다―. 그런 걱정은 기우였다.

가늘게 갈라진 레이저의 일부가 어느 지점을 경계로 꺾였다.

허공 전용 골렘이 반사한 레이저가 몇 번 정도 굴절하여 세계수 뒤에 숨어 있는 해파리들을 꿰뚫었다.

계곡에서 아리사가 했던 애니메이션 기술을 흉내 내봤다.

내 집속 레이저를 반사할 수 있는 소재는 결국 발견하지 못했지만, 확산시켜서 위력이 줄어든 레이저는 어떻게 반사하는 소재를 준비할 수 있었다.

이렇게 세계수 위에 남아 있던 끈질긴 붉은 광점이 모두 천으로 닦아내듯 사라졌다.

『사토! 우리가……!』

광주에 있는 아제 씨가 비통한 비명을 질렀다.

등 뒤 머리 위를 보자 「무한 감옥」 안에서 해파리들이 기어 나오려고 했다.

동료를 대량으로 도살했더니 해파리들의 눈동자가 붉은 분노에 타오르고 있었다.

그 수는 아까 섬멸한 해파리의 2배가 넘었다.

『사토, 도망쳐!』

아제 씨의 필사적인 목소리를 들으니 가슴이 아프군.

—괜찮아요.

왜냐면 이미 체크메이트를 선언한 다음이니까.

허공에 무자비한 꽃이 피었다—.

「폭렬(익스플로전)」.

중급의 폭렬 마법 중에서 가장 위력이 높은 공격 마법이었다.

소리 없는 허공에 에텔을 통한 진동이 전파되었다.

주변 피해 때문에 삼갈 필요가 없는 허공이니까 내가 사양할 필요가 없거든.

미약하게 살아남은 해파리는 「광선」을 재기동하여 태워버렸다.

"좋아, 이걸로 작전 종료."

해파리 잔해가 데브리가 되지 않도록 「이력의 손」을 뻗어 회수하면서 한숨 돌렸다.

—위기 감지 반응.

소탕전을 하는 내 뇌리에 불길한 예감이 퍼졌다.

세계수 방향이야—.

"—이, 이건."

전망대 아래쪽 줄기가 찢어지더니 거기서 거대한 해파리 촉수가 돋아났다.

"세계수 안에 숨어든 녀석이 있었군!"

촉수가 전망대로 뻗었다.

—안 돼!

전망대에는 허공복을 안 입은 엘프들이 잔뜩 있었다.

「광선」을 쏠 수는 없었다. 「폭렬」은 논외다.

그리고 거리가 너무 멀다. 보통 마법은 안 닿는다.

천구와 축지를 구사해서 이동했지만 너무 멀었다.

해파리의 두꺼운 촉수가 전망대의 돔을 때리고, 부서진 점막벽과 함께 엘프 몇 명이 허공으로 튕겨나갔다.

엘프의 얼굴이 낯이 익었다—. 저건 미아네 엄마와 고야 군이야.

나는 천구의 받침대가 부서질 정도의 기세로 박찼다.

—늦~지~마~라아아아아아아아아아아!

시간이 늘어지는 것 같은 초조함에 마음이 타 들어갔다.

이 감각은 마왕의 제물이 될뻔한 세라를 구하려고 했던 때랑 비슷했다.

그랬다, 그때—.

〉「섬구(閃驅)」 스킬을 얻었다.

머릿속에서 퍼즐 조각이 딱 맞아 들어가는 감각을 느낀 직후에 촉수 바로 앞에 와 있었다.

그것이 또 한 번 전망대 돔을 때리기 직전이라는 걸 깨달은 다음 순간에, 몸을 비틀면서 움켜쥔 주먹으로 고층 빌딩 같은 촉수를 때렸다.

촉수가 찢어지고 줄기를 향해 날아가는 것을 눈으로 쫓으며, 「이력의 손」을 뻗어 미아네 엄마와 고야 군을 전망대로 다시 보냈다.

"내 맵 검색을 속이다니 제법이잖아?"

해파리 촉수에게 중얼거리며, 새롭게 익힌 「섬구」 스킬을 유효화시켰다.

이 스킬은 천구와 축지의 복합 상위 스킬인가 보군.

다른 장소에서도 해파리 촉수가 몇 개 뛰쳐나왔다.

대체 어떻게 내 맵 검색을 벗어났지?

그 때 뇌리에 몇 가지 이미지가 주마등처럼 스쳤다—.

깨진 알과 수가 다른 유생체.

수수께끼의 오염 수액.

해파리 가까운 곳에서 오염 수액을 제거하면 알을 파괴했을 때와 같은 반응.

—그렇군. 대답은 모여 있었다.

나는 번뜩인 이미지를 말로 바꾸었다.

알에서 부화한 해파리는 수액에 숨어서 오염 수액이라는 번데기 상태를 거쳐 해파리 유생체로 변이하는 생태를 가진 거였어.

그리고 해파리가 일제히 제거되자 세계수 안의 오염 수액으로 잠복해 있던 녀석들이 일제히 성장하여 하나로 융합해 거대화한 거겠지.

실제로 줄기에 흐르던 수액이 작은 해파리로 변화하는 게 보였다.

—그러면 정체를 알았으니 퇴치합시다, 퇴치.

해수를 상대로 자비는 없는 거다.

세계수의 전격 유발과 촉수의 물리 공격밖에 없는 해파리를 손가락에 만든 긴 마인으로 싹둑싹둑 해체하여 스토리지로 회수했다.

줄기에 뚫린 커다란 구멍에서 세계수의 수액이 분출하기 시작했다.

나는 분출하는 수액을 일단 모조리 스토리지 안으로 회수하면서 「액체 조작(리퀴드 컨트롤)」 마법으로 유출을 막았다.

마지막으로 분출구에서 세계수 안쪽으로 들어가 중급 물 마법 「치유: 물(아쿠아 힐)」로 막으면 끝이다.

안에 갇히게 되지만 이제부터 수액이 지나는 관을 다니며 내부에서 변이한 해파리를 퇴치할 거니까 문제없었다.

해파리를 퇴치하는 김에 변화하지 않은 「오염된 수액」을 시체와 함께 스토리지로 회수했다.

오염 범위 바깥쪽도 통째로 도려내 둬야겠군.

이런 전염병 같은 녀석들은 이상한 장소에 잠복하니까.

◆

"사토의 반응이 사라졌어."

"그거 큰일이네요."

전망대 바닥에 주저앉은 아제 씨에게 말을 걸었다.

"아이참! 루아는 너무해! 사토가 세계수를 구해줬단 말이야?! 어째서 그런 식으로 말하는데!"

내 말을 루아 씨가 말한 걸로 착각한 아제 씨가 보기 드물게 노여움을 드러내며 외쳤다.

아제 씨는 화난 표정도 매력적이네.

나는 아제 씨 앞에 무사한 모습을 드러냈다. 물론 허공복은 스토리지로 직행했다. 감동적인 재회에 못난 장비는 필요 없어.

“다녀왔습니다, 아제 씨.”

고개를 갸웃하는 표정도 참 좋아요.

세계수 줄기 깊숙한 곳까지 들어가 버렸기 때문에 평범하게 돌아오는 게 귀찮아져서 「귀환전이」 마법으로 돌아왔다.

그 탓에 아제 씨의 추적을 뿌리쳐서 걱정을 끼쳤나 보군.

보고 있는 느낌이 들었으니까 「멀리 보기」 마법으로 쫓고 있었을 거다.

“어서 와.”

아제 씨가 멍하니 말했다.

“어서 와.”

왜 두 번 말하지?

“어서 와, 사토.”

나는 목덜미를 끌어안는 아제 씨를 마주 끌어안았다. 아리사가 봤다면 「길티」라고 하겠지.

“다녀왔어요, 아제 씨.”

나는, 울음을 터뜨린 하이 엘프의 머리칼을 사랑스럽게 쓰다듬으며 대답했다.

고백

"사토입니다. 연하의 여자애들은 잘 따르는데 연상에게 고백해서 성취된 적이 없어요. 과거에 사귄 여자 친구도 다들 동갑이었습니다. 연상한테 미움 받는 별 아래 태어난 걸까요?"

"다녀왔어……."

"어서 와. 다친 데 없어? 자, 겉옷 벗고 거기 누워."

맞이해준 아리사에게 외투를 건네고 권하는 대로 거실 소파에 몸을 던졌다.

아제 씨와 감동의 재회를 한 뒤에 다른 씨족의 해파리 퇴치를 위해서 섬구로 행성을 한 바퀴 돌았다.

누계 7만 마리 이상 쓰러뜨렸는데도 내 레벨은 아직 310이었다.

경험치 게이지는 다소 늘어났지만 이번에는 게이지 전체의 5퍼센트 정도밖에 변하지 않았다.

게다가 해파리가 속한 「괴생물」 카테고리는 「마물」보다 얻을 수 있는 경험치가 적은지, 해파리 2천 마리가 대괴어 1마리쯤 되었다.

해파리의 시체에는 마핵도 없었고 말이지.

모든 씨족이 하이 엘프들의 강대한 의사 정령을 불러내어 해파리와 싸우고 있었다.

세계수나 엘프의 손해를 신경 쓰지만 않으면 나 없이도 대부분의 씨족은 해파리를 제거할 수 있을 것 같았다.

나는 베리우난 씨족의 금색으로 빛나는 가루다와 비로아난 씨족의 웅장한 불꽃을 뿜어내는 이프리트를 뇌리에 떠올리며 잠들었다.

아무리 그래도 맨몸으로 행성 한 바퀴를 돌았더니 지쳤어.

"준비는 다 됐나요?"

"네, 어쩐지 부끄럽네요."

무녀 루아 씨의 부름에 따라 퍼레이드용 가마에 올라탔다.

해파리 퇴치를 하고서 닷새 뒤, 나는 해파리 퇴치를 축하하는 엘프들의 축제에 주빈으로 초대되었다.

퍼레이드에 대해서는 고사했지만, 아제 씨의 부탁 공격에 져서 이런 곳에 있었다.

"용사아 니임. 가마르을 올립니다아."

"그래. 부탁해."

가마는 검푸른 피부의 트롤들이 짊어졌다. 그들은 소거인(리틀 자이언트)과 비슷한 사이즈였다.

숲 거인(포레스트 자이언트) 정도는 아니지만 늘어지는 느긋한 말투를 쓴다.

"멋져부러~?"

"엄청 멋있는 거예요!"

"훌륭하십니다, 주인님."

"마스터, 멋지다고 찬사를 보냅니다. 같은 갑옷을 희망합니다."

반짝거리는 눈동자로 내 가장을 보는 아인 소녀들과 나나에게 손을 흔들었다.

오늘 의상은 용사 다이사쿠가 남겼다는 파란 성갑옷이었다.

용사의 칭호가 없으면 무겁기만한 갑옷이지만, 칭호를 용사로 바꿨더니 자동으로 내 체형에 맞춰 변형하면서 아무것도 안 입은 것처럼 가벼워졌다.

"역시 주인님은 갑옷보다 백의가 잘 어울려."

"그런가? 앞치마를 두른 주인님도 귀엽고 멋진걸?"

아리사와 루루의 미묘하게 어긋난 대화를 쓴웃음을 지으며 흘려듣고, 나는 광장에 모인 사람들을 둘러보았다.

오늘은 보르에난 전체에서 엘프들이 모여 들었다. 수면조에 있는 엘프들까지는 안 왔지만 말이지.

그 밖에도 브라우니들이나 날개요정 같은 평소부터 보는 얼굴들에 더해서, 스프리건이나 레프라콘, 실키, 트롤 등 요정족이나 보르에난 숲 가장자리에 숨겨진 마을을 가진 잡다한 종류의 수인들 족장이 참석했다. 축제라 그런지 다들 옷이 화려하군.

퍼레이드를 하는 내 머리 위에서 수많은 날개요정들이 꽃잎을 뿌리면서 날아다니고 있었다.

"사토!"

인파 속에서 부르기에 돌아보니 고야 군이 가마 옆을 나란히 달리고 있었다.

"구조 감사!"

허공 전망대에서 구해준 감사 인사를 하고 싶었나 보군.

"인정해!"

뭘요?

고개를 갸웃거리자 고야 군이 오랜만에 갑갑한 놈이란 눈으로 올려다보았다.

그러니까 단어로 말하면 알 수가 없어요.

고야 군이 발길을 멈추고 한 마디씩 외쳤다.

"미아, 혼약, 승인!"

아니 그건 미아가 혼자 말하는 거고 사실무근이라니까요?

오해를 풀고 싶었지만 이미 그의 모습은 인파 너머로 사라져 버렸다. 오해는 나중에 풀자.

이윽고 중앙 단상에 선 아제 씨가 보였다.

오늘은 무녀복이 아니라 「요정의 여왕」이라고 부르고 싶은 옷깃이 높은 호화로운 드레스 차림이었다.

이렇게 새침한 표정의 아제 씨도 좋아. 나중에 투샷으로 사진을 찍어볼까.

"보르에난의 아이들이여, 들어주세요. 모두에게 비밀로 하고 있었지만, 어머니 되는 세계수가 사악한 해파리라 불리는 괴생물 탓에 위기에 빠져 있었습니다. 하지만, 요전에 무사히 퇴치가 끝났으며—."

아제 씨가 투명한 목소리로 회장에 모인 사람들에게 해파리에 대한 일을 보고했다.

미리 각본을 짜뒀는지 아제 씨의 어조가 평소와 조금 달랐다.

"—그리고, 그가 세계수를 구한 인간족의 용사 나나시입니다! 감사의 박수를!"

아제 씨의 늠름한 옆모습에 눈길을 빼앗긴 사이 내 소개가 끝났다. 조금 타이밍이 늦었지만 박수 쳐주는 사람들에게 손을 흔들었다.

박수가 그친 타이밍에 무대 위로 7개의 빛기둥이 나타났다.

"어, 어어어?"

아제 씨가 당황하는 걸 보니 예정된 일이 아니군.

이윽고 그 장소에 성수회의에서 보았던 다른 씨족의 하이 엘프들이 나타났다.

게다가 이번에는 영상이 아니라 실체였다.

"거짓말. 성수님들이 자신의 세계수에서 벗어나다니……."

엿듣기 스킬이 무녀 루아 씨의 말을 포착했다.

이건 수명이 긴 엘프들 치고도 희귀한 케이스인가 보네.

어느샌가 웅성거리던 광장이 조용해지고, 엘프가 아닌 많은 종족이 엎드려 있었다. 엘프들은 엎드리지는 않았지만 긴장한 기색으로 자세를 바로 잡았다.

"미안하다, 아제. 사전 통지도 없이 찾아온 무례를 사과하지."

하이 엘프들을 대표해서 바레오난 씨족의 루제 여사가 위엄 있는 어조로 아제 씨에게 사과했다.

성수회의에서는 남성 하이 엘프도 있었는데 오늘은 다들 여성이었다.

"어, 어째서?"

"보르에난뿐 아니라 8그루 모든 세계수를 구해준 용사 나나시에게 축복을 내리는 것이 아제뿐이어선 부족하니까."

"규율을 깨는 것은 마음이 아팠지만 보르에난이 아닌 곳은 다른 자에게 자리를 맡길 수 있으니 이 땅에 모인 것이다."

아제 씨의 의문에 하이 엘프들이 입을 모아 대답했다.

"용사 나나시, 우리들 비로아난 씨족은 은인인 귀공을 벗으로 인정한다. 언제든지 찾아오라. 귀공의 불꽃 술법과 비로아난의 비기를 겨뤄보는 것도 기대하겠다."

아제 씨랑 꼭 닮은 붉은 머리칼 하이 엘프가 타오르는 듯 사나운 미소를 지으며 내 손을 쥐었다.

"용사 나나시, 우리들 브라이난 씨족도 은인인 귀공을 벗으로 인정한다. 우리들은 귀공의 힘보다도 지혜를 평가한다. 귀공의 방문을 환영하겠다. 함께 연구를 해보자."

에메랄드 같은 신기한 질감의 머리칼을 가진 하이 엘프가 지혜를 품은 차분한 미소를 지으며 내 손 위에 하얀 손을 얹었다.

다른 하이 엘프들도 마찬가지로 감사의 말을 하고 손을 얹었다.

그리고, 마지막으로—.

"용사 나나시! 우리들 베리우난 씨족의 실수를 종식시켜준 것에 감사한다! 베리우난 씨족은 용사 나나시의 요청이 있다면 씨족 전체가 나서서 협력할 것을 맹세한다. 어떤 소원이라도 상관없다. 언제든지 의지하도록."

옅은 푸른색 머리칼 주위에 물방울이 떠올라 있는 베리우난 씨족의 하이 엘프가 눈물을 뚝뚝 흘리면서 내 손을 양손으로 감쌌다.

""""우리들 성수회의는 용사 나나시를 아홉 번째 성수로 인정한다.""""

—네?

""""축복을.""""

아제 씨를 뺀 7명의 하이 엘프가 함께 외치더니, 순서대로 내 가면 너머의 이마에 축복의 입맞춤을 했다.

어쩐지 조금 쑥스럽네.

〉칭호 「현자」를 얻었다.

〉칭호 「성수」를 얻었다.

〉칭호 「엘프의 은인」을 얻었다.

〉칭호 「하이 엘프의 벗」을 얻었다.

〉칭호 「하이 엘프의 은인」을 얻었다.

어라? 성수는 칭호가 아니라 하이 엘프의 직위나 애칭이 아니었나?

""""아~~~~~!""""

아제 씨랑 회장에 있는 아리사와 루루가 비명을 질렀다.

"……서, 성수님들이 서약의 입맞춤을?"

하이 엘프들의 행동을 본 엘프들이 굳어졌다.

이마에 키스하는 건 신성한 거라고 했으니까 하이 엘프가 인간족에게 하는 건 망연자실해질 정도로 드문 일인가 보군.

"왜 그러지, 아제? 너는 안 하나?"

"우, 우우우…… 안 된단, 말야."

비로아난 씨족의 하이 엘프가 묻자 아제 씨가 새빨간 표정으로 고개를 옆으로 저었다.

아제 씨한테도 키스를 받고 싶었지만 거부해 버렸다. 조금 유감이군.

"용사 나나시. 이건 우리가 주는 답례다. 받아줬으면 한다."

하이 엘프들이 공간 마법 「격납고」에서 거대한 파란 결정 기둥을 차례차례 꺼냈다.

AR표시를 보니 개당 1톤쯤 되는 결정 기둥은 성수석이었다.

"어떤 용도로 사용해도 우리는 관여하지 않는다. 귀공의 재량을 기대한다."

그렇군. 보르에난 씨족의 성수석 부족을 해소해달라는 거군.

직접 건네지 않는 건 뭔가 내가 모르는 사정이 있어서 그렇겠지.

"작별이다, 용사 나나시."

"또 만나자!"

하이 엘프들은 나타났을 때처럼 빛기둥 속으로 사라졌다.

그러고 보니 그녀들에겐 사토란 이름을 가르쳐주지 않았었군.

다른 세계수에 놀러 갈 때 맨 얼굴을 보여주고 이쪽 세계의 이름도 가르쳐줄까?

문득 돌아보자, 아제 씨가 이쪽을 흘끔거리며 살피고 있었다.

"아제 씨, 이걸로 보르에난의 광주를 8척으로 복구할 수 있어요."

"어? 이건 사토가 받은 거잖아?"

성수석 결정 기둥이 갖고 싶다는 말을 꺼내지 못해서 흘끔거린 건가 했더니 아니었군.

"저 혼자서는 다 쓰지도 못해요. 광주를 재건해서 세계수 수복에 쓰고 남은 걸로 충분합니다."

나는 대량의 창화도 있으니까 성수석이 필수인 용도도 거의 없단 말이지.

"보르에난에서는 갖가지 지식을 아낌없이 가르쳐 주셨으니까 이 정도 은혜 갚기는 하고 싶어요."

"사토……."

아제 씨가 내 이름을 부르면서 감격한 기색으로 끌어안아 주었다.

멀리서 아리사와 미아가 「길티」라고 말하는 소리가 희미하게 들렸다.

시야 구석에서 장로 엘프 한 사람이 악단에게 신호하는 게 보였다. 아제 씨 대신 장로가 축제 진행을 해줄 모양이군.

"어느 틈에 다른 씨족 하이 엘프까지 홀린 거야?"

"바람둥이."

아리사와 미아가 내 팔을 홀드하고 항의했다.

축제에 크레이프 매대를 내놓은 루루도 조금 기분이 틀어져 보였다.

루루를 돕는 나나와 불고기 매대를 내놓은 아인 소녀들은 평소와 같은 페이스였다. 보르에난의 주민들과 사이좋게 즐기고 있군.

이 숲 사람들은 종족이 다른 것뿐 아니라 아리사의 보라색 머리칼이나 루루의 용모에 대해서도 기피하는 기색이 없었다.

세계 관광 여행이 끝나면 이 숲에 정착하는 것도 좋을 것 같군.

"아제 씨, 왜 그러세요?"

아까부터 흘끔거리며 눈치를 보는 아제 씨에게 물었다.

어쩐지 신경 쓰이는 이성이 자기를 눈치채줬으면 하는 여자애 같아서 싫어도 기대감이 높아졌다.

아마도 내가 자의식 과잉이라 착각한 거겠지만, 남자는 이런 식으로 착각을 부르는 태도에 약한 법이잖아.

"사, 사토, 함께 와줘."

아제 씨가 내 손을 잡고서 기세 좋게 일어섰다.

어쩐지 좀 긴장한 것 같았다.

"네, 저라도 괜찮다면—."

내가 수긍하며 일어서자 누가 소매를 당겼다.

시선을 돌리자 아리사와 미아가 내 소매를 붙잡고 있었다. 두 사람 얼굴에 「가지마」라고 쓰여 있었다.

"금방 돌아올게."

두 사람 손가락을 소매에서 떼어내고 웃으면서 말했다.

나는 아제 씨 손을 잡고 그녀의 전이로 세계수로 이동했다.

“이건 혹시, 혹시나 그건가…….”

전이한 곳은 세계수 가장 안쪽에 있는 아제 씨의 개인실이었다.

벽 너머로 물소리가 들렸다.

뇌리에 샤워를 하는 아제 씨의 나신이 떠올랐다.

어쩐지 모르게 생활 마법 「가벼운 세정(소프트 워시)」과 「건조(드라이)」로 몸을 씻어 두었다.

“기다렸지. 사토도 샤워 할래?”

물 소리가 사라지고, 맨살에 목욕 가운을 걸친 아제 씨가 욕실에서 나왔다.

“아, 아뇨. 생활 마법으로 씻었어요.”

“……그래. 그럼, 좋아.”

기분 탓인지 요염한 아제 씨 손에 이끌려 어두운 옆방으로 갔다.

“여, 여기는?”

희미한 빛이 춤추는 방은 내 예상과 달랐다.

“여기는 하이 엘프의 기억고야. 인간족 중에서 여기 들어온 건 사토가 처음이네.”

영광이겠지만 미묘하게 기쁘지 않군.

흑심을 품고 있던 내가 잘못한 거지만 굉장히 맥이 빠졌다.

『■ 기억고 접속(커넥트 메모리).』

아제 씨가 목욕 가운을 벗고서 발동어를 외자 파란 빛이 그녀를 감쌌다.

신비로운 빛의 난무가 끝나고, 아제 씨가 천천히 눈을 떴다.

장로 엘프들 같은 깊고 맑은 부동의 눈동자였다.

"사토, 평소의 내가 기대감을 부추겨 버려서 미안해요."

—평소의 나?

옛날에 읽은 명작 만화처럼 다중인격 같은 건가?

오랜 자아를 버리고 새로운 자아로 바꾸는 그런 거.

"당신은 아제 씨와 다른 자아를 가진 건가요?"

"아뇨, 저는 저예요. 지금 저는 세계수의 기억고 아카이브에 접속해 있지만, 제 자아는 하나뿐입니다."

평소 아제 씨는 최근 수백 년의 기억 말고는 오랜 경험이나 기억의 색인만 가지고 있는 상태였다.

하지만 평소의 아제 씨하고 말투가 다른데?

"저희도 시간과 함께 변화합니다. 모든 기억이 이어지면 오랜 기억에 이끌려 말투가 정중해지거나, 태도가 차분해지기도 하는 것 같아요."

이런 아제 씨라면 아신이라는 걸 믿을 수 있겠어. 이 아제 씨는 아신 아제 씨라고 불러야겠는걸.

"그렇네요."

아신 아제 씨가 말하며 웃었다.

"혹시 마음을 읽을 수 있나요?"

"네, 조금이지만요. 여기 있는 사람은 표층 의식이 이어지니까— 당신이 머릿속에서 말을 하는 것은 어쩐지 알 수 있어요."

그렇군, 야한 생각은 하지 말아야겠다.

"그렇게 해주면 고맙겠어요. 오래 살아왔지만, 저는 아직 초혼도 안 해본 처녀니까요."

평소의 아제 씨라면 절대 못하는 조크를 아신 아제 씨가 중얼거렸다.

어쩐지 아제 씨가 두 사람 있는 것 같아서 평소처럼 대할 수가 없네.

"그런데, 저를 여기로 부른 용건은 뭔가요?"

성수석을 잔뜩 선물했기 때문은 아닐 거고.

내 말을 들은 아신 아제 씨가 나신의 가슴을 펴고 자세를 바로잡았다.

"그렇군요. 당신에게 묻고 싶은 것이 있어요."

아신 아제 씨가 말을 한 번 끊고 나에게 물었다.

"사토, 당신은 정체가 뭔가요?"

그녀의 갑작스런 질문에, 나는 어떻게 대답할까 망설였다.

"용사는 규격을 벗어난 자가 많지만, 당신은 도를 넘고 있어요. 2만 년 전에 신들에게 반기를 들어 사신(邪神)이라 불린 최강의 대마왕과 비교해도 훨씬 강할 겁니다—."

그렇군. 세계수에서 해파리 퇴치를 했을 때 한 일이 그녀의 경계심을 자극했구나.

더 이상 겁을 주는 것도 싫으니까 그다지 전력을 다한 게 아니었다는 건 비밀로 해둘까.

"—신이라고 하면 납득할 수 있지만, 당신은 신이 아니죠?"

나는 수긍하면서, 그렇게 생각한 이유를 물었다.

"신이나 신의 사도는 감정할 수 없어요. 감정할 수 있는 것은 이 땅에 뿌리를 내리고 영속성(이모탈리티)을 얻은 우리들 하이 엘프나 천룡 같은 아신, 그리고 요정족이나 인간족 같은 수명이 정해진 자들뿐입니다."

아하, 감정할 수 없는 자가 있으면 주의하는 편이 좋겠군.

그리고 엘프들도 수명이 긴 것뿐이지 무한은 아니구나.

"당신의 이상한 점은 힘뿐이 아닙니다. 지식의 흡수속도도 상궤를 벗어났어요. 마치 처음부터 알고 있는 것을 다시 배우는 것처럼, 하나를 알면 열을 배워갑니다. 평소의 나는 단순히 기뻐했지만, 내 긴 기억 속에서도 다른 하이 엘프들의 공동 데이터베이스 안에서도, 그런 자는 한 명도 없었어요."

그건 지력치가 이상하게 높기 때문인 거랑, 본래 세계의 지식이 있어서 그래요.

"물론 당신이 저와 보르에난의 아이들에게 해를 끼칠 생각이 없는 건 알고 있어요. 하지만 저는 보르에난을 맡고 있는 성수로서 당신에게 물어야 합니다. 『당신의 정체가 무엇인가요?』라고."

음. 이번에는 솔직히 대답해야겠다.

"이야기가 조금 길어집니다. 저는 여기하고 다른 세계, 용사들과 같은 곳에서 왔어요—."

나는 모든 것을 이야기했다.

아리사에게도 말하지 않은 용신을 쓰러뜨린 것까지 모두 이야기했다.

1억년의 지혜를 가진 그녀라면 내가 이 세계에 불려온 이유를 알지도 모른다는 생각도 있었지만, 표층 의식을 읽히는 상황에서 그걸 비밀로 했다가 그녀에게 괜한 의심이나 불신감을 주는 것이 무서웠다.

"—용신님을?"

"네, 변명이 되지만 그 때는 유성우의 위력이나 도마뱀 수인의 대군 뒤에 용신이 있는 것도 몰랐어요."

"탓하는 것이 아닙니다. 용은 자신에게 도전하여, 더욱이 상처를 입힌 강자에게 찬사를 보냅니다. 용신님도 자신을 죽인 당신을 칭송할지언정 원망하지는 않겠죠."

내 뇌리에 흑룡 헤일롱의 배틀 중독적인 모습이 떠올랐다.

용의 기본적인 사고 패턴은 흑룡 헤일롱이랑 비슷한 느낌이겠군.

"그리고 불멸의 용신님이라면 죽어도 100년 걸리지 않아 육체와 함께 부활합니다. 용신님이 되살아나면 다른 권속들도 용신님의 신력으로 되살아나겠죠."

과연 최강의 신. 기적의 힘도 차원이 다르네.

"다만, 용신님은 지는 걸 싫어하시니 사토와 재대결을 하려고 할 겁니다."

으엑, 진짜로……? 기습이라면 모를까 만전의 상태인 용신에게 이길 것 같지 않은데요.

"제 수명이 다하기 전이면 좋겠네요."

나는 소용없다는 걸 알면서도 무표정 스킬로 표정을 꾸미며 겉치레를 아신 아제 씨에게 말했다.

그녀는 상냥하게 웃으며 내 허세를 받아 흘려주었다.

"사토가 어째서 이 세계에 전이한 것인지는 알 수 없어요. 그렇지만 유니크 스킬을 가졌다면 어떤 신의 가호를 가지고 있을 가능성이 높다고 생각합니다. 어느 신의 가호인지 판별하는 방법은 없지만, 언젠가 신이 접촉해오겠죠."

그 말에 문득 수수께끼의 플래시백이 뇌리를 스쳤다.

혹시 그 극채색 머리칼의 여자애들 이미지는 나를 이 세계로 부른 신의 메시지일지도 모르겠군.

조금 무거워진 분위기를 가볍게 만들려고, 동료들을 만난 것부터 고래 퇴치까지 이야기를 재미나게 들려주었다.

"—관광인가요……. 참 즐거워 보이는군요."

"아제 씨라면 대환영이죠. 저랑 같이 가실래요?"

동경과 쓸쓸함이 복잡하게 섞인 아신 아제 씨의 말을 듣고서 무심코 말해버렸다.

이 장소에서는 그녀에 대한 나의 아련한 연심과 흑심 같은 것도 다 들켰을 테니까.

"미안해요, 사토."

거부의 말이 예상보다 더 깊게 가슴에 박혔다.

"아, 아뇨. 사과하지 않으셔도 돼요."

어떻게 표층은 꾸몄지만, 마음 속 깊은 곳에 질척한 감정이 휘몰아치며 입에서 나올 것 같았다.

"사토, 저는 보르에난의 마지막 성수입니다. 세계수와 보르에난의 아이들을 지켜보는 역할이 있어요. 그러니 당신의 마음에 응할 수는 없어요."

아신 아제 씨가 내 머리를 가슴에 끌어안았다.

그대로 그녀의 가녀린 허리를 마주 안고 싶은 충동이 일었지만 그건 의지와 이성을 총동원해서 버텼다.

"그리고, 하이 엘프는 『반려를 얻지 못한 신』의 신부. 수명을 가진 자가 우리들 하이 엘프에게 손을 대면 신의 분노를 사게 됩니다. 그러니, 제가 할 수 있는 것은 이것뿐—."

아신 아제 씨가 내 이마에 희미하게 닿는 키스를 하고, 나를 끌어안고 있던 팔을 천천히 풀었다.

"—사토, 이 일과 여기서 말한 당신의 비밀은 제 개인 기억고에 두겠어요. 다른 하이 엘프들도 볼 수 없고 평소의 나도 액세스할 수 없으니 안심해요."

내 내력을 다 들은 아신 아제 씨가 약속해 주었다.

방금 그 키스는 평소의 아제 씨에게도 비밀이구나.

"이제 그만 기억고 접속을 끊어야겠어요. 몸에 부담이 크군요……. 또, 만나요, 는 이상하네요. 가능하다면, 평소의 나와 평소처럼 지내주세요."

아신 아제 씨가 말을 하자, 그녀를 감싸고 있던 신비로운 파란 빛이 사라졌다.

접속이 끊어진 아제 씨가 나한테 나신을 드러낸 것을 부끄러워해서 잠시 만나주지 않았지만, 아신 아제 씨가 약속한 것처럼 그녀는 나와 나눈 이야기를 기억하지 못했다.

내 사랑은 고백하기도 전에 끝났지만, 사랑은 장애물이 많을

수록 타오르는 법이지.

다른 하이 엘프를 온건하게 깨울 방법과 신의 분노를 어떻게 할 방법을 발견하면 새삼 그녀에게 고백할 거다.

그때까지는 친구 이상 연인 미만의 포지션을 노리고 느긋하게 접근하는 걸로 참아야겠다.

◆

축제로부터 1개월.

보르에난 숲에서 보낸 나날은 충실했다.

문장으로 쓰면 소설이 한 권 나올 정도로 농밀한 나날이었다—.

"사토, 정지위성궤도의 감시용 골렘『허수아비 7식』운용은 순조롭다. 망원 렌즈 정밀도를 조금 더 올리고 싶은데 먼저—."

"이야기가 길다, 브라이난의 케제! 해파리 조사용 심우주 탐사 골렘 설계가 끝났다. 설계도를 보낼 테니 검토해주게."

"정말이지, 베리우난의 사제는 순서도 지키지 못하는 건가."

해파리 조기 경계망 구축과 해파리 대량 발생의 이유를 조사하기 위한 조사 유닛 준비는 순조롭게 진행되고 있었다.

일단 마지막까지 관여할 셈이지만, 여기까지 진행되면 이제 내가 없어도 괜찮겠지.

사이좋게 투닥거리는 두 씨족의 하이 엘프들과 연결을 끊고 전송 받은 설계도를 읽기 시작했다.

"아, 사토 씨. 광주 재건조도 순조로워요. 반년이면 보르에난의 광주도 8척이 모일 거예요."

지나가던 원예원 지아 양이 광주 보충의 진척 상황을 알려주었다.

"아 맞다. 키야가 사토 씨가 만든 2중 반전식 공력 기관에 대해서 물어보고 싶은 게 있다고 했으니까 나중에 한 번 와주세요."

"알았어요. 오늘은 연성 공방에서 신금 연성 방법을 배울 예정이니까 그쪽이 끝난 다음에 찾아갈게요."

"그게 좋겠네. 키야는 이야기가 길어지니까."

선약이 있어서 나중으로 돌렸지만, 마법 도구 공방의 키야 씨는 미궁 도시에 가는 이동 수단으로 사용할 마도 범선의 마개조 때문에 여러모로 신세를 지고 있으니 함부로 대할 수 없었다.

"마스터, 준비는 만전이라고 고합니다."

"그래. 알았으니까 조금 진정해."

지하 연구소의 배양조 앞에서 기세 좋게 옷을 벗어 던지고 나신을 드러내는 나나에게 커다란 타월을 내밀었다.

무표정한데도 그녀의 흥분이 전해질 정도였다.

어지간히 기대하고 있었나 보네.

"사토 님. 배양액 충전이 끝났습니다."

"고마워, 기릴. 나나, 간다?"

"예스 마스터! 새로운 저는 더욱 마스터에게 도움이 될 거라고 선언합니다!"

기합이 들어간 나나를 「이력의 손」으로 들어 올려 배양조 위에서부터 연녹색 액체 안으로 천천히 내렸다.

이 액체는 SF에 자주 나오는 폐에 직접 산소를 공급하는 기능이 있었다.

나 자신도 한 번 시험해 봤는데, 들어갈 때와 나올 때 조금 괴로울 뿐이지 안에 있는 동안은 쾌적했다.

"기릴, 그 가림막 부탁해."

배양조에 떠 있는 나나가 너무나 무방비해서, 기릴 씨에게 부탁해 나체를 가렸다.

기재의 설정은 전날에 끝냈으니 기다릴 것 없이 나나에게 새로운 이술을 인스톨했다.

며칠 뒤에는 강화 처리가 완료되고 엘프 스승들의 훈련장에서 모두를 놀라게 할 거야.

나는 그 미래를 상상하면서 배양조 옆의 모니터에 표시되는 나나의 바이탈 변화를 주의 깊게 살폈다.

설정 검토는 완벽하지만 나나한테 만에 하나의 일이 생기면 싫단 말이다.

"—파종이요?"

"그래, 트렌트들이 부탁했어."

나나의 강화가 끝난 다음날, 아제 씨가 수상 가옥을 찾아왔다.

아제 씨가 건네준 것은 트렌트의 황금 과실이었다.

"외딴 섬이나 습지도 괜찮지만, 물이 풍부하고 독기가 적은 장소에 씨를 뿌려주면 좋겠어. 가능하다면 어디 원천 근처가 좋아."

원천 근처에 씨를 심으면 과육은 내 맘대로 해도 된다고 했다.

상급 마법약의 소재가 되는데다가, 대단히 맛있다고 한다.

"네, 저라도 괜찮다면 얼마든지."

"고마워, 사토."

생긋 웃은 아제 씨가 공간 마법「격납고」를 열어서 천 개에 가까운 황금 과실을 그 자리에 꺼냈다.

"한 군데에 5개에서 10개 정도 심어줘."

그러니까 원천을 100개 이상 찾으라는 거군요.

"알겠습니다. 미력하나마 힘을 써보죠."

아제 씨가 부탁하는 거니까 가슴을 두드리며 승낙했다.

그러고 보니 보기 드물게 미아의「길티」발언이 없었다. 작별을 예감하고 센티멘탈해진 건가?

이동용 범선이나 예비 소형 비공정도 완성됐으니, 출발하기 전까지 시간을 미아랑 놀아주는데 써볼까.

"—갈래."

"안 돼."

"그래, 안 돼. 금지야. 미궁은 위험해. 유야나 시아랑 같이 간 아이들은 모두 안 돌아왔어, 아무도야? 허가 못해, 절대로!"

같이 놀자고 하러 온 미아의 집 정원에서 엿듣기 스킬이 그 말다툼을 포착했다.

미아는 우리와 함께 미궁에 가고 싶은 모양인데 부모님이 반대하는 모양이군.

당연하지……. 위험한 장소에 딸을 보내고 싶은 부모가 있을 리 없다.

"사토."

현관에서 뛰쳐나온 미아를 받아냈다.

걱정스런 표정으로 살피는 부모님에게 눈인사를 하고 그 날은 미아를 맡았다.

"……같이 가고 싶어."

"부모님이 걱정하잖아. 성인이라고 인정받을 때까지는 멋대로 굴면 안 돼."

어른의 의견이라고 반발할 것 같았지만, 부모님의 보호를 받는 동안에는 멋대로 행동하면 안 된다.

자유롭게 살아가는 건 정신적으로도 경제적으로도 부모에게서 독립한 다음에 해야지.

"응, 알았어."

미아가 예상 이상으로 순순히 대답했다.

대답에 갈등도 고뇌도 없었다. 아마 미아 안에서 이미 해답이 나와 있는 거겠지.

다음날부터 출발하는 날까지 우리는 아침부터 밤까지 놀러 다녔다.

보르에난 숲은 우리 집 마당이라고 할 수 있을 정도로 마구 돌아다녔다.

마구간에만 있어서 삐쳐 있던 말이나 주룡들을 데리고 나가,

대초원을 달리면서 사슴 사냥을 하는 것은 즐거웠다.

일각수(유니콘) 무리를 구경하러 갔을 때 미아가 탄 민뿔이가 무리의 암컷에게 반해서 짝이 되는 사건도 있었다.

그리고 엘프 마을에서 보내는 즐거운 나날도 이윽고 끝났다…….

"바닷바람이 기분 좋아. 이게 우리들 배야?"

"그래, 아리사."

아리사가 나부끼는 머리칼을 누르며 선창에 계류된 범선을 올려다보았다.

여기는 보르에난 숲 가장자리에 있는 비늘 수인족의 항구였다.

마중 나온 엘프들하고는 수상 가옥 앞의 광장에서 헤어졌고, 여기에는 동료들과 미아 일가족, 그리고 아제 씨 일행뿐이었다.

"어쩐지 이상한 거예요."

"이상한 냄새~?"

바다냄새를 처음 맡았나 보군. 포치랑 타마가 코를 누르고 있었다.

아리사가 이게 바다내음이라고 가르쳐 주었다. 이 근처는 기온도 높은 것 같으니 나중에 한 번 해수욕을 시켜줄까.

커다란 짐을 끌어안은 리자와 나나가 배의 트랩을 올라갔다. 루루는 갑판에서 작업을 하고 있었다.

미아가 내 곁으로 총총 걸어왔다.

"그럼 미아, 부모님하고 잘 지내라."

"응, 사토."

미아가 이마에 걸린 머리칼을 양손으로 치우고 여기에 키스하라는 압력을 주었다.

이마에 키스는 신성한 거라고 말했으니까 재회를 약속하는 키스가 되나?

작별 인사로 이마에 키스하는 것 정도는 괜찮겠지.

가볍게 닿을까 말까한 키스를 했다.

"어머, 미아 제법이네. 책략가야."

"우윰. 알았다."

미아가 승리를 뽐내는 미소를 지으며 뒤에 선 부모님에게 승리 사인을 했다.

"동행할 거야."

네?

"동행할 거야!"

두 번 반복한 다음에 미아가 오랜만에 장문으로 말을 이었다.

"시가 왕국의 사토, 당신이 혼약의 의식을 받아준 것을 기쁘게 생각합니다. 미사날리아 보르에난은 죽음이 당신을 데려갈 때까지, 당신의 한쪽 날개로 존재할 것을 맹세합니다."

혹시 함정이었나?

"어머, 근사해라. 근사해. 사토 씨, 미아를 잘 부탁해. 부탁이야."

"지켜라."

이거 사고 쳤나 본데…….

미아네 엄마의 말에 따르면 「이마에 하는 키스가 신성」한 것은 여러 가지 의미가 있다고 한다.

특히, 삼촌(三寸) 이상 떨어진 미혼 남녀가 이마에 하는 키스는 먼저 한 사람이 혼약을 신청하는 거고, 받은 사람이 상대의 이마에 키스하면 혼약을 승낙하는 거였다.

어쩐지 미아가 「혼약자」라고 하더라니.

미아의 부모님에게는 그 풍습을 몰랐다고 해서 이해를 받았지만, 미아는 계획범이라서 「안 들려」하고 귀를 막은 채 고개를 절레절레.

미아의 트윈테일이 찰싹찰싹 때려서 조금 아팠다.

—어라?

그러면 내가 처음에 아제 씨에게 혼약을 신청한 게 되지 않나?

처음 만났을 때 그녀의 정서 불안정한 반응이 조금 이해가 되는 것 같기도 하네.

그렇다면 아신 아제 씨가 내 이마에 키스를 해준 것은—.

아제 씨를 돌아보자, 재미없다는 기색으로 볼을 부풀리고는 딴청을 피우고 있었다.

나는 무심코 풀어지는 볼을 무표정 스킬의 힘을 빌어 억눌렀다.

만약을 위해서 출항하기 전에 미아의 부모님에게 확인했지만, 결과야 어찌됐든 보르에난에서는 「이마에 키스를 나눈」 자는 성인으로 취급하기 때문에 미아의 의지를 존중하게 되었다.

"알겠습니다. 미아는 책임지고 맡을게요."

"응, 신뢰하고 있어. 굉장히!"

"응, 맡겼다."

내 말에 미아의 부모님이 내 손을 잡고 고개를 끄덕였다.

"라야, 리아."

미아가 부모님 이름을 부르며 두 사람에게 안겼다.

미아 일가족의 작별을 방해하지 않도록 떨어져서 아제 씨한테 다가갔다.

"그러면 여기서 작별입니다. 또 놀러 올게요."

"언제든지 돌아와. 보르에난 씨족은 언제든지 너희들을 환영할 거야."

아제 씨와 작별의 악수를 나누었다.

"사토 씨—."

무녀 루아 씨가 내 목덜미를 끌어안고 작별을 아쉬워했다.

이상하네. 그녀하고는 그렇게까지 친해지지 않았는데…….

그 의문이 금세 해결됐다.

"아제 님을 데리고 가지 않아줘서 고마워. 아제 님은 우리들이 섬겨야 할 마지막 성수님— 마음의 지주, 야……."

내 귓가에 무녀 루아 씨가 살짝 울먹이는 소리로 속삭였다.

분명 나 말고 다른 사람은 못 듣는 소리였다.

……그렇구나. 내가 아제 씨랑 사이좋게 지내면 반드시 방해하러 나타난 게 그걸 걱정했기 때문이군.

"또, 언제든지 놀러 오세요. 수상 가옥은 언제든지 쓸 수 있도록 해둘 테니까요."

눈가에 눈물을 지은 무녀 루아 씨에게 나도 수긍했다.

아쉬움은 아무리 지나도 사라지지 않지만, 미아가 부모님과 떨어져 내 허리에 매달리기에 그걸 계기로 배에 올라탔다.

그리고 아제 씨한테 허가를 받아서 머무르던 수상 가옥에 「귀환전이」 각인판을 설치했으니 언제든지 돌아올 수 있어.

중계지점을 확보하는 게 힘들 것 같지만, 섬이나 육지를 따라서 나아가면 되겠지.

마중 나온 사람들에게 손을 흔들면서, 접어둔 돛을 「이력의 손」으로 펼쳤다.

「기체 조작(에어 컨트롤)」 마법을 발동하여 돛에 바람을 일으켜 배를 출항시켰다.

““““사토.””””

목소리가 나는 쪽을 돌아보니 수상 가옥 앞에서 작별을 고한 엘프들이 마중을 나왔다.

무수한 날개요정들이 나나와 동료들 이름을 부르면서 빛나는 궤적으로 「잘 가」 사인을 그렸다.

……기쁘긴 하지만, 이렇게 작별을 아쉬워하면 「귀환전이」로 돌아오기 어렵잖아요.

나는 동료들과 함께 항구 사람들이 보이지 않을 때까지 커다랗게 손을 흔들었다.

“이제 안 보이네.”

“응, 또.”

아리사가 여행의 추억에 잠긴 목소리로 말하자 눈가가 빨개진 미아가 작게 대답했다.

또 언제든지 놀러 올 수 있다는 거겠지.

"사토."

폭. 가슴팍에 뛰어든 미아를 안아주고 해원 너머의 수평선을 바라보았다.

이렇게 보르에난 숲에서 긴 휴양을 마친 우리는 돛을 채우는 바람에 이끌려 미궁도시로 가는 여로를 출발했다.

■ 작가 후기

안녕하세요. 아이나나 히로입니다.

이번에 「데스마치에서 시작되는 이세계 광상곡」 제8권을 구입해주셔서 정말 감사합니다!

권수를 여기까지 진행한 것은 독자 여러분께서 응원해주신 덕분입니다.

앞으로도 지금 이상으로 기합을 넣어 작품을 재미있게 채워갈 테니 앞으로도 변함없는 지지를 부탁드립니다.

그러면 예정대로 이번 권의 볼거리부터 살펴보죠.

이번에는 엘프 마을 보르에난 숲이 무대입니다. 지난 권에서 미아를 고향으로 데리고 돌아간 사토 일행이 엘프들에게 둘러싸여 즐거운 바캉스의 나날을 보내는 이야기로 재구성했습니다.

처음 두 장은 WEB의 흐름을 답습하고 있지만 그 후부터는 새롭게 썼습니다.

발매일의 계절을 의식한 것은 아니지만 숲에서 여름방학처럼 보내는 휴가 이벤트를 중심으로 엘프들과 살색이 잔뜩 나오는 김이 모락모락 한가득한 사교장이나, WEB에서는 등장하지 않았던 각종 요정족과 나무 종족 트렌트와 교류, 엘프 스승들과 만남을 가필했습니다.

사토와 동료들의 화기애애한 여름방학을 즐겨 주세요.

—이렇게 써도 분명히 훈련된 데스마치 독자 여러분은 순순히 받아들이지 않으시겠죠.

워커홀릭 기미가 보이는 사토가 그냥 느긋하게 휴가를 만끽할 리가 없습니다.

누가 뭐래도 인간족보다 훨씬 뛰어난 마법 문명의 중심에 왔으니까요.

동료들과 평화로운 일상을 보내는 사이에 언뜻 보이는 사토의 사축풍 활동도 즐겨주시면 좋겠습니다.

물론 일상이나 연구뿐만이 아닙니다.

이번에는 약간. 네, 아주 약간 연애풍 에센스가 더해집니다.

지금까지 가끔씩 이름이 나왔던 새로운 히로인이 정식으로 등장하여 연상의 매력으로 사토를 농락— 할 수 있을지는 읽는 재미가 줄어들 테니까 여기서는 확실히 밝히지 않겠습니다.

WEB판을 읽어본 분도 새로운 히로인과 교류하는 단계와 마지막 그 장면이 WEB이랑 달라졌으니 마지막까지 가슴 졸이며 읽어나갈 수 있을 거라고 자부하고 있습니다. 기대해 주세요.

그러면 늘 그렇듯 인사 시간입니다.

편집장 H 씨, 담당 K 씨 두 사람의 지적과 개고 조언으로 장면의 매력이나 현장감이 올라갔습니다. 앞으로도 지도편달을 잘 부탁드립니다.

그리고 매번 근사한 일러스트로 데스마치 세계를 선명하게 채색하여 띄워주시는 shri 씨에게 아무리 감사를 해도 부족합니다. 이번에는 특히 무녀복 아이아리제의 캐릭터 디자인이 최고로 멋졌어요.

앞으로도 데스마치 세계의 비주얼을 잘 부탁드립니다.

그리고 카도카와 BOOKS 편집부 여러분을 비롯하여 이 책의 출판과 유통, 판매에 관여해주신 모든 분께 감사드립니다.

언제나 같은 느낌이지만, 독자 여러분께도 최대한의 감사를 보냅니다!!

본 작품을 마지막까지 읽어주셔서, 정말로 감사합니다.

그러면 다음 권, 해양 모험편에서 만나요!

놀랍게도, 다음 권은 **완전 신규 작성**입니다.

아이나나 히로

■역자 후기

작업 1일째.

상쾌한 출발이다. 지난 마감 이후로 며칠 동안 충분한 휴식을 취했고, 현재 상태는 아주 좋다. 이번에야말로 초기 마감 일정에 맞춰 작업을 끝낼 수 있을 것 같다.

작업 2일째.

작업용 서적을 완독했다. 번역이란 섬세한 작업이다. 단순히 읽기만 한다면 하루에도 가능하지만 전체 작업의 밑그림을 그리기 위해서 꼼꼼하게 정독하느라 늘 이틀은 걸린다. 눈이 피로하군.

작업 6일째.

순조롭게 진행되고 있다. 나흘 동안 초벌 작업의 진도를 빠짐없이 채웠다. 이대로 진행되기만 하면 마감 일정 준수는 어려운 일이 아니다.

작업 7일째.

발작이 일어났다. 역시 너무 순조롭게 진행된다 싶었다. 발작은 언제나 일이 순조롭게 진행되고 있을 때 찾아온다. 언제나 불현듯 찾아오는 이 병마를 완치할 방법은 정녕 없는 것일까?

결국 오늘은 작업을 진행하지 못했다.

작업 8일째.

다행히 하루 쉬고 나니 컨디션을 되찾았다. 오늘 작업은 순조롭게 진행됐다.

작업 15일째.

두 번의 발작이 더 있었지만 초벌을 끝냈다. 내일부터 교정에 들어간다. 초벌 번역과는 또 다른 어려움이 있는 작업이다.

작업 19일째.

또 다시 발작. 이번엔 특히 심하다. 작업을 하는 동안에도 몸이 내 몸 같지 않다. 의지에 반하여 움직이는 팔이 멋대로 움직이고 손가락이 경련하면서 브라우저를 켰다. 큭. 진정해라 나의 오른손. 앗, 그러고 보니 이번 달은 통장 잔고가 아직 괜찮군. 분명히 그 모니터가…… 그리고 모니터 암도 좀 볼까? 이걸 달고 듀얼 모니터 체제를 갖추면 작업 효율을 더욱 올릴 수 있겠지! 이렇게 좋은 생각을 해내다니!

작업 22일째.

새 모니터와 모니터 스탠드가 도착했다. 기존 모니터를 분리하고 암 스탠드를 설치하는데 제법 힘이 들어갔다. 오랜만에 노동을 하려니 근육이 비명을 질렀지만 무사히 설치에 성공했다.

이걸로 작업 효율이 크게 향상되겠지. 이게 바로 에임 조준점 표시 기능인가?

작업 23일째.

어제의 노동 탓인지 근육통이 생겼다. 덤으로 날이 더워진 탓인지 모기에게 한 군데 물렸다. 어쨌든 오늘부터 다시 작업을 재개한다. 일단 식사를 해야지. 내가 만들었지만 냄새가 좋다. 식사는 좋지만, 모기 물린 곳이 자꾸 신경 쓰인다.

가렵, 맛있…….

본 후기는 실화를 바탕으로 작성되었을 지도 모릅니다.

데스마치에서 시작되는 이세계 광상곡 8

초판 1쇄 발행 2017년 6월 10일

지은이_ Hiro Ainana
일러스트_ shri
옮긴이_ 박경용

발행인_ 신현호
편집부장_ 김은주
편집진행_ 최은진 · 김기준 · 김승신 · 원현선 · 김솔함
편집디자인_ 양우연
국제업무_ 정아라 · 고금비
관리 · 영업_ 김민원 · 이주형 · 조인희

펴낸곳_ (주)디앤씨미디어
등록_ 2002년 4월 25일 제20-260호
주소_ 서울시 구로구 디지털로 26길 111 JnK디지털타워 503호
전화_ 02-333-2513(대표)
팩시밀리_ 02-333-2514
이메일_ lnovelpiya@naver.com
L노벨 공식 카페_ http://cafe.naver.com/lnovel11

ISBN 979-11-278-4160-7 04830
ISBN 978-89-267-9956-7 (세트)

값 8,500원

곰 곰 곰 베어 1~3권

쿠마나노 지음 | 029 일러스트 | 김보라 옮김

게임이 현실보다 재밌습니까?—YES
현실 세계에 소중한 사람이 있습니까?—NO

……온라인 게임 설문 조사에 대답했을 뿐인데
말도 안 되는 이세계(아마도)로 내던져진 나, 유나.
은톨이 경력 3년의 폐인 게이머.
맨 처음 장착하게 된 장비템이 『곰 세트』라니…….
이게 무어야—!?
하지만 세고 편하니까 뭐, 괜찮으려나?
울프를 쓰러뜨리고, 고블린을 쓰러뜨리고
극강 곰 모험가로서 일단 해볼까요.

은둔형 외톨이 소녀, 이세계에서 무적의 곰 모험가가 되다!

라이트노벨의 새로운 빛! L노벨의 신간은 매월 10일에 발매됩니다. http://cafe.naver.com/lnovel11

© Koushi Tachibana, Tsunako 2016 /
KADOKAWA CORPORATION

데이트 어 라이브 1~15권, 앙코르 1~6권, 머테리얼

타치바나 코우시 지음 | 츠나코 일러스트 | 이승원 옮김

4월 10일. 새 학기 첫 등교일.
이츠카 시도는 평소와 다름없는 일상을 보내고 있었다.
갑작스러운 충격파로 파괴된 마을 한가운데에서 소녀와 만나기 전까지는-

세계를 부수는 재앙, 정령을 막을 방법은 단 두가지.
섬멸, 혹은 대화

정령과 만나게 된 시도는,
세계의 멸망을 막기 위해 데이트로 정령을 꼬셔야하는 운명에 처하게 되는데!?

세계의 멸망을 막기 위한 데이트가 시작된다-!!

ANIPLUS TV 애니메이션 방영 화제작!!

라이트노벨의 새로운 빛! L노벨의 신간은 매월 10일에 발매됩니다. http://cafe.naver.com/lnovel11

NOVEL